徳 間 文 庫

日暮坂《ひぐれさか》 右肘斬《みぎひじおと》し

門 田 泰 明

徳 間 書 店

目次

第一章　戟《げき》戦《せん》

一

「そろそろ見える頃だな早苗《さなえ》」

「はい。間《ま》もなく運命川《さだめがわ》の川面《かわも》が夕日で赤く染《そ》まり始めましょうから、そろそろお見えになります頃かも」

「月の末《すえ》の夕方に必ず訪ねて来るようになってから、もう幾年が経《た》つのかのう」

「そうですねえ。もう何年目になりましょうか。あなたが料理屋二階の酒席で同じ小普請組《こぶしんぐみ》の**信河和右衛門高時**《しながわかずえもんたかとき》殿と取《と》っ組合《くみあい》の喧嘩《けんか》をなさり、二人して階段から転がり落ちなされ……」

「あ、そこ迄《まで》でよい。もう思い出したくもない。確かあの日は、盟友である芳原《よしはら》が二十二歳のときに、古賀真刀《こがしんとう》流総本山《りゅう》で古賀正之助義経《こがしょうのすけよしつね》先生より授与された

『古賀真刀流総免許皆伝之証』に加え『直弟子之証』を授与された日であった」

「左様でございます。どれほど位《くらい》の高い剣客に対してさえ、『直弟子之証』は滅多に授与されない古賀先生なのでございましょう?」

「うん。その通りなのだ。何十年と修行を積み重ねた凄腕の剣客に対してすら、『直弟子之証』を授けるには非常に慎重な古賀先生だ。その古賀先生の右腕たるわが盟友の目出度《めでた》かった日にこの俺という奴は……」

「そこ迄でよい。もう思い出したくもない……そう申されたばかりですよ。お止《よ》しなされませ。お客様に備えて御茶の用意を整えておきましょう」

「そうだな……うん」

平四郎満行《へいしろうみつゆき》は立ち上がって座敷へ入ってゆく妻早苗の背を目で追ったあと、視線を運命川《さだめがわ》に戻した。夕日と呼ぶにはまだ間《ま》があったが、それでも運命川《さだめがわ》の静かな流れは午後の遅い日差しで黄色く染まりかけていた。

平四郎は広縁《ひろえん》から眺めることのできる悠悠《ゆうゆう》たるこの川の流れが好きであった。御天道様《おてんとさま》が高く川面が銀色に輝く内は、荷物を運ぶたくさんの猪牙船《ちょきぶね》が川幅狭《せま》しとばかり往《ゆ》き交《か》う。時にはびっくりするほど大きな公儀の船が、目の前を過ぎてゆくこともある。

「ふん……信河《しながわ》（和右衛門）の野郎との取《と》っ組合《くみあい》で二階の階段から不様《ぶざま》にも転げ落ち、右足首と右膝の上の二か所も骨折するとは、全くなさけない平四郎満行殿よ」

舌を打ち鳴らして、ちょっと表情を歪《ゆが》めた平四郎だった。盟友芳原と共に学んだ一刀流古賀刀法《とうほう》に、剣客として己れの腕に絶対の自信を抱《いだ》いてきた、平四郎満行だった。芳原よりも俺の方が強い、という自覚もいささかあった。

年齢《よわい》五十六歳。髪《かみ》の毛は美しい程に既に真っ白である。額《ひたい》の皺《しわ》も深い。

姓は**具舎**《ぐしゃ》。少し変わった姓だが三河国《みかわのくに》を中心とした広い一帯で、気性の荒荒しさと武骨さを誇りとしたいわゆる地方の名族だった。戦国乱世の頃から常に徳川家康に付き従ってきた一族であり、したがって江戸へ入ったのも家康と共にである。

が、**具舎平四郎満行**五十六歳、残念ながら現在無役《むやく》にしてつまり浪人の身の上である。

酒席で同じ組織内の信河和右衛門高時と取っ組合の喧嘩をするまでは、御役に就《つ》いていたのだが……。

「こうして運命川《さだめがわ》の流れを眺めながら、傷《いた》み目立つこの小屋敷で貧しくとも何とか生きていけるのは、盟友芳原の御蔭《おかげ》と思わねばなるまい……彼には本当に頭が上がらぬ」

浪人平四郎は呟《つぶや》いて、小さな溜息《ためいき》を漏らした。

黄色く染《そ》まり出した午後遅い川面《かわも》すれすれに、塒《ねぐら》へ戻るのか数羽の水鳥が飛び去ってゆく。

「平和だのう……」

水鳥の群《む》れが次第に小さくなってゆくのを見送りながら漏らした自分の言葉に、侘《わび》しさと自嘲《じちょう》の響《ひび》きが潜《ひそ》んでいることに、気付かぬ筈《はず》がない浪人平四郎であった。

と、表門の両開き扉が開いたらしい軋《きし》みの音が、平四郎の耳に届いた。表門とは言っても、地面に突っ立てた二本の丸太柱《まるたばしら》に、板戸《いたど》を取り付けた程度のものだ。門の形は家格をそれなりに表している。下級旗本でも二百石あたりだと**長屋門**である。しかし同じ二百石格でも町奉行所の与力は**冠木門**《かぶきもん》で、あなたは旗本でも御《ご》家人《けにん》でもありませんよ、と告げられている。

浪人平四郎夫婦が棲《す》む木戸門付きの傷み目立つ小屋敷は、もと七十俵取り御家人の住居《すまい》だった。後継《あとつぎ》が絶えて長く空家になっていたところへ、公儀《こうぎ》のお情《なさ》けで平四郎夫婦は住まわせて貰っている。

公儀のお情けで住まわせて貰っている、とは一体どういう事か？

それはいずれ判《わか》ってくる。

平四郎は耳を澄ました。聞きなれた友の挨拶《あいさつ》の声が伝わってきた。

妻の早苗がその挨拶に応《こた》えている。その華《はな》やいだ感じの明るい声に、平四郎の口許《くちもと》が辛《つら》そうにちょっと歪《ゆが》んだ。

玄関の式台《しきだい》がカタカタと音を立てている。友が雪駄《せった》を脱いで式台を歩き出した音だと判る平四郎だから、左膝に体重を掛けるかたちで、よいしょと立ち上がった。

右脚を軽く引《ひ》き摺《ず》って彼は座敷に入ってゆき、しかし友を出迎えることは矢張り妻に任せて、再び広縁に戻り腰を下ろした。

運命川の黄色く染まった色が、濃さを増していた。

突然、男女の明るい笑い声が絡《から》まり合うようにして聞こえてきたので、平四郎の口許がまた歪《ゆが》んだ。

「よ。どうだ体の具合は？……」

剣友が笑顔で座敷に現われた。わが妻と玄関先でひと月振りに交わした明るい冗舌《おしゃべり》の余韻であるな、と平四郎には判る友の笑顔だった。

「来てくれたか。いつも済《す》まぬな。労咳《ろうがい》（肺結核）の方はすっかり心配が無くなった、と一昨昨日《さきおととい》の夕、彰玄《しょうげん》先生より御墨付《おすみつき》が戴けたよ。ま、座ってくれ」

「おお、そうか。心配無しの御墨付がな」

剣友**芳原竜之助《たつのすけ》頼宗《よりむね》**の表情が、嬉しそうに目を細めて弾《はじ》けた。あ、この表情は友として俺の労咳治癒を心から本気で喜んでくれているな、と平四郎は思った。

二人は開け放たれた障子にお互い背中を預けるかたちで凭《もた》れて座り、向き合った。

「すると何だな平四郎。これは大丈夫になったのだな」

芳原竜之助は盃《さかずき》を口許で傾ける仕種《しぐさ》を、して見せた。

「うん、漸《よう》く許しが出たよ。長かったなあ。但《ただ》し、いきなり元気な頃のようには駄目だ。少しずつ体に馴らしていく量で、と彰玄先生に怖い顔で言われたよ」

「そうだな。よし今日から始めよう。酒はあるか」

「残念だが無い……」

平四郎がそう言ったとき、早苗が見るからに幸せそうな表情で、盆を手に座敷に入ってきた。

「ちゃんと調《ととの》えてございますよ。一昨日《さきおととい》、彰玄先生から労咳完治のお言葉を頂戴した翌日に、こうして調えておきました」

早苗はそう言いながら、運んできた盆を二人の間にそっと静かに置いた。

「さすが我が大切なる糟糠《そうこう》の妻であるな。でかしたぞ」

平四郎は盆にのっている物を見て、顔をくしゃくしゃにした。二本の大きな徳利、そして並の大きさの盃と、それよりも遥《はる》かに小さな平四郎のための盃。夫のためとは言え、よくぞ見つけて買えたものだ、と感心する程に小さな。

「まだ日は明るいですから、どうぞゆっくりなさって下さい竜之助様。いま鰯《いわし》の乾物《ひもの》を炙《あぶ》っておりますゆえ」

実際の年齢《とし》よりも若く見える早苗は夫の盟友に控え目な笑みを見せて、下がっていった。夫より八歳下（四十八歳）の早苗は、御役と禄《ろく》と屋敷を失って療養生活に入った夫のため、得意の裁縫で頑張ってきた。だが、それだけで衣食住と療養に必要な費用《ついえ》を支えられる訳がない。

その及ばぬ部分を、竜之助が陰《かげ》になり日向《ひなた》になり支えてきた。剣の友たる平四郎のために。

信河和右衛門高時と争って脚を骨折し、漢方外科医として評判の安畠彰玄《やすはたしょうげん》先生の治療が始まったとき、そう重くはない労咳に罹《かか》っている事をも見つけられた平四郎だった。

弱《よわ》り目《め》に祟《たた》り目《め》だとやけになりかけた平四郎を救ったのは、竜之助の度量の大きさだった。

「それ……」

竜之助が差し出した徳利を、平四郎はにこにこと小さな盃で受けた。

「彰玄先生に止められていた久し振りの酒だ。そろりと呑《の》んでみよ平四郎。俺が見守ってやる。さあ……」

竜之助はそう言いながら、自分の盃は自分の手で満たした。

「おい。せっかく早苗が用意したものを毒盃《どくさかずき》みたいに言うてくれるな」

平四郎は苦笑すると盃を口許へ運び、そっとひと口を舐《な》めてから静かに呑み干《ほ》した。

「うまい……実にうまい。酒には人生があるのう」

「どうだ。目眩《めまい》などはせぬか」

「止してくれ竜之助。彰玄先生が呑んでよし、と許して下された酒なのだぞ」

「それはまあ、そうだが」

竜之助は頷《うなず》くと、真顔で一気に盃を空にした。

「のう、竜之助よ……」

と、平四郎は胡座《あぐら》を組んで座っていたのを改め、正座をして剣友をしみじみと眺めた。

「こうして見ると、お前もすっかり頭の毛が真っ白になってしまったのう」

「ははっ……そうよな。すっかり老いてしまった」

「お前という奴は、実にいい奴だ。真《まこと》にいい奴だ」

「改まって、どうした」

「すまなかった。この通りだ」

「何がだ……急に顔が暗くなったぞ平四郎」

「お前には本当に世話になった。お前の時時の支えが無ければ、俺と早苗の生活は間違いなく破綻《はたん》していた」

「支えた、などと言われる程の事など、俺はしていない。裁縫が得意な早苗さんの必死の頑張りの御蔭で今があるのだと思わぬといけない。そうだろう平四郎」

「うん……確かにな。だがな、俺は御役と禄を失って療養する身となってからは早苗に面と向かって幾度も言ってきた。俺に若《も》しもの事があらば、独り身を通している竜之助に嫁《とつ》いで大事にして貰えとな」

「なんとまあ。そんな馬鹿なことを、日日《にちにち》真剣に頑張っている女房殿に言ったのか。お前、どうかしているぞ」

「確かに、どうかしている。だがな、俺は自分が亡くなったあとの早苗のことが心配なのだ。我が愛する妻のことを安心して頼める者は、竜之助よ、お前しかいない」

「わかった、わかった。確かに聞いたぞ。お前の女房殿を俺の妻にするなど勿体《もったい》無《な》くてとても出来ぬ相談だが、お前が若《も》し亡くなるようなことがあれば、早苗殿の安全と安心は、この俺が責任を持って見守ってやろう」

「本当か……本当だな」

「約束する。剣客としての約束だ」

「よかった……呑《うる》んでくれ」

平四郎は目を潤ませて胡座《あぐら》に戻ると、竜之助に徳利を差し出し、鼻をグスリと鳴らした。

「おい。泣くな、酒がまずくなる」

「だな。あとはお互い、手酌《てじゃく》でやろう」

二人は運命川《さだめがわ》へ視線を転じると、盃を黙って呑み干して、どちらからともなく小息を吐き出した。溜息ではなく、運命川《さだめがわ》が美しい夕焼け色に染まり出したことを知っての感動の小息であった。

「俺はなあ竜之助。この広縁から眺める早朝から夕刻にかけての川景色の移ろいが気に入っている」

と言いつつ手酌で自分の盃を満たす平四郎だった。

「ふむ。本当にいい景色だ。とくに夕景色がよい」

「この具舎《ぐしや》平四郎満行《みつゆき》はな。信河……」

　盃を手にする平四郎はそこで言葉を切った。早苗が小膳二つに炙《あぶ》った鰯《いわし》、大根と芋《いも》の煮《に》付《つ》け、湯豆腐《ゆどうふ》などをのせて運んできたからだ。芋《いも》と書けば古き時代より里芋《さといも》を指す、と『和名類聚抄《わみょうるいじゅうしょう》』は言っている（承平年間九三一年〜九三八年に第六十代醍醐天皇の皇女勤子内親王の発議により源順《みなもとのしたごう》が編纂《へんさん》した漢和辞書）。

「これはいい匂いですな。芋は大好物で酒がいっそう進みそうだ。但《ただ》し平四郎、お前は徳利一本だけだぞ。今日はそれ以上は許さん」

　竜之助はにこやかに言いながら、小膳を二人の前に伏し目がちに「どうぞ……」と置いた早苗の顔をチラリと見た。

　目が赤いな……と、彼は見逃《みのが》さなかった。万が一の場合の早苗殿の身を俺に頼んだ平四郎の言葉を襖《ふすま》の陰ででも聞いたのでは……と竜之助は思った。

「大根と芋の煮付けは、おかわりが御座いますので宜《よろ》しければ……」

　早苗は矢張り伏し目がちに竜之助に向かって言うと、元気なく下がっていった。

ちょうど盃を勢いつけて呷《あお》っていた平四郎は、妻のその様子に気付かない。

　空になった盃を盆の端に戻した平四郎は、自分の膝頭をバシッと打って喋り出した。

「おい、竜之助、この具舎平四郎満行はだな。信河和右衛門高時と取っ組合をするまではだよ……」

「判っている。改めて教えられる迄もない。小普請組《こぶしんぐみ》支配組頭《くみがしら》三百八十石の有能な旗本だった。ご老中ご支配下に位置付けされている上司の小普請組支配中川伊勢守《いせのかみ》様にも信頼されていたお前であったことは、当時の誰もが知るところだよ」

「ならば、その俺がだ。取っ組合騒動の十三日後に、何故《なにゆえ》に突然、御役目と禄と屋敷をご公儀に召し上げられなければならなかったのだ。しかもだぞ。俺ひとりが召し上げられたのだ」

「それは俺には判らん。謎と言うほか無い。だけど平四郎よ。お前の上司である中川伊勢守様がご公儀に対して動いて下さり、こうして狭いながらも住居《すまい》は確保できているのだ」

「うん。中川伊勢守様には感謝しておるがな。武士としての俺の将来はもう……」

「我慢して時機を待て。労咳を克服できたのだ。残すは頑固に硬直している骨折の後遺症だな。お前を苛立《いらだ》たせてはいけないと思い、これ迄は余り訊ねなかったが、痛みはどうなのだ。歩いた時の痛みは……」

「普通の状態でいる時は、痛みは全く感じなくなってはいる。しかし、走ろうとする意思や、目の前の障害物を飛びこえようとする意思を、脚へ伝えようとすると反射的に硬直感が増幅し、ズシンとした重苦しい痛みが右脚から背中へと突き抜けるように走るのだ」

「そうかあ。硬直してしまっている負傷した部分は、矢張り相当に頑固なのだな。ま、時間を掛けて、ゆっくりと和《やわ》らげていくとしよう。な、平四郎」

「心配を掛けて、相済まぬな」

「おい、顔が少し赤くなってきたぞ。酒、大丈夫か」

「実に久し振りの酒だからな。が、大丈夫だ。気分はしっかりとしている。まだ酔ってはいない。呑むぞ……」

平四郎はそう言うと、自分の盃を満たして再び手にした。

「今日は俺が見守っているからな。よし、呑め。その前にここで一つ、大事な話をさせてくれぬか」

「大事な話？　早苗を妻にする気になってくれた、とでも言うのか」

「馬鹿。怒るぞ。青年時代の俺とお前はよう平四郎。寄宿修行に長く打ち込んできた一刀流剣法・古賀真刀流総本山において、四百二十六名の門弟のなかで竜虎《りゅうこ》と称されていただろう。古賀正之助義経《こがしょうのすけよしつね》先生のお話では、俺が竜で、お前が虎だとか。先生に、どうしてですか？　とお訊《き》きしたことがあったが、先生は笑ってひと言もお答え下さらなかった」

「俺も訊いたことがあったのだよ竜之助。が、矢張り先生は静かに笑っていらっしゃるだけだった」

「平四郎の**右肘斬し**《みぎひじおとし》は本当に稲妻のように凄《すさ》まじい業《わざ》であったな。俺にしても門弟の誰にしても、お前と立ち合うときは、二枚合《あわ》せの鹿革《しかがわ》を肘に巻いたものだった。それでも躱《かわ》し切れなかった俺の肘などは、赤く腫れあがっていた。特製のやわらかな竹刀《しない》で打ち合ったと言うのにだな」

「ははは、申し訳なかった。竜之助と立ち合う時は、つい力が入り過ぎてしまうのだ」

「べつに謝ることはない。実力においては、竜よりも虎が上だった、と言うことさ。違うか、虎殿《とらどの》よ」

「おい。話が横道に逸《そ》れておらぬか。大事な話、というのを早く聞かせてくれ」

「うん。それだがな平四郎。どうだ、俺の道場を手伝ってはくれぬか。たいした手当は出せぬが、年に十二両、他に盆《ぼん》手当で二両、暮《く》れ手当で二両を付けて、合せて年に十六両でどうだ」

「ちょっと待て待て竜之助。何を勝手にぺらぺらと喋っておるのだ。俺は労咳が治ったばかりで、まだ右脚が不自由の身なのだぞ。年に十六両とは、今の俺にとっては大変な高給ではないか。一体この俺に何を手伝わせる気だ」

「一刀流剣法・古賀真刀流の精神と剣の業《わざ》を、わが道場の若手修行者たちに教えてやってほしいのだ。平四郎、お前は俺より五か月も先に師匠から栄《は》え有る『直弟子之証』と『古賀真刀流総免許皆伝之証』を許され師匠の門から卒業した天才だ。門弟たちと乱取り稽古《げいこ》（立ち会い稽古）をする必要は全くない。**精神と業《わざ》の型**を伝授してやってくれるだけでよい」

「それなら竜之助。若き頃より日暮坂《ひぐれざか》の小天狗と称されてきた、お前がやればよいではないか」

「俺は忙しい。大勢の若い門弟たちの一人一人に、手が回らないのだ。とくに古賀真刀流の精神を若手門人に伝えることはなかなかに難《むつか》しい。ひとつ道場の運営を助けてくれ。頼む」

「おい……」

「ん？……」

「お前。さては俺と早苗に年に十六両もの支援をしようとして、道場を手伝えと言っているのだな」

「何《なん》と捉《とら》えてくれても構わぬよ。とにかく今の俺は心底から信頼できる手が一人ほしいのだ。それには、お前しかいない。これは本心なんだ」

「ふむう……」

平四郎は手にしていた小さな盃の温《ぬる》くなった酒を呑み干すと、盃を静かに盆の端に戻して腕組をした。

だが、その時間は短かった。考え込む様子も、殆ど無い。

「わかった。お前の道場を手伝わせて貰おう」

「そうか。引き受けてくれるか。有《あ》り難《がた》い」

「すまぬ竜之助」

平四郎は胡座のまま少し窮屈《きゅうくつ》そうに、竜之助に向かって深深と頭を下げた。

竜之助はそれを見ぬ振りを装って、運命川《さだめがわ》を眺めた。

いつの間にか川面は黄昏色《たそがれいろ》に染まっていた。

向こう岸の河原を埋めている常磐《ときわ》ススキ（多年草）が黄金色の日を浴びて美しく幻想的に輝いている。

「おい。月が……」

平四郎が黄昏色の空を指差した。

竜之助が彼の指先を追ってゆっくりと空を仰ぐと、黄昏色の中に僅《わず》かに取り残されている澄んだ青空に抱《いだ》かれるようにして白い満月が浮かんでいた。

「いい月だな。今宵《こよい》は明るいぞ」

「明るいな……もっと呑め、竜之助」

「うん」

竜之助は平四郎の差し出す徳利を、盃で受けた。

これほど純粋《じゅんすい》な男がなぜ道を踏み外さねばならなかったのか、と改めて竜之助は友に同情を覚えながら盃を呷《あお》るのだった。

平四郎と信河《しながわ》和右衛門高時との酒席での喧嘩を報《し》らされた時の竜之助は、幾人もの列輩《れっぱい》の目前《もくぜん》で生じた事であったから両成敗《りょうせいばい》が当然、とさして慌てなかった。武士の酒席でのいざこざは、たいてい職場での意見の違いなどを原因としており、これまでにも少なからず耳にしてきたからだ。

そして、平四郎と信河《しながわ》和右衛門との諍《いさか》いについても、翌日には双方に対し上席者（小普請支配）から厳しい叱責《しっせき》があり、双方共に三日間の蟄居謹慎《ちっきょきんしん》を申し渡されている。骨折を負った分、平四郎の方に不公平感は残ったが、これは致し方無し、と竜之助も思いはした。

ところが、諍《いさか》いから十三日後、平四郎は突如として**御役目**と**禄**と**屋敷**を御公儀から殆《ほとん》ど一方的に召し上げられたのである。

これには竜之助も驚いたが、**御公儀の執行**については、剣術道場を隆盛させている剣士たる彼にも手が出せなかった。下手《へた》に動けば、更なる処罰《しょばつ》が平四郎に及ぶ恐れがあるからだ。

が、平四郎の仕事ぶりを常常《つねづね》高く評価していた上役にして小普請支配の中川伊勢守が動いてくれ、現在の小屋敷——運命川《さだめがわ》べりの——が与えられたのだ。

「もう一度確《しっか》りと訊《き》かねばと思っていたのだがな平四郎……」

竜之助は手酌《てじゃく》で自分の盃を満たしたあと、白い満月を見上げて静かに切り出した。

「ん？……なんだ」

「俺は信河《しながわ》和右衛門を余りよくは知らんが、諍いの原因は何だったのだ」

「その事か。下らんことだ」

「仕事上のあれこれで衝突《しょうとつ》が多かったとか？」

「ま、それに近いことだよ」

「詳しく聞かせて貰う訳にはいかないのか」

「不愉快《ふゆかい》になるだけだ。思い出させないでくれ。せっかくの酒がまずくなる」

「そうか……わかった」

竜之助が呟くようにして言ったとき、平四郎が俯《うつむ》き加減《かげん》でカリッと歯を噛《か》み鳴らした。

あ、この剣友はあの日の怒りと悔しさをまだ忘れてはいないな、と竜之助は胸を痛めた。

小普請組《こぶしんぐみ》。それが平四郎の職場であった。幕政の**役職に就**《つ》**いていない**家禄三千石以下の旗本家の**集団**であって、平四郎時代においては中川伊勢守組、大久保淡《あわ》路守《じのかみ》組、松平伊豆守《いずのかみ》組、朽木《くつき》周防守《すおうのかみ》組、大島肥前守《ひぜんのかみ》組、の**五組**から成っており、この五人の**小普請支配**（家禄四千石前後）の下に三千百八十四人の無役旗本が屯《たむろ》していた。

これほど多数の無役旗本を管理するには、当然のこと組織という機能が必要となってくる。そこで**小普請支配**を補佐する役職として家禄三百石前後の旗本を起用し小普請組**支配組頭**が設けられ、平四郎はこの御役目に就《つ》いていた。

平四郎の下には小普請組**世話役**（経理会計役のような立場）が三名いて、この内のひとり志馬宗之進《しばむねのしん》に初めての子が生まれた祝宴《しゅくえん》の席が、平四郎・信河《しながわ》衝突の場となってしまったのだ。

信河家は無役旗本**七百石**で平四郎と同じく中川伊勢守組に属しており、志馬宗之進とは親類筋に当たることから、祝宴に出席したのだ。日常的には平四郎の御役目に決して近い立場の信河和右衛門高時ではなかったと言うのに……。

竜之助が把握できているのは、せいぜいその辺《あた》りまでだった。

二

竜之助と平四郎と早苗の三人は、真っ赤に熟し切ったような夕焼け空の下に出た。

「早苗殿。すっかり馳走になってしまった。有り難う」

竜之助は早苗に対して、丁重に頭を下げた。早苗が微笑《ほほえ》みながら返した。

「もう少しゆるりとして下されば宜しかったのに……いつもお帰りが早過ぎます」

「いや。道場主というのは余り長く留守には出来ぬのだよ。何が起きるか判らぬのだ。凶暴な道場破りが訪れることもあるしな」

「まあ、怖いこと……」

「ははは。いやなに。わが道場には手練《てだれ》の高弟たちが揃《そろ》っているのでな。今さら俺のような白髪頭《しらがあたま》が表に立つことなど、殆どありませぬよ。それでは今日は、これで失礼させて戴きましょう。おい、平四郎。約束通り来月に入ったら、俺の日暮坂道場へ通ってくれよ。頼んだぞ」

「承知した。必ず行く」

「よし……」

竜之助は頷くと、表情をやさしく改めて早苗と目を合わせ、もう一度丁重に頭を下げてから夫婦より離れていった。

「あいつ、なんだか年齢《とし》を取った感じがするなあ」

運命川《さだめがわ》の土堤《どて》をゆっくりと上がってゆく剣友の背中を見送りながら、平四郎はポツンと漏らした。

「それに御髪《おぐし》が銀の糸のように眩《まぶ》しいほど真っ白に……」

「ほんに夕焼け空の下でも、キラキラと燻《いぶ》し色に輝いておるのう」

「このところ妙に後ろ姿が寂しそうに見えてなりませぬ。頑固に独《ひと》り身を通されるなど、やはり、あの御方《おかた》のことがまだ忘れられないのでございましょうか」

「それは禁句《きんく》だぞ。判っておろうな」

「心得てございます」

「激しく恋《おも》い恋《おも》われていた仲であったからのう。独《ひと》り身を貫《つらぬ》き通している彼の気持、判らぬではないが」

「ご自分の人生に、絶望なさっているのではありますまいか」

「どうかな。精神力だけについて言えば強固な奴だよ。だからこそ、古賀真刀流の卒業を許されて、大酒呑みの父親がやっていた荒家《あばらや》同然の一刀流日暮坂《ひぐれさか》道場に戻った彼は、崩壊寸前だったその道場を今日《こんにち》の大道場へと導《みちび》けたのだ」

「あなた。竜之助様が運命橋《さだめばし》をお渡りなさいます」

「よし。土堤の上まであがって奴を見送ってやろう」

言うなり平四郎は右脚を軽く引き摺《ひず》って、すぐ目の前の土堤へと急いだ。

土堤とは言っても、高さと言う程の高さはない。ほんの少しの緩《ゆる》やかな高さに過ぎない。平四郎の住居《すまい》の広縁から、運命川《さだめがわ》の川面が眺められるくらいだから。

右脚を引き摺り土堤を上がり出した平四郎に追いついて、早苗は微笑みながら言った。

「あなた、手を……」

「馬鹿。何を言うか。平気だ……」

「手をつなぎたいのです。私《わたくし》が……」

「よせ。年齢《とし》を考えろ」

顔をしかめて返した平四郎であったが、戸惑《とまど》い気味に女房殿の方へ手を差し出していた。

「ふふっ……」

早苗は嬉しそうに夫の手を、確《しっか》りと握った。

二人は土堤に上がり、運命橋《さだめばし》を渡り出した芳原竜之助頼宗を見送った。

土堤に手をつないだまま佇《たたず》む夫婦に気付いて、竜之助が橋の中程で歩みを緩め、ひょいと右手を上げてみせた。それでよい、それでよいのだ、と言わんばかりに相好《そうごう》を崩《くず》している。

片手を妻に占拠されている平四郎は、ただ放心したように剣友を眺めているだけであったが、早苗はあいている方の手を肩の上あたりで振って応《こた》えていた。

竜之助の姿が漸く、橋の向こうの茶屋に隠れて見えなくなった。

「下《お》りようか早苗」

「はい」

「お前っていう女房はまったく……」

「え？」

「本当にいい奴だ。俺はいい女房を持った」

「幸せ？」

「うん。幸せだ」

「本当？」

「本当だ。来世《らいせ》も絶対にお前と一緒になると決めた。たとえ断《こと》わられてもな」

「断わりなど致しませぬ。さ、下りましょう、あなた」

「うん」

平四郎は妻の手を頼りに土堤を下りた。

木戸門の前まで戻って、平四郎は妻の手からそっと解放された。その解放を少し不満に感じながら平四郎は夕焼け空を見上げ、いつになく優しい口調で告げた。

「おい。千江《ちえ》に会いに行かぬか」

「今からでございますか？」

早苗も、そう応じつつチラリと夕焼け空を仰いだ。

「空はまだ充分に明るい。提灯《ちょうちん》を必要としない内に帰宅できるさ。両刀を持ってきてくれ」

「両刀を腰に帯びるのは久し振りでございましょう。重うございますよ。右脚に負担が掛かりは致しませぬか」

「労咳を病《や》んでからは、病《やまい》の呼吸《いき》を墓石《ぼせき》に向けては申し訳ないと思い、墓参《ぼさん》を長く堪《こら》えていたのだ。今日は千江が呼んでいるような気がしてならぬ」

「判りました。お参りして労咳の治ったことを千江に告げてあげましょう」

その場に平四郎を残して木戸門を潜《くぐ》った早苗であったが、大小刀を着物の袖で包み持つようにして直《す》ぐに戻ってきた。この小屋敷に移る前の平四郎夫婦は、小普請組ながらも三百八十石旗本として、敷地五百五十坪、片番所付長屋門の屋敷に住んでいた。

それが今や一人の家臣・下僕《げぼく》もいなくなって、夫婦二人だけの敷地二百坪程の小屋敷生活だ。庭などは毛程《けほど》の広さしかない。殆《ほとん》ど青菜《あおな》や芋《いも》の畑に変わってしまっている。生活のためだ。

平四郎は妻から受け取った大小刀を、腰に通した。実に久し振りであった。

「重くはありませんか」

早苗は心配そうだった。

「大丈夫だ。行こう」

平四郎は右脚を引き摺って前《さき》に立った。

平四郎と早苗の間には、ひとり娘（千江）がいた。が、五歳の時に流行病《はやりやまい》で亡くしている。以来、子には恵まれていない。

千江の墓は、住居《すまい》から二町《ちょう》（二百メートル余）半と行かぬところに在る具舎家の菩提寺、**天宝輪済宗恵源寺**《てんぽうりんさいしゅうえげんじ》にあった。墓所は恵源寺より一町ばかり離れた立地にあって周囲を辛夷《こぶし》の林に囲まれており、墓所と寺の間には運命川《さだめがわ》から分かれた清流幸川《さいわいがわ》の流れがあった。鰻《うなぎ》がよくとれることで知られている。

「あなた、御御足《おみあし》だいじょうぶでございますか。痛くはありませぬか」

「不思議だ。いつも程の硬直感は無いな。痛みもむろん無い」

「そうですか。ホッと致しました……労咳は治りましたし、これで脚さえよくなれば……」

「うん、仕事に就《つ》けるかもな。中川伊勢守様が力になってくれるやも知れぬ」

「竜之助様の日暮坂道場を手伝うと、約束なさっておられますよ」

「その約束はきちんと守る。竜之助は剣友である以前において、大切な恩人であるからな」

「運良く仕官が叶《かな》いますときも、竜之助様には事前に、それも早目に相談をなさいませ」

「それが作法だな。判っている。安心いたせ」

「ほら。もう御寺様《おてらさま》が見えてきましてよ。中川伊勢守様は具舎家の菩提寺の場所を知っておられて、ほど近い今の小屋敷の御世話を下されたのではないでしょうか」

「さあな。どうであろうか。偶然《ぐうぜん》のこと……であるような気がしないでもない」

などと話し合いながら、二人は夕焼け色に染まった門前菓子町《もんぜんかしまち》へと入っていった。二十軒ばかりの店が通りを挟むかたちで並び建っており、すでにどの店もガタピシと音を立てて、店を閉じ始めていた。広大な田畑の中にポツンと出来た門《もん》前菓子町《ぜんかしまち》であったから、日が落ち始めると参拝客は絶えるので、どの店も店仕舞《みせじまい》は早い。門前菓子町だからと言って、菓子舗《かしみせ》ばかりではなく食事の出来る店、蓑《みの》笠《かさ》・藁人形《わらにんぎょう》の店、汁粉屋《しるこや》などもあるのだが、ここでは黒飴《くろあめ》・白飴《しろあめ》に人気があった。白飴とは糗粉《はったいこ》まみれの飴だ。糗粉だけの袋《ふくろう》売りもしておりこれは湯《ゆ》に溶《と》かして食べる。

通りは向こう端で右へ急に曲がっており、恵源寺は門前町を見通すかたちでその曲がり角に立派な三門《さんもん》を構えていた。

平四郎と早苗は三門の前で歩みを休めると、どちらからともなく両手を合わせて頭《こうべ》を下げた。夕焼け色に美しく染まった金堂《こんどう》が、こちら向きに奥に見えている。

二人は合掌を解いて歩き出した。清流幸川《さいわいがわ》に架かっている母子橋《ははこばし》はもう目の前すぐの所だ。幅二間《にけん》ばかりの頑丈に出来た石橋だ。農産物を山積みにした大八車などが頻繁《ひんぱん》に行《ゆ》き交《か》うことが多く、二代将軍（徳川秀忠）の時代に石橋とされた。

前《さき》に立っていた平四郎の歩みが、橋の石柱《せきちゅう》に彫られた**母子橋・ははこばし**の文字が読み取れる所まで来て何かを思い出したように、ふっと止まった。石柱《せきちゅう》は親柱と控柱《ひかえばしら》の組合せで成っており、漢字（母子橋）は親柱に、ひらがな（ははこばし）は控柱《ひかえばしら》に彫られていた。親柱は流側《ながれがわ》に、控柱は岸側《きしがわ》に立っている。正しくは高欄親柱《こうらんおやばしら》、高欄控柱《こうらんひかえばしら》と称した。

「早苗よ」

平四郎は振り向いたが、その視線は先程の恵源寺三門の方へ向けられていた。

夫の心中を察したかのように早苗が言った。

「母子地蔵様《ははこじぞう》に詣《もう》でますか？」

「そうしよう。それを終えてから千江に会いに行った方がよい」

「はい。そう致しましょう。御御足《おみあし》のお疲れは大丈夫ですか」

「平気だ……何度も訊《き》くな」

二人は三門まで戻ると、朱色の中に深閑と鎮《しず》んでいる境内《けいだい》に入っていった。

金堂の前まで進んだ二人は、再び揃って合掌したあと、石畳に沿って金堂の東側へ回った。

手水舎《ちょうずや》と並ぶかたちで、腰高の地蔵が三体並んでいる。

いずれも赤子を背負っていた。

母子地蔵である。見るからに古い。詣でる人人に長く撫《な》でられてきたからであろう、すべすべしたお体だ。

夫婦は手水舎《ちょうずや》の清水で手を清めると、母子地蔵の前に立ち肩をひと撫でしてから、祈《いの》った。

梢《こずえ》の間から射し込む赤い夕日が、夫婦の背中を染めていた。

塒《ねぐら》へでも戻るのか、烏《からす》がひと声ふた声鳴いて、天高く飛び去ってゆく。

「行こうか……」

「ええ」

夫婦は合掌を解き、お互いの目を見つめ合って満足そうに微笑んだ。

「有り難うございます」

申し合わせてあった訳ではなかったけれど、二人は呟くように声を揃えて母子地蔵に礼を述べて、その場から静かに離れた。夫の病《やまい》と脚の不自由が早く治りますように、と早苗は機会を見つけては母子地蔵にお参りしていた。そのことを平四郎はむろん承知している。

石畳をひっそりと鳴らして、二人は金堂の表側へ引き返した。

あ……という感じで二人の歩みが、殆ど同時に止まった。

何もかもが濃い朱色に染まって静まり返った境内の、七、八間《けん》の間《あいだ》を置いたそこに、五つの人影が横に開いて立ち塞《ふさ》がっていた。そう、もはや人影と称する他ないほどに、それ迄の夕焼け色に墨《すみ》が混《ま》じり出していた。

影は五つとも両刀を帯びている。

「あなた……」

「案ずるな。この場を動かぬように」

不安そうな妻の囁《ささや》きに、平四郎は落ち着いた小声で返すと、右脚を引き摺り三、四歩をゆっくりと進んだ。

五つの人影は動かない。

平四郎は相手に告げた。

「無駄だな。諦《あきら》めろ。俺たちの懐《ふところ》には、お前たちに一滴の酒を馳走してやる小《こ》銭《ぜに》も無いぞ」

「………」

平四郎に返ってきたのは、両刀を帯びた五人の無言だった。

漸く剣客としての平四郎の目が、きつい光を放ち出した。彼は前を向いたまま右脚を引き摺って、妻の位置まで後退《あとずさ》った。

「私の傍《そば》から離れるなよ。どうやら追剝《おいはぎ》の類《たぐ》いなどではなさそうだ」

「はい」

早苗はむろん、夫が古賀真刀流総本山で芳原竜之助と並び**竜虎**と称せられていた凄腕剣士であったことを承知している。しかし信河和右衛門との衝突で体調を崩して以来、剣術の鍛練《たんれん》から全く遠ざかっていることも承知していた。だが大好きな夫の落ち着いた言葉で、正体の判らぬ五人への恐怖を振り払うことが出来た。

五人が足並を揃えて五、六歩前に進み出、静かに抜刀した。

「よいか早苗。二尺ばかり間をあけて、ぴたりと私の背に張り付いていなさい」

平四郎はそう言いながら、先先代より具舎家に伝わる相州正宗一心斎《そうしゅうまさむねいっしんさい》を抜刀した。

そして自ら相手との間を四、五歩詰《つ》める。早苗が二尺ばかりをあけて、夫の背に付き従った。

「誰からでもよい。確《しっか》りと向かって来い」

正眼《せいがん》に構え低い声で相手に告げた平四郎は、傷めている右脚を少し後ろへ下げてから、左膝を**くの字**に浅く折った。早苗は夫の動きの邪魔にならぬようにと、更に後退《あとずさ》って三尺ばかりをあけた。

合わせて五尺ばかり、夫の背から離れたことになる。

五人も正眼に構えた。墨《すみ》が混じり始めた夕焼け色が、いよいよ濃さを深めてゆく。

横並びで立ち塞がっていた五人が、速い動きで扇形(半円陣)に広がった。まさに平四郎と早苗を取り囲まんとする布陣、と言う他ない。

ここに来て平四郎は、五人から放たれる烈烈たる殺気を感じた。

(俺を暗殺?……一体誰が何のために)

平四郎は胸の内で首をひねった。覚えが無かった。信河和右衛門との衝突にしても、自分が受けた被害の方が遥かに大きい、という認識がある。なにしろ**御役目**も**禄**も**屋敷**も御公儀に取り上げられているのだ。三百八十石旗本**具舎家**《ぐしゃけ》は崩壊してしまったのだ。

扇形の左右両翼の二人が、どちらからともなく前へジリッと踏み出し、平四郎との間を詰めた。

平四郎も油断なく詰めて軽く腰を下げたが、相州正宗一心斎の切っ先は、真正面のひときわ体格すぐれたる相手に向けられていた。微動もせずに。

平四郎は己れの右脚に不利があることを、相手に既に把握されていると覚悟していた。

見守る早苗は、祈るように胸の前で両手を合わせ、小さく震えている。

と、平四郎の真正面に位置する偉丈夫が、夕焼けいよいよ濃く降《ふ》る中でタンッと足下《あしもと》を踏み鳴らした。さほど大きな音ではない。平四郎の耳に辛うじて届く程度に。

が、それが急襲の合図であった。

両翼の二人が放たれた矢のような速さで平四郎に挑み掛かった。

無言だ。口許《くちもと》を引《ひ》き絞《しぼ》って固《かた》く閉じ、吊《つ》り上がった眦《まなじり》に炎《ひ》のような殺気が覗《のぞ》く。濃い〝朱色の気〟の中ではっきりと。

平四郎は左へ一度大きく上体を揺らしてから、その反動に引っ張られるようにして右へ烈しく飛んだ。

殆どの負担を左脚に負わせての、渾身の片脚飛びだった。

そのまま双方の刀が激突。まさに激突だった。

ガチン、カン、ガチッと目にも止まらぬ速さで三合を打ち合い、濃い夕焼け色の下で青白い火花が散る。

その火花に似合わぬ程に、勝負は刹那的《せつなてき》だった。

ガチッと三合目の鋼《はがね》の激突音と火花が、夕焼け色の中に四散した瞬間、平四郎の相州正宗は相手の利き腕に、蛇《おろち》と化して絡み付いていた。

「があっ……」

右肘から下を刀を手にしたまま斬《き》り弾《はじ》かれた刺客が、横面を殴られたかのように地面に叩きつけられる。平四郎の凄まじい打撃力。瞬《まばた》きをするか、しない内に生じて終った戟戦《げきせん》だった。

しかし彼は休まない。寸陰を空《あ》けることなく左から向かって来た相手に、傷んだ右脚で思い切り地を叩いて上体の向きを捻《ひね》った。激痛が大腿部から脊柱《せきちゅう》へと稲妻のように走る。

平四郎の表情が思わず歪んだ。が、ヒヨッという風切音を背負った敵の刃が、鼻先に迫っていた。右脚が自在《じざい》なら訳もなく避けられた平四郎だった。

それが出来ない。全身が今の激痛で硬直していた。やられた、と彼は思った。

「あなた……」

早苗が叫んだ。夫の顔面が幹竹割《からたけわり》にされる光景が脳裏に浮かんでいた。

平四郎の本能が、早苗の叫びで反射的に働いた。いや、反射的という表現よりも遥かに速い瞬時的な彼の本能だった。

彼は自ら仰向けに反《そ》るようにして倒れた。額《ひたい》に、チリッとした痛みが走る。敵の刃が微かに額《ひたい》を擦《こす》ったのだ。そのなかで平四郎は左目の視野の端に、踏み込んできた刺客の左膝《ひざ》を捉えていた。見逃す筈が無い。

くの字を描いているその左膝の下を、相州正宗が空気を鳴らして斬り上げた。

血走った形相《ぎょうそう》の平四郎の口から唸《うな》りが迸《ほとばし》る。夕焼け色に染まった唸りだ。

骨肉を断つ鈍《にぶ》い音。夕焼けのなか、そ奴の下肢が、赤い矢車《やぐるま》となって高高と舞い上がった。

「わっ……」

左膝から下を失ったそ奴が、もんどり打って横転。ドスンと地響《じひび》く地面。

平四郎は素早く身を起こそうとした。けれども不利が働いた。先ほど激痛の走った右脚を不利が襲った。力が入らない。何と言うことか。

彼は相州正宗を杖《つえ》として、左脚で立ち上がろうと逸《はや》った。一瞬、懸命の顔つき。

その好機《こうき》に刺客が気付かぬ訳がない。

低く吼《ほ》えざま刺客二人が動いた。

左手側の刺客は、激しく一直線に突き進んだ。刀の柄《つか》をぐいっと左腋に引き付けての突進だった。勢いだけに頼った我武者羅《がむしゃら》剣法では決してなかった。

（こ、これは居開流《いかいりゅう》霞討《かすみう》ち……）

平四郎がそうと気付いたとき、霞討ちの切っ先はぐぐーんと伸びて目の前に迫っていた。

平四郎は両手首に全力を集中させて、下から斜め上へと敵の刃を跳ね上げた。

が、相手が素早く霞討ちを引いた。あざやかな引きであり、読みであった。

両手首に全力を集中していた平四郎の相州正宗が、目標を見失い空《くう》を切る。

その相州正宗の強烈な飛燕《ひえん》の速さに引っ張られ、平四郎の上体が崩れた。

「死ね」

刺客がはじめて低い声を発した。踏み込んでの上段からの斬り下ろしが、鋭い音を立てて平四郎の左肩に打ち込まれた。

肉が裂け骨が砕けて血しぶきが飛び散ったかと思われたが、相州正宗は肩先で凶刃を受けていた。危うく受けていた。また受けた。再び受けた。凄烈《せいれつ》な防禦であった。

が、相手は止《やす》まない。

おのれ、とばかり其奴《そやつ》の刃が激しく狂ってまた打った。更に打った。火花を左目に浴びた平四郎が大きくよろめきながら退《さ》がる。ぶるぶると頬を震わせていた。あの平四郎が黄昏《たそがれ》の下《もと》、恐怖を露《あらわ》にしていた。誰にも判《わか》る程に。

「誰か……誰かお助け下さい……誰か」

突然、早苗が叫んだ。今まさに仲間の連打に加勢しようとしていたもう一人の刺客が、目標を改めて足先の向きを変えた。

平四郎の後方二間《けん》（三・六メートル余）近くまで下がっていた早苗に対し、刺客が牙《きば》を剝《む》いて襲い掛かる。

「あなた……」

早苗は一度叫ぶや、柄袋《つかぶくろ》を取り払ってあった懐剣《かいけん》を抜き放った。

けれども悲しいかな早苗は、懐剣業《わざ》の修練を全く積んでいない。伸《の》し掛《か》かるが如く襲い掛かった刺客が早苗の左肩へ打ち込んだ。

凶刀がそのまま深深と斜めに斬り下ろされ、早苗の絶望的な悲鳴が茜色《あかねいろ》の空に散った。

「早苗……早苗……おのれ、よくも」

連打を浴びているにもかかわらず、平四郎は振り向くや、右脚を引き摺って妻に向かった。連打を加えていた刺客が、平四郎の背に向かって、一撃を加えた。

平四郎は大きくのけぞったが、しかし諦めなかった。

転がり込むようにして早苗の直前まで来るや、「貴様あっ……」と呻《うめ》きを放ち、倒れている早苗の背に更に凶剣を突き刺そうとする刺客に斬り掛かった。すでに刀勢は弱弱しく衰えていた。背中に深手を負っているのだ。

だから相州正宗は訳もなく其奴に叩き落とされ、額《ひたい》を縦に真っ直ぐに斬られた。

相手は、せせら笑っていた。喉仏を上下させて、せせら笑っていた。

しかし、高名な古賀真刀流総本山で、竜之助と共に竜虎と並び称されていた平四郎である。

せせら笑っている相手に、夢中でしがみつくや其奴の脇差を抜き取り、一撃、二撃、三撃と脇腹に深深と叩き込んだ。必死であった。激怒であった。

ごおおお……と声を低く鳴らして、其奴が倒れている早苗の上に崩れた。

平四郎は血まみれの脇差を手に振り返った。髪は乱れ、黄昏《たそがれ》色のなかでもそうと判る程に顔面血まみれだった。全身をガタガタと震わせている。

彼の背に深手を与えた刺客が、初めから微塵《みじん》の動きも一言の声も発しなかった偉丈夫の方を返り見て、了解を求めるかのように頷いてみせた。

偉丈夫が頷きを返した。殺《や》れ、という意味なのであろうか。

姿勢を改めた刺客が、一息《ひといき》をも休むことなく、平四郎の右肩に激しい一撃を放った。

「竜之……竜之……竜之助ええっ」

それが平四郎の最後の叫びであった。両脚をぐにゃりと折るや、そのままの姿で動かなくなった。まるで木彫り人形のように。

偉丈夫が、たったひとり生き残った刺客にゆっくりと歩み寄った。

「よくやってくれた」

遠くでゴロゴロと雷鳴が轟《とどろ》いているような、低く野太い声をはじめて出した偉丈夫だった。

「それにしても、右脚が悪いというのに、想像以上の強敵でありました」

「うむ、確かに……」

「お約束の一人当たり十両。亡くなった仲間の分は私の手で家族に届けてやりましょう」

「わかった。そうしてやってくれ」

言うなり偉丈夫の右手が動いた。懐から四十両を取り出した訳ではなかった。

茜色の中で翻《ひるがえ》ったのは、偉丈夫の腰の大刀だった。

呻き声ひとつ発することもなく、最後の刺客が静かに地に沈んでいく……。

偉丈夫は懐紙で刃を清めると、刀を鞘《さや》に戻した。

凄惨な現場をそのままにして、偉丈夫は悠然と立ち去った。

何事も無かったかのように。

三

友人夫妻との一月《ひとつき》振りの歓談を楽しんだ芳原竜之助頼宗が、自分が主人《あるじ》である一刀流日暮坂《ひぐれさか》道場へ戻ってみると、短く溶《と》け禿《ちび》った三本の蠟燭《ろうそく》の明りの中で、二人の門弟が真剣を手に熟《じ》っと向き合っていた。

日暮坂道場では隔日で夜間稽古《けいこ》があるのだが、今日はその日ではない。したがって昼間見るとその広さに誰もが驚く道場は今ひっそりと静まり返り、門弟の姿は正眼《せいがん》に構《かま》えて身じろぎ一つせぬ二人だけだった。

竜之助は二人の呼吸を乱さぬよう、道場出入口の外《そと》に呼吸《いき》を抑えて腰を下ろした。

真剣による稽古《けいこ》は、怪我《けが》をしない・させない、が日暮坂道場の大原則である。型の稽古であろうと、乱取り稽古（立ち合い稽古）であろうとそれを守らねばならない。

稽古で用いる真剣は、個人所有の刀ではなく、僅《わず》かに刃を潰《つぶ》した道場備えの**修練用真刀**と称するものを使うのが鉄則だった。

刃を潰してあるとは言えそれは僅かであり、まともに打撃を浴びれば血肉は破れ骨は砕けて、生命《いのち》にもかかわる。よって日暮坂道場で修練用真刀を用いて稽古を許されているのは、十名の**高弟**と、十五名の**次席高弟**の合わせて二十五名だけだった。

この次席高弟の下に、実力に応じて一班、二班、三班……などと格付けされている。

広広とした道場ではあったが、短く溶け禿《ちび》った三本の蠟燭のか細い明りは、正眼で対峙《たいじ》する二人の修練用真刀の切っ先へ案外に確《しっか》りと届いていた。

竜之助の穏やかな視線は、殆《ほとん》ど暗がりと言っていい中で、対峙する二人の手首と切っ先に集中していた。若い頃から暗がり稽古に人一倍《ひといちばい》熱心だった竜之助の眼力は、白髪となった今も秀《すぐ》れている。

と、か細い蠟燭の明りが三本揃《そろ》って、ゆらりと二揺《ふたゆ》れした。鎮《しず》まっていた空気が、一方から一方へ微《かす》かに動いた証《あかし》だ。

「いやあっ」

一方が裂帛《れっぱく》の気合を発すると共に、サッと刀を大上段に上げ激しく床を蹴《け》った。

ダンと響く大きな板鳴り。

「そこまで……」

竜之助の重い声が飛んだ。聞く者の腹に堪《こた》えるような野太い声量だった。

対峙する二人の体から瞬時に力みが消えて、やわらかく衝突し合ったのはさすがだった。

「あ、先生……」

「具舎《ぐしゃ》様よりお戻りでございましたか」

平四郎《へいしろう》夫婦と竜之助の交流をよく知る二人の門弟は蠟燭の薄明りのなか、道場出入口の外《そと》に泰然と正座する師匠の姿を認めて、姿勢を改めた。

「お帰りなさいませ」

二人の門弟は、修練用真刀での稽古を許されている剣士らしく、ピシリとした感じで口調を揃え頭を下げた。

「うむ。平四郎は元気だったよ。それよりもちょっと話がある。大燭台《だいしょくだい》の明りを点《とも》し、二人とも**指南席**の前まで来なさい」

「畏《かしこ》まりました」

二人の門弟のうち一人は、相手の修練用真刀を受け取ると、竜之助の口から出た**指南席**の後背へと回り込んだ。厚い壁一枚を隔《へだ》てたそこに、修練用真刀の保管庫がある。刃が僅かに潰されているとは言え、真刀であることに変わりはないから盗難などに備え厳重に管理されていた。いかに稽古用とは申せ決して安価な刀を用いている訳ではないので、腕の良い研師《とぎし》に預ければたちまち立派な実戦刀に戻る。

竜之助はゆっくりと腰を上げると、短く溶《と》け禿《ちび》った蠟燭の一本へと近付いてゆくもう一人の門弟の背中を目で追いながら、**指南席**へと歩んでいった。

広広とした矩形《くけい》（長方形）の道場は、南北の長さが十五間《けん》（約二十七メートル余）、東西の長さが二十二間（約四十メートル余）もある。隆盛を誇る日暮坂道場は、まさしく大道場であった。

竜之助は、東西の辺《へん》のちょうど中央に位置する**指南席**に、ひやりとした険《けん》を表情に滲《にじ》ませて正座をした。溶《と》け禿《ちび》った一本の蠟燭を手にした門弟の後ろ姿を眺めつつである。

その〝蠟燭の門弟〟に対し、竜之助は何やら心配でもあるのだろうか。そのような表情だ。

修練用真刀を保管し了《お》えた門弟が、指南席の前にやって来て師匠と向き合い正座をした。

指南席は道場の床より四・五寸ばかり高くなっており、畳三枚が敷かれている。後ろ壁に下がっているのは、竜之助自筆の朋友には信義をつくすべし（信頼できる友には信義をつくしなさい）の掛軸であった。門弟たちに対して常に、**剣は人なり**、を説いてきた竜之助の人柄がよくあらわれている掛軸と言えようか。

また、具舎平四郎・早苗《さなえ》夫婦に心寛《ひろ》い友情を注ぎ続けてきた竜之助らしい掛軸であるとも言えよう。

指南席から真正面に眺める向こう位置には、ひと抱え以上はありそうな一本の丸太柱《まるたばしら》が高い天井をがっしりと支えるが如《ごと》く、屹立《きつりつ》していた。

そう。まさに屹立という表現が似合う程に、太く堂堂たる柱であった。

幾つもの大きな節《ふし》が目立った猛猛《たけだけ》しい様子の柱ではあったが、長い年月《としつき》の経過と門弟たちによる弛《たゆ》まぬ手入れで、木肌《きはだ》は黒漆《くろうるし》を塗ったかのような光沢《こうたく》を放っている。

もっとも、すっかり外の日が落ちて、短く溶《と》け禿《ちび》った蠟燭の薄明りに頼っている道場は今、その丸太柱《まるたばしら》が放つ威厳をすっかりと言っていい程に隠してしまっている。

だが……。

短く溶け禿った一本の蠟燭を手にした門弟は、ゆらゆら泳ぐ心細い明りを従えて巨《おお》きな丸太柱へ近付いてゆくと、その柱に掛けられていた防火拵《ぼうかごしら》え充分な大燭台に、心細い明りを慎重に近付けた。

大燭台に火が点《とも》り、たちまち道場に明りが広がって猛猛《たけだけ》しく太い丸太柱が威厳を放ち出した。東西の長さが二十二間もある大道場の隅隅《すみずみ》まで足りる筈《はず》もない明りではあったが、指南席の真向かいに位置する丸太柱までの南北の隔たりは十五間のため、師匠と弟子三人の歓談には充分に事足《ことた》りる明るさだ。

三人は先程よりも恵まれた明りの中で向き合った。短く溶け禿った蠟燭三本もまだ心細くだが加わっている。

竜之助が二人の門弟の顔を見比べたあと、少し考え込む表情を見せて膝前に視線を落とした。

二人の門弟の顔に、チラリと不安が過《よぎ》った。一人は八重洲河岸《やえすがし》の北町奉行所・定町廻《じょうまちまわ》り同心《どうしん》**笠山義一郎**《かさやまぎいちろう》（二十五歳）、もう一人は同じく北町奉行所・臨時廻り同心**八屋新八郎**《はちやしんぱちろう》（四十二歳）だった。

臨時廻り同心は、定町廻り同心を永年勤務して一応の〝定年〟を迎えた者が、若手層の多い定町廻り同心の指導役（面倒見役《めんどうみやく》）として就《つ》く役職で、その実体は定町廻りの補佐的な立場（予備隊的な立場）にあった。

竜之助が膝前に落としていた視線を上げて口を開いた。表情には、ひやりとした険《けん》をまだ滲ませている。

「其方《そなた》たち二人は、日夜江戸市中の治安にかかわる大変忙しい身でありながら、いつも稽古に熱心だね。ま、それでこそ我が日暮坂道場の**高弟**であり**次席高弟**であるのだが、しかし……」

そこで言葉を休めた竜之助の視線が、年若い門弟笠山義一郎《かさやまぎいちろう》に注がれて止まった。目つきそのものは、とくに厳《きび》しいと言う程でもない。けれども表情は無かった。

「笠山、今日は一体どう致したのだ。先程の構え様では八屋《はちや》の打ち込みを受けられなかったかも知れぬぞ。〝心ここにあらず〟の構えであった。八屋の打ち込みを受けていたなら、刀身が折れて、額《ひたい》を痛打されていたかも知れぬ。危なかった」

「も、申し訳ありません先生。〝心ここにあらず〟を認め、この通りお詫《わ》び申し上げます」

若き剣士笠山はそう言うと、座を少し後ろへ下げ、竜之助に対し平伏した。

笠山義一郎は**次席高弟**の第二位にある遣《つか》い手で、**高弟**入りは近い、と竜之助がその精進《しょうじん》ぶりを評価してきた門弟だった。

高弟第六位の八屋《はちや》新八郎が横合いから遠慮がちに、口をはさんだ。

「先生、あの……余計なお世話だとお叱りを受けるかも知れませぬが、私にひとこと釈明《しゃくめい》させて戴けませんでしょうか」

「釈明?……今の無様《ぶざま》な真刀稽古の言い訳を、高弟の其方《そなた》がすると言うのか」

「はい。義一郎（笠山）には〝心ここにあらず〟の理由がありましたし、私もそれを承知しておりました。それゆえ先程の打ち込みは寸止めの積もりで……」

「止《よ》しなさい八屋《はちや》。寸止め業《わざ》と言うのは、はじめから稽古最中《さなか》の胸中に備えて用いるものではない。全力必殺剣、それがこの日暮坂道場における真刀稽古の正しい真理ではなかったのか」

「は、はあ……」

「修練用真刀を用いたる稽古では、曖昧《あいまい》稽古は許されぬ。かえって危険じゃ。全力で相手を必殺するという並並《なみなみ》ならぬ真剣さで真刀を握らねばならぬ。一撃撃破《いちげきげきは》の勢いで相手に打ち込み、己れの刃が相手の皮膚《ひふ》に触れるか触れないか、の一瞬に炎《ひ》のような集中力でその刃を静止《せいし》させるのが、真《まこと》の寸止めじゃ。私は、そう教えてこなかったかのう」

「その通りでございます。申し訳ありません。ただいまよりこの八屋《はちや》、箇札《かんさつ》を次席高弟の位置に一か月の間下げて反省に入りたく思います」

「許す。そうしなさい」

「はっ」

高弟の第六位にある八屋《はちや》新八郎は師匠に頭を下げると、腰を上げ道場の出入口の方へと足早に移動した。

道場出入口を入った直《す》ぐ左手の板壁には、高弟・次席高弟・第一班までの門弟の名を記した数十人分の**箇札**が下がっていた。この数十人が日暮坂道場の上級剣士として、下級者を指導することを竜之助から認められている。

八屋《はちや》新八郎が自分の箇札を、次席高弟の一番最後に裏返して掛けた。箇札の表は黒文字だが、裏は朱文字になっていてこれは反省に入っていることをあらわしている。反省期間を満たすと、箇札は再び元の位置に戻ってよしとなっていた。

改めて述べるまでもなく箇札とは、**文字を書いた木札《きふだ》**のことである。箇札の**札《さつ》**は木《き》の札《ふだ》を意味している。

八屋《はちや》が神妙な顔つきで、指南席の前に戻ったので、竜之助は笠山を見て口を開いた。

「さて笠山。修練用真刀を手に、〝心ここにあらず〟の危険極まりない稽古をしていた理由とやらを、この私に打ち明けなさい。その理由が納得できないものであれば、其方《そなた》の箇札も下げねばならない」

「はい先生。申し訳ありませぬ。私、いささか浮かれていたと申し上げなければなりません」

「なに、浮かれていた?……一体何に浮かれていたのだ」

「この秋に、私と同じ北町の詮議方《せんぎ》(吟味方)与力《よりき》**番道仙之介《ばんどうせんのすけ》**様の次女**咲与《さきよ》**殿を妻に迎えることが決まりまして」

「なんと、そうであったのか、それは目出度《めでた》い。実に目出度い。ふむ、だからと申して〝心ここにあらず〟の真刀稽古はのう」

「先生、日暮坂道場における真刀稽古の規範から逸脱した心構えであったことは、重くお詫び致します。また私も箇札を第一班に下げて反省に入ります」

「まあ、待て。一つこの私に堅く約束してくれるならば、今回のことは大目に見てやってもよい。堅い約束だ。妻を迎えるということは、それほどに重要なことなのだぞ」

「どのような事を、堅くお約束すれば宜《よろ》しゅうございましょうか」

「その前に八屋《はちや》……」

と、竜之助は八屋新八郎と目を合わせた。

「詮議方（吟味方）与力と申せば確か、刑事・民事の事件取りべや、その審理判決にまでかかわる重要な御役目であったな」

「その通りでございます先生。精神的にも体力的にも負担の多い、重要な御役目です」

「その御役目与力の家庭で育てられた咲与殿を、其方《そなた》はよく存じておるのか」

「存じるも何も先生。うちの家内が通うておりまず茶華道教室へ、咲与殿も熱心に通うているのでございますよ。今回の縁組は先生、実はうちの家内が間に立ったものでございまして……」

「ほほう、それはまた」

「なもので近頃は、家内を訪ねて咲与殿はうちへよく見えます。礼儀作法をよく心得た落ち着いた、気立てのやさしい娘さんです」

「そうか。よかったのう笠山。妻を迎えたならば、当たり前のことだが、よい家庭を築くよう心掛けねばならぬぞ」

「はい。人に後ろ指を差されることがないよう、確《しっか》りとした家庭を築くよう精一杯頑張ります」

「そしてな。いかなることがあっても、妻を守るのだ。命を賭《と》して守るのだ。そのうち子も出来るじゃろ。家庭をな、大きな度量で包容せよ。篤《あつ》い愛情で包むのじゃ。子と妻を慈《いつく》しめ。判《わか》ったな」

「お約束いたします先生」

「幸い、其方《そなた》の剣の腕は高弟の第六位にある八屋《はちや》新八郎と、ほぼ互角じゃ。そうではないか八屋《はちや》」

竜之助は穏やかな視線を、笠山から八屋《はちや》へと移した。

「先生の仰《おっしゃ》います通り、笠山の剣はここ数か月で何かを悟《さと》ったかの如く、めきめきと上達いたしております。竹刀《しない》稽古では三本立ち合って、二本取られたり取り返したりの、全く互角となってきました。いや、頼もしい奴でございます」

「うむ。それだけにな笠山……」

と、竜之助は視線を笠山の若若しい顔に戻した。

「それだけに油断してはならぬと言うことじゃ。人間である限りいつかは、苦しいこと、悲しいこと、寂《さみ》しいこと、嬉しいことなどに必ず見舞《みま》われよう。高い位《くらい》を目指す剣士は、ひとたび刀を手にしたならば、喜怒哀楽《きどあいらく》に決して心を乱されてはならぬ、わかったな笠山」

「心を一層のこと引き締めます先生」

「宜《よろ》しい。今日は目出度い話を聞いたのじゃ。大目に見よう。八屋、簡札を元へ戻しておきなさい。其方《そなた》も剣の心を緩《ゆる》めてはならぬぞ」

「有り難うございます。はい、一層のこと厳しく自らを律《りっ》しまする」

「よし。ならばどうだ。これより私の居間で、いっぱい交《か》わさぬか。肴《つまみ》らしい肴《つまみ》は無いが……」

言われて八屋《はちや》と笠山は「あ……」といった表情で顔を見合わせ、そのあと八屋が申し訳なさそうに言った。

「先生、申し訳ありません。我らこれより夜廻《よまわ》りの当番となっております。明日ならば……」

竜之助は聞いて微笑むと、黙って頷《うなず》いてみせた。

四

竜之助は、夜廻り仕事が待ち構《かま》える二人の門弟が立ち去ったあと、漸《ようや》くホッとした気分になり、居間へと足を運んだ。大道場からは、離《はな》れとなっている居間であった。

居間の床柱に掛かった小行灯《あんどん》の仄明《ほのあか》りの下には、酒の膳があった。竜之助が愛用している深川萩《ふかがわはぎ》(山口県萩焼の一派)の二合徳利、盃、小皿が主人《あるじ》の帰りを待ち侘《わ》びているかのようにひっそりと、まさにひっそりと調《ととの》えられていた。小皿のものは大根と茄子《なす》の漬物だ。

うん、とひとり頷いた竜之助は、両刀を床の間の刀掛けに休め、膳の前に胡座《あぐら》を組んだ。

このとき台所の方で人の気配があり、それが土間伝いに居間の方へと次第に近付いてきて障子の向こうで止まった。

「お帰りなさいませ先生。お酒は冷《ひ》やのままでございますが……」

障子の向こうの、若くはないと判る女の声であった。竜之助への物静かな声の掛け方が、この家《や》に長く世話になっていることを思わせた。

「あ、冷やのままで構わぬよ**サエ**。ありがとう」

「具舎平四郎様のお体のご調子は如何《いかが》でしたでしょうか。**雨助**《あますけ》と気に致しておりました」

雨助とは、サエの亭主の名であった。

「おお、平四郎の体調のう。いつも気遣ってくれて済まぬな。これ**サエ**や、いいからそこの障子を開けなさい」

「へえ。それでは失礼いたします」

六枚障子のうちの一枚が、遠慮しているかのようにそろりとした感じで開けられ、共にすっかり髪が薄くなった老夫婦が薄暗い土間に、人の善《よ》さそうな表情であらわれた。

小柄な**雨助**と**サエ**だった。継《つ》ぎ接《は》ぎがところどころ目立つが、洗いのよく利いた清潔そうな野良着を着ている。

障子が開けられた影響でだろうか、土間の柱の掛け行灯《あんどん》の炎《あかり》が、老夫婦のうしろでぽっぽっぽっと踊っていた。

「まあ、そこへ掛けなさい。雨助もサエも」

竜之助に促されて野良着の老夫婦は「へえ……」「それでは……」と、縁頬《えんづら》の框《かまち》へ腰を下ろした。それを待って竜之助は徳利の冷《ひ》やを、盃へ手酌《てじゃく》で注いだ。

そしてそれを気分良さそうに呑《の》み干《ほ》し、旨《うま》い、と目を細めた。

「今日はこのように、何年振りかで具舎平四郎と酒を酌《く》み交《か》わせたのだよ。医者の許しが出たのでなあ」

「まあ、それでは漸《よう》やくと……」

「お体のご調子が……」

雨助とサエの顔に笑みが広がって、額《ひたい》の皺《しわ》が深くなった。

「お前たちもよく知る、治療にあたっていた安畠彰玄先生がな。労咳《ろうがい》はもう心配ないと太鼓判《たいこばん》を押して下さったのだ」

「それは良うございました。早苗奥様もさぞ、お喜びでございましょう」

と、思わず声に力が込もるサエだった。

六十の半ばをこえている雨助とサエだったが矍鑠《かくしゃく》たる年寄りで、竜之助の用でこれ迄に幾度となく平四郎夫妻をたずねている。

「お脚《あし》の方は元通《もとどお》りになるのでございましょうか」

平四郎の気性を殊《こと》の外《ほか》気に入っている雨助が、訊ねる表情に不安を覗《のぞ》かせた。

「それだが……まだまだ時間が掛かりそうだな。骨折してすっかり硬くなってしまった部分を、焦《あせ》らずじっくりと解きほぐすしかなさそうだ。三年も四年も掛かるかも知れない」

「三年も四年も……」

雨助の視線が框《かまち》に落ちて、表情が沈んだ。竜之助は立て続けに盃を満たして二杯を呑み干すと、サエの手による大根の漬物を箸でつまんだ。

旨《うま》そうに噛み鳴らす音で竜之助の頬が膨らむのを見つめていたサエが、控え目な口調で言った。竜之助の頬が静まるのを、待っての頃合《ころあ》いだった。

「もし宜しければ先生。糠漬《ぬかづ》けと味噌《みそ》を明日にでも、早苗奥様にお届けして参りましょうか」

「それはよいなあ。気が付かなんだ。それは喜ぶぞサエ。お前の手になる糠漬けと味噌の味は天下の逸品じゃから」

「まあ先生。そのように褒《ほ》められますと、この年寄りはうろたえてしまいます」

「いや、お世辞でも何でもないぞ。サエの漬物や味噌は本当に旨いのだ。届けてやってくれ、届けてやってくれ、きっと喜ぶぞ。それに平四郎は酒を呑んでもよし、と彰玄先生に認められたのじゃ。肴《つまみ》にもなろう」

「今日は平四郎様とかなり呑まれたのですか」

「呑め呑めと勧め合ったが、さすがに今日は、さほど呑みはしなかったし、呑ませもしなかったよ。量を増やすのは徐徐にが大切だと念を押しておいた。これ迄の早苗殿の苦労を思うとなあ……」

「左様でございますとも。早苗奥様のためには、平四郎様の元気が何よりですからねえ」

「それになサエや。来月からこの日暮坂道場へ、忙しい私を手伝うために平四郎が来てくれることになったのじゃ。少し体を動かした方が、硬くなってしまった脚のためにはよいと考えてな」

　これには平四郎の気性を大層気に入っている雨助が、表情を一気に明るくさせた。

「いい事でございますなあ先生。五体を動かした方が、体の硬さもきっと解《ほぐ》れましょう。道場へお見えになりましたら、出《で》しゃばらぬ程度に、この雨助が御世話させて戴きます」

「そうしてやってくれるか。さり気なくのう」

「へえ。さり気なくでございます」

　ひとしきり和《なご》やかに話し合ったあと、雨助とサエは「お風呂の用意が調っております。今頃ちょうどよい湯加減でござりましょう」「この年寄りが縫《ぬ》いあげた肌襦袢《はだじゅばん》が脱衣籠《だついかご》に入っておりますけん、よかったら着てみて下され」などと言い残し、自分たちの部屋——台所の奥の——へ戻っていった。

竜之助は、いつも細やかな気遣いを見せてくれる年寄り夫婦に感謝しながら、二合徳利を空にし、酒の体に負担にならぬ湯加減の風呂を味わって居間続きの板間《いたのま》で寝床についた。

八畳の居間と襖《ふすま》で仕切られている六畳大の板間《いたのま》を寝床にしているのは、剣客として背筋、腰筋などを劣えさせないためだった。若い頃から、寝床は板間《いたのま》だ。盟友平四郎との実に久し振りな酒の語らいが楽しく、帰宅してからの雨助、サエのあたたかな気遣いもうれしく、床に就いた竜之助はたちまち心地良い眠りに入っていった。

夢《ゆめ》を見た。

女性と手をつないで、薄《すすき》に被《おお》われた黄昏時《たそがれどき》の川べりを歩いている夢だった。男はすっかり白髪《しらが》の増えた自分だと判った。しかし女性の顔は、ぼんやりと霞《かす》んで誰とも言えなかった。であるのに、自分は楽しそうであり、幸せそうだった。間《ま》違《ちが》いなく楽しそうであり、幸せそうであるのをもう一人の自分が離れた場所から眺めていた。自分は女性に退屈《たいくつ》させまいとしてか、饒舌《おしゃべり》に夢中になっている。けれどもその話し声は全く聞こえなかった。それでも音無しの世界で自分は楽しさと幸せを、感じ取っていた。すると不意《ふい》に黄昏色《たそがれいろ》に染《そ》まった流れの向こうから、太《たい》鼓《こ》を打つ音が聞こえてきた。自分の話し声は全く聞こえないのに、それははっきりし過《す》ぎる程に聞こえてきた。しかも、ドンドンドンドンとまるで乱打《らんだ》であった。

竜之助は目を覚《さ》まし有明行灯《ありあけあんどん》（常夜灯）の薄明りのなか跳《は》ね起《お》きた。それは太鼓を打つ音などではなかった。台所の勝手口と、庭を挟んで向き合っている小拵えな通用門が、激しく叩かれている音だった。

一刀流日暮坂道場の看板が掛かった表門を叩いても、大道場に遮《さえぎ》られて居間へは届き難《にく》い。それを知っている者が通用門を叩いている、と察した竜之助は、襖を開けて居間へ入った。

と、土間との間を仕切っている障子が明るくなって、その明りが怯《おび》えたように揺れた。

「先生、雨助でございます、先生……」

「起きておるぞ雨助。障子を開けなさい」

「へえ……」

障子が開いて、竹に差し込んだ小蠟燭《ころうそく》を手にした雨助が、サエを傍《そば》に置いて強《こわ》張《ば》った顔つきで立っていた。

「このような刻限、一体誰でございましょう先生」

「雨助や、いま開けますと伝えてきなさい。ドンドンとうるさくて適《かな》わぬ」

「はい。それでは……」

「雨助は伝えるだけでよい。何者か判らぬゆえ木戸を開けるのは、私がやる」

そう言いながら薄暗がりの中で、手早く着流しに改める竜之助だった。

雨助が不安そうな表情で小蠟燭《ころうそく》の明かりと共に土間から出てゆき、気を利《き》かせたサエが「先生失礼いたしますよ……」と居間に上がって板間《いたのま》へと入っていった。

竜之助は一度締めた帯の強・緩が気に入らなかったのか、解いて強く締め直した。

板間《いたのま》から有明行灯を手に居間へ出てきたサエが、それを種火《たねび》に床柱の掛け行灯に炎《ひ》を点した。

「サエや。土間の掛け行灯も点しておきなさい」

「そうでございますね」

サエが有明行灯を手に土間へ下り、竜之助は床の間の刀掛けに横たえてある大小を腰にした。

帯が衣擦《きぬず》れの音を、ヒヨッと短く発した。

通用門を叩いていた音がフッと止《や》んで、かわって庭先を土間の方へ走ってくる足音がした。

走ってくるなどは只事《ただごと》でない証《あかし》、と捉えた竜之助は雪駄《せった》を履《は》いて土間を飛び出した。

皓皓《こうこう》たる月明りの下《もと》、消えた小蠟燭を手にした雨助と危うくぶつかりそうになる。

雨助が急《せ》いた口調で告げた。

「先生。木戸を叩いておられたのは、北町奉行所の定町廻り同心**笠山義一郎**様でございます。一大事が起こったとのこと。先生に同行をお求めになっていらっしゃいます」

「わかった。私が外に出たなら木戸を確りと閉じ、炎《ひ》に気を付けて留守を頼む」

「はい、心得てございます」

竜之助は雨助の横を擦り抜け、通用門に向かって走った。とは言っても、目と鼻の先だ。

万が一に備えて警戒の気構えを緩《ゆる》めず、木戸を勢いよく開けると、今宵は夜廻りに当たっている筈の笠山が尋常でない顔つきで立っていた。

「せ、先生。具舎平四郎様ご夫妻が、斬られました」

「なにっ」

信じられないような笠山のいきなりな報告《しらせ》に、竜之助は一瞬、足元がぐらつくような目まいを覚えた。

五

「おい。斬られたとは、どう言う事だ笠山。詳しく……詳しく話せ」

頭の中にカッと炎《ひ》を走らせた竜之助《たつのすけ》は冷静さを失って、思わず同心《どうしん》笠山義一郎の胸倉を摑んで引き寄せた。盟友具舎《ぐしゃ》平四郎とその妻早苗《さなえ》は、竜之助にとってそれ程に大切な存在だった。このことは、竜之助の道場の次席高弟である笠山も、無論のこと百も承知、二百も合点《がってん》している。だからこそ、我が事のように表情を引《ひ》き攣《つ》らせて駆《か》け付《つ》けたのだ。

「先生、ともかく漢方外科の安畠彰玄《やすはたしょうげん》先生まで走りましょう。斬られた具舎様ご夫妻は近在の百姓たちの手によって、其処《そこ》へ運び込まれたそうです」

「おお、安畠彰玄先生な。日頃から平四郎が大変世話になっている医者だ。運び込まれたということは、夫婦とも大丈夫なんだな。そうだな笠山」

「安畠先生の診療所へ運び込む手配りをしたのは、その地域の臨時廻り同心八屋《はちや》さんです。別の地域を廻っていた私は、八屋同心付の目明《めあか》しが報告《しらせ》に駆け付けてくれ、事件を知りました。急がねばなりません先生、八屋さんが診療所で待っています。行きましょう」

「わかった。走ろう」

竜之助は漸《ようや》く同心笠山の胸倉から手をはなした。眦《まなじり》は吊り上がっていた。

明るい月明りの下、竜之助が走り出し、そのあとに北町奉行所・定町廻《じょうまちまわ》り同心笠山が続いた。

日暮坂《ひぐれさか》道場から安畠診療所までは、間近《まぢか》な距離ではない。府中《ふちゅう》（君主《くんしゅ》の手が届く国《こく》政街《せいがい》）か郊外《こうがい》かで問えば、竜之助の日暮坂道場は府中に位置するが、具舎平四郎・

早苗の住居《すまい》と安畠診療所は郊外に当たる。

定町廻り同心笠山は、前を必死の態《てい》で走る老師竜之助の身《からだ》を案じた。

笠山は日暮坂道場で少年時代から大勢の門弟に揉《も》まれて心身を鍛え、気力旺盛であった恩師の厳格な直接指導にも耐えてきた。

すっかり白髪となった老師の体力が現在《いま》もその年齢《とし》に相応《ふさわ》しくない程に旺盛であることは、笠山も認めている。しかし七、八年前に比べれば、恩師の気力、体力、技量はまぎれもなく著しく低下している、と彼には判るのだった。

にもかかわらず師匠に対する尊敬と忠節《ちゅうせつ》の念がいささかも衰えないのは、老いと共に輝きを増す師匠の人柄、いや人格のせいであろう、と彼は思っていた。

「先生、大丈夫でございますか。ご無理はいけません」

懸命に走る老師の背に声を掛けた笠山であったが、竜之助からの返答はなかった。

気を動転させて走っているに相違ない竜之助の耳へは、いま笠山の声などは届かないのであろうか。

二人は、走りに走った。ともすれば、若い笠山の方が竜之助に引き離されそうになった。

（さすが先生、凄い体力だ。江戸の名だたる剣客たちに芳原竜之助頼宗《よしはらたつのすけよりむね》の名を知られたる我が師匠、こうでなければ……）

笠山は襲ってくる息切れのなかで、そう思った。

町家が建ち並ぶ通りを走り抜けて左に折れると、皓皓《こうこう》たる月明りの下に青青とした田畑の広がりが二人を待ち構えていた。二人がよく知る安畠彰玄先生の診療所までは、もう直《す》ぐだ。

前方に朱塗りの小さな橋が見えてきた。水神橋《みなかみばし》と呼ばれている。その名の通り橋の手前側の岸辺に、これも朱塗りの小拵えな水神《すいじん》の社《やしろ》が建っていた。

二人は殆ど勢いを衰えさせぬ速さで、水神橋《みなかみばし》に走り込んだ。橋の下を流れる川の名は水神川《みなかみがわ》。川幅は三間《げん》と無い。具舎平四郎・早苗の住居《すまい》の脇《そば》を流れる運命川《さだめがわ》の、幾本もある支流の一つだった。江戸の民によく知られた支流の一つに、朱色の橋が目立つ言問川《こととい がわ》というのもある。

竜之助は、飛ぶが如《ごと》く水神橋《みなかみばし》を渡り切った。笠山も速さを落とさず師匠の後に続いた。

ところが……。

水神橋《みなかみばし》を渡り切ったかと見えた竜之助が、親柱《おやばしら》（橋の両端に立つ太い柱）に左肩から突っ込むようにして倒れた。

「あっ、先生……」

驚いた笠山は走っていた勢いを落とさず、倒れた老師に詰め寄った。

「どうなさいました先生。大丈夫ですか」

笠山は恩師の肩に腕をまわし、用心しながら少し抱きあげた。

師匠の顔は、蒼白であった。月明りでも、はっきりと判るほどに。

「か、笠山……無念じゃ……もう走れぬ。儂《わし》は……老《お》いたわ」

「何を仰《おっしゃ》います。急に走ったからでございます。私も息たえ絶《だ》えです」

「笠山……すまぬが安畠先生まで走って……平四郎と早苗殿の……様子を確かめてきてくれ」

「判りました」

「儂は……もう暫《しばら》く……この場で息を調《ととの》える」

「あの、お一人で大丈夫でございますか先生」

「おい。痩《や》せても枯《か》れても……**古賀真刀流総本山**で古賀正之助義経先生より、**総皆伝**に加え、**直弟子之証**を授けられた……芳原竜之助頼宗ぞ……このような場所では……まだ死なぬ。行《ゆ》け笠山……早く行《ゆ》け」

「はい。わかりました。心の臓と相談して、決して無理はなさらないで下さい」

「ああ、しない……早く行《ゆ》け」

じゃあ先生、と笠山は後ろ髪を引かれる思いで駆け出した。

竜之助はぐったりとして、背中を欄干《らんかん》に預け、夜空の月を仰いだ。

自然と涙が込み上げてきた。悔《くや》しさの涙である、と自分に言って聞かせた。

「何と言う為体《ていたらく》だ……若い門弟を引《ひ》っ張《ぱ》って走れぬ迄に……俺は老いさらばえたか」

竜之助は月を相手に呟《つぶや》き、咳《せ》き込《こ》んだ。気持が萎《な》えていった。

六

竜之助が小駆けになったり休んだりを繰り返しながら、皓皓たる月明りの向こうに漢方外科・安畠彰玄診療所を認めたとき、質素な造りとわかる冠木門《かぶきもん》から一人の侍が出てきた。

向こうでも此方《こちら》に気付いたようであったから、竜之助は足を休めて手を大きく振った。

相手は走り出した。笠山義一郎であった。

竜之助は動かずに笠山が近付いてくるのを待った。いや、右の利《き》き脚《あし》が突っ張って動けそうになかったのだ。

「先生。無茶をなさっては駄目ではありませぬか」

竜之助の面前に着くなり笠山は、表情と語調を険《けわ》しくさせた。

「それよりも笠山。具舎平四郎と早苗殿はどうなのだ」

次に出てくる笠山の報告《しらせ》の言葉に怯《おび》えながら、竜之助は相手の目を食い入るように見つめた。

笠山は伏し目がちになって首を横に振った。

「具舎平四郎様は駄目でございました。おそらく即死に近い絶命であったろう、と遺骸を検分なさいました安畠彰玄先生の口から直接にお聞き致しました」

「うぬぬ……おのれ……で、早苗殿は?」

「重傷で意識不明の状態ですが、安島先生と医生四人の総掛《そうが》かりでの救命手術が成功し、助かるとのことでございます。確信をもって仰っておられました。助かる、と」

「おお……」

聞いて竜之助の顔が一瞬ゆるみ、小さく左へよろめいた。

笠山が素早い動きで一歩を踏み出し、恩師の体を支えた。

「大丈夫じゃ。そうか、早苗殿は助かりそうか……よかった」

竜之助は、声を震わせた。

「なれど先生。意識は失ったままでございます。私はそれが心配で……」

「安島先生ほどの医者が、助かる、と仰って下さったのじゃ。その言葉を信じよう」

「はい。そうですね」

「行こう。早く平四郎に会いたい」

「足の方、いかがです?」

「おい。余り気遣《きづこ》うてくれるな。これでも一刀流日暮坂道場の主人《あるじ》ぞ」

「は、はあ……」

二人は歩き出した。竜之助は背すじを伸ばし、肩を張って歩いた。水神橋《みなかみばし》で情けなくも倒れてしまい、門弟にだらしない姿を見られてしまったことを、〝取り戻したい〟意識が強く働いていた。真《まこと》に老いた体に厳しい負担が掛かる意識だ、と自分でよく見えていた。

突っ張った脚の鈍《にぶ》い痛みを我慢して診療所の小造りな冠木門を潜《くぐ》った竜之助は、「こちらです……」と前《さき》に立つ笠山に従った。

診療所の東側に並び建っている外科処置棟の玄関を一歩入った竜之助は、漂ってくる線香の匂いにがっくりと肩を落とした。またしても涙がこぼれそうだった。

「先生、具舎平四郎様が待っていらっしゃいます。お辛《つら》いでしょうが……さ、参りましょう」

「そうだな、うん。すまぬ……」

力なく応じた竜之助は、促してくれた笠山の背中に縋《すが》り付《つ》きたくなる思いで廊下を二間《けん》ばかり進み、扉の無い間口が広い最初の部屋に入った。漢方外科の処置室だ。

漢方外科医として江戸とその近郊に知られた安畠彰玄が、腰高ないわゆる手術台の傍《かたわら》で竜之助を待ってくれていた。安畠先生の右側やや後ろには、**竜之助道場**の高弟にして北町奉行所・臨時廻り同心の八屋新八郎《はちやしんぱちろう》が硬い表情で控えている。

「安畠先生……」

具舎夫妻の住居《すまい》で幾度となく会って親しくなっている安畠先生に、竜之助は唇をぐっと結んで歩み寄った。

「竜之助先生……」

近寄ってきた竜之助の肩を、安畠先生は抱くようにして幾度となく撫でては叩いた。

そして、安畠先生は言った。

「悔しいことです。せっかく長いこと頑張って耐えて私の治療を受け、労咳《ろうがい》を克服したと言うのに……」

「安畠先生、平四郎が受けた傷を見せて下さい」

「そうですね。確《しっか》りと検《み》てやって下さい。そして何とかして下手人を一刻も早く見つけてやって下され」

「はい。必ず……」

四人は手術台を挟むかたちで、二人ずつ向き合い、「私《わたくし》が……」と八屋新八郎が、遺体の頭から足元までを覆《おお》っている真っ白な晒《さら》し木綿《もめん》を、胸元まで静かにめくった。

具舎平四郎の穏やかな死顔《しにがお》があらわれた。

「平四郎……」

竜之助は盟友の穏やか過ぎる死顔に向かって、それしか呟けなかった。どうしたことか、一粒の涙も出てこない。

着ているものは、つい何刻《なんとき》か前に笑顔で別れた時のままだった。着乱れはいささかもない。安畠彰玄や医生の手によって、きちんと改められたのであろう。しかし血まみれであった。

盟友の死顔を熟《じ》っと見つめる竜之助の目は、悲しみから次第に険《けわ》しさへと変わっていった。

が、それは自分でも驚くほど、緩慢なものだった。

平四郎の額から縦に真っ直ぐに顎まで走っている刀創は、すでに安畠先生の手で綺麗に縫合されている。

安畠先生の手が、平四郎の血まみれの着物の胸元を大きく開いた。

「これは……」

竜之助は呻《うめ》くように漏らし、平四郎の右肩から斬り下げられている刀創へ顔を近付けた。この縫合も見事な程に綺麗だ。

笠山義一郎と八屋新八郎も、竜之助の邪魔にならぬ程度に、刀創へ顔を近付けた。

「先生、この刀創の特徴はもしや……」

師匠に小声を向けた笠山であったが、目は同意を求めるかのようにして隣の八屋の横顔に移っていた。

八屋が笠山を見返して頷《うなず》き、そして囁《ささや》いた。

「居開流《いかいりゅう》丁字斬《ちょうじぎ》り、と言いたいのか」

「ええ。違うでしょうか」

門弟二人の囁きに、竜之助が刀創から目をはなさず悔《くや》しそうな沈んだ声で告げた。

「その通りだ。こいつは居開流丁字斬りだ。間違いない。激しく斬り下ろした刀創の線が、その終わりでＪのかたちに跳ね上がっている。しかも、その跳ね上がり様《よう》が、かなり力強く深い……安晶先生、縫合のとき、そうお感じになりませんでしたか」

竜之助は遺体に傾けていた姿勢を改めて、安晶先生と顔を合わせた。

「うん、まぎれもなく、そう感じましたな。初めて見ましたよ、近頃このように惨《むご》い斬り口は」

安晶先生の人差し指が、刀創線の上を触れるか触れないかでゆっくりと走り、終わりのところで筆字を跳ねるようにしてみせた。

竜之助が、それを待って、断定的な口調で言った。

「しかも平四郎の右肩に刃を打ち込んだのは、左利き剣法だな」

「えっ、左利きですか」

と笠山が驚き、八屋も目を見張った。

安晶先生が竜之助の主張を肯定するかのように、矢張り強い口調で付け加えた。

「確かに、丁のかたちで跳ね上がった部分は、深く抉《えぐ》られたような傷だったな。これは右利きの力に比して、左腕の力が相当に強い者に打撃されたことによる傷の特徴だよ。うん、間違いない」

「左利き剣法か……なんだか不気味だなあ」

笠山は声を曇らせ、八屋が眉をひそめた。

「竜之助先生、平四郎殿の背中の傷も見てやって下さい」

安畠先生に言われ、竜之助は力なく頷いた。老いた体が受けた相当な衝撃で、ぼろぼろになりかけている、と竜之助は自分でも判《わか》った。だが、高弟と次席高弟の二人が傍《そば》にいるのだ。弱気は見せられない、と気張《きば》った。

笠山と八屋が安畠先生を手伝って、もの言わぬ平四郎の体を静かにそっと俯《うつぶ》せにした。

竜之助だけでなく、笠山も八屋も思わず息を呑んだ。うまく縫合されてはいたが、左肩から右斜め下へと走る刀創は凄まじかった。ザックリと割られている、という感じだ。しかも、刀創線のおわりの部分が矢張り丁のかたちで跳ね上がっていた。

「左利きだ……決まりだな」

竜之助は、人差し指の先で軽く**J**の部分に触れた。縫合した部分は既に固くなり出している。

　八屋が言った。

「先生。道場に備えの文献『**実戦日本剣法百家総覧**』を暫く私にお貸し戴けないでしょうか。笠山と二人で居開流について研究してみたいと思うのですが」

「うむ。夜廻り仕事の多い八屋や笠山はいつ何刻《なんどき》、平四郎を襲った下手人に出会うか知れない。用心のためにも研究しておきなさい。ただ居開流に関して文献にはそれほど詳しくは載っていないが……」

「構いません。今宵の内に道場に立ち寄りお借り致します。それから下手人についてですが、具舎平四郎様ご夫妻を襲った下手人は、**四人に加えてあと幾人か**、と判っております」

「**四人に加えてあと幾人か**、とはどう言う意味なのだ八屋」

「平四郎様ご夫妻を直接に襲った下手人四人のうち三人は、現場の状況から平四郎様の剣で倒されたものと検《み》て間違いなさそうです」

「なに。下手人四人のうち三人が平四郎の剣で……」

「はい。で、残りの一人なのですが、奇《き》っ怪《かい》な事に丁字斬りで一刀のもとに殺《や》られておりました」

えっ……と、竜之助の顔に驚きの色がひろがった。

「と言うことは八屋。平四郎夫妻を直接に襲った下手人は総勢四人だが、うち三人が平四郎の剣で討たれ、残った一人が平四郎を倒したのち、証拠を消すために、仲間に抹殺《まっさつ》されたという推測《すいそく》になるぞ。居開流丁字斬りでな」

「仰《おっしゃ》る通りでございます。下手人四人の遺骸《いがい》は既に手の者によって奉行所へ運び込まれております故《ゆえ》、のちほど先生の目で是非ともご検分下さい」

「うむ。そうさせて貰いたい」

ここにきて竜之助の様子に、漸くのこと市中にその名を知られた剣客らしい落ち着いた険《けわ》しさが漂《ただよ》い出した。

平四郎が丁寧《ていねい》に仰《あお》むけに戻されたあと、笠山の手で着乱れが直《なお》されて白い晒《さら》し木綿で覆われた。

「平四郎よ……」

白い晒《さら》し木綿をそっとひと撫でした竜之助の目が、そこで絶句《ぜっく》してさすがに目が潤《うる》み出した。

しかし、彼は堪えて涙の粒は落とさなかった。剣客としての誇りが、堪えさせた。

安畠先生が、竜之助に言った。

「隣室の早苗殿だが、意識は失っているものの、手術は大変うまく済み呼吸は安定しています。今宵《こよい》はこのまま静かにしておきましょう。私と医生四人が万が一に備えて、交替で傍《そば》に付いておりますから」

「わかりました。宜《よろ》しく御願い致します。して先生、早苗殿の傷はどのような具《ぐ》合《あい》だったのでしょう」

「袈裟《けさ》斬《ぎ》りでした。左肩から右の脇腹にかけて刀創はかなり長いものでしたが、半ばから以降《あと》の刀創線は幸い極めて浅いものでした。手術にいささか手子摺《てこず》ったのは、左肩から斬り下げられた四、五寸の刀創線でしたが、医生たちが頑張ってくれたお蔭《かげ》でなんとか満足な縫合で終えました」

「そうでしたか。真《まこと》に有り難うございました。その刀創線ですが、左肩からどのような具合で右の脇腹へと走っておったのでしょうか。いま少し詳しくお聞かせ戴けませぬか」

「あ……もしや女性の命とも言うべき乳房のことを心配なさっておられるのですかな。大丈夫でした。早苗殿の乳房は全く無傷です。刀創線は乳房と乳房の間をまるで選んだかのように走り抜け、この傷は時を要しても綺麗に消えましょう。ただ、左肩から斬り下げられた四、五寸の刀創線は、治っても傷跡は残るやも知れません」

竜之助は無言のまま聞き流し、下唇を噛んだ。いつ平四郎の住居《すまい》を訪ねても、温かな笑顔で迎えてくれた早苗であった。常に控え目な起居振舞《たちいふるまい》であって、しかし話は豊かな教養に支えられ、機知にも富んでいた。

「うむ……」

ここに来て、竜之助の喉が鈍い音を発し、喉仏が上下に動いた。

「無念だ……二人を救ってやれなかった」

堪えていた糸がプツンと切れてしまったのであろうか、竜之助の目からはらはらと涙がこぼれ落ちた。

「先生……」

八屋が老師の背に掌《て》をそっと当てた。

「奉行所へ参りましょう。夜遅いですが、下手人たちを検分して戴かねばなりませぬ」

「わかった。そうだな……」

弱弱しい声で八屋に応じた竜之助は、安畠彰玄先生に対し、改めて深深と御辞儀をした。

七

翌朝、寝間《ねま》となっている六畳大の板間《いたのま》で竜之助が目を覚ますと、道場の方から気合《きあい》と共に竹刀《しない》や木太刀《きだち》で打ち合う音が聞こえてきた。

道場の朝稽古《あさげいこ》は五ツ半（午前九時）からと定められている。と言うことは、時刻は既に五ツ半をまわっていることになる。その証拠に、朝陽《あさひ》を浴びている寝間の丸窓障子が、竜之助には目に痛いほど眩《まぶ》しかった。丸窓障子の外側は廊下で庭に面しており、道場へと続いている。

この廊下の雨戸は、下働きの雨助かサエのどちらかが、時節にかかわらず毎朝、卯ノ刻《うのとき》（午前六時）には開けてくれることになっていた。

よって襖障子で寝間《ねま》と仕切られている八畳の座敷（居間）へも、雪見障子を透して朝陽《あさひ》が眩しく差し込むことになる。

竜之助は寝床に体を起こし、心ここに在《あ》らぬ状態で暫くぼんやりとしていた。

道場の方から伝わってくる気合や竹刀、木太刀の音が、遠い世界のことのように思え、煩《わずら》わしくさえ感じた。

と、明るい丸窓障子の向こうを、這《は》い蹲《つくば》った人の臀部《でんぶ》（おしり）と思われる黒い影が、音も無く通り過ぎた。竜之助には、働き者の**サエ**が足音を立てぬように気《き》を遣《つか》いながら、濡《ぬ》れ雑巾《ぞうきん》で廊下の拭《ふ》き掃除をしているのだと判った。これもサエの日課だった。真冬でもサエは、これを欠かさないことを竜之助は知っている。なにも主人《あるじ》である自分が命じた日課でもないのに、だ。

サエの這い蹲った影がまた戻ってきた。働くことに一生懸命なのに、やはり足音を立てていない。

すまぬサエ、という申し訳ない気持が竜之助の脳裏で頭を持ち上げた。

(おのれ下手人め……ただでは置かぬ)

竜之助は胸の内で声なき声を荒荒しく放ち、歯軋《はぎし》りを一度して、ゆっくりと立ち上がった。

(平四郎よ。私はお前がこの世から消えたとは、まだ信じられぬ。だが安心せい。早苗殿の身の安全は引き受けた……)

竜之助は、己れに向けて声なく言った。言わずにはおれぬ気持だった。

彼は寝着《ねぎ》の乱れを直し、八畳の居間との間を仕切っている襖障子を開けた。

居間の障子は開け放たれていて、朝陽が床の間近くにまで差し込んでいた。

廊下ではサエが平桶《ひらおけ》の水で濯《すす》いだ雑巾を、固く絞っているところだった。

「旦那様。お早うございます」

サエは神妙な様子で御辞儀をした。サエも雨助も、平四郎夫婦を襲った災難《さいなん》については、昨夜遅くに帰宅した竜之助から聞かされている。

が、サエも雨助もその悲しみを表情や言葉に出す事を、竜之助が受けた衝撃を思って出来るだけ抑えていた。

「お早うサエ。お前の拭き掃除のお蔭で廊下はいつも綺麗だが、辛くはないかえ。お前の年齢《とし》のことを、白髪頭《しらがあたま》の私が言えたことではないが、無理はいけないよ。きつくなって来たな、と感じ始めたら早目に止《や》めることだ。いいね」

「へえ。勿体無《もったいな》いお言葉でございます先生。好きで動き回っておりますので、もう暫く頑張らせておくんなせえまし」

「そうか。うん……私はちょっと道場を見てこよう」

「その間に朝の用意をしておきますでございます」

「頼む……」

竜之助は息苦しい辛さを振り払ってサエに笑顔を見せると、よく拭《ふ》き磨《みが》かれた廊下を道場へ向かった。

竜之助の居間や寝間および台所、浴室があるいわゆる**生活棟**の廊下と**道場棟**の廊下は、短い渡り廊下で結ばれている。

そして道場の直前には、厚い板壁を隔てて床の間付き十畳の畳座敷が二部屋《ふたへや》並んでいた。道場に近い側の部屋を**接見室**と称しいわば日暮坂道場の〝公務〟としての場だった。来客の応接とか、門弟に対する個別の叱責《しっせき》や教導《きょうどう》などは、この接見室が使われる。

接見室の隣は、竜之助の**私室**であって、ここへは竜之助の許しがない限り、首席高弟と雖《いえど》も立ち入れなかった。

竜之助は**書斎**と名付けたその私室で着流しの寝着を、稽古着に着替えて道場に出、**指南席**に座った。広広とした道場は活気にあふれていて、指南席の竜之助に誰も気付かない。

朝稽古に通ってこれるのは原則として、まだ修行が未熟な段階にある旗本家の若い次男坊、三男坊だった。あくまで原則であるから、時には手練の門弟たちが見えることもある。

一刀流日暮坂道場において、芳原竜之助頼宗から修行者すなわち門弟たちに対し授与される**『修行の証』**は、**総免許之証**、総免許心得、**免許の証**、准免許、**課程目録之証**、課程目録奨励、の六段階である。このうち**証**の付いているのが正式な修行成績の証《あかし》であって、それ以外は**一層努力せよ**の段階にある者に対して授与された。そして、正式な修行成績の証《あかし》である証状《しょうじょう》の四隅には、**古賀真刀流総本山**の小さな朱印があざやかに押捺《おうなつ》されている。

竜之助はいつものように背すじを伸ばし、両の拳を膝の上に置いて、姿勢正しく門弟たちの稽古を眺めた。いや、しかし実際は、激しく打ち合っている門弟たちの気合も、竹刀や木太刀の音も、耳に届いてはいなかった。

音の全く無い世界で、門弟たちの動きをただ眺めているだけだった。心はぼんやりと曇り、気力は体から抜け切っていると感じた。

漸く指南席の竜之助の存在に気付いた年若い二、三の門弟たちが代《か》わる代《が》わる、「先生ご指導をお願い致します」と求めたが、竜之助は勢《せい》の無《な》い返答でそれらを避けた。

朝稽古の門弟たちへは、平四郎夫妻の災難はまだ届いていないようだ。

竜之助は指南席に四半刻と座っていなかった。深い溜息をひとつ吐いた竜之助は、苦し気に口元を歪《ゆが》めて席を立ち、ふわりとした静かな動きで道場を出た。

彼は接見室、書斎と力ない足取りで過ぎて居間に戻ると、土間側、廊下側の障子が開け放たれて日があふれんばかりに差し込んでいる畳の上に、土間に背を向けごろりと横になった。

サエが味噌汁でもこしらえているのだろう。根深《ねぶか》の匂《にお》いが漂ってくる。

「信じられぬよ。古賀真刀流総本山で恩師より、虎剣《こけん》吼《ほ》える前《まえ》に敵なし、と激賞されたお前ではなかったのか……」

呟いて竜之助は名状し難い虚《むな》しさを噛み殺した。閃光業《せんこうわざ》と古賀道場の仲間たちに称されていた平四郎の右肘斬《おと》しに、苦しめられてきた竜之助だった。面を打ってくるな、と警戒した一瞬のちには右肘を激打され、竹刀を取り落とすことが度《たび》度《たび》だった。

これまでは若き頃のその猛稽古が、青春の思い出として懐《なつ》かしめた。それが此度《こたび》の信じられないような悲劇で、一転した。嘘だろう平四郎、と。

「先生……」

背中側で、雨助と判る声がしたので、竜之助は寝転んだまままくるりと行儀《ぎょうぎ》悪く向きを変えてから、上体を起こし胡座《あぐら》を組んだ。

沈んだ表情の雨助の視線が、土間奥の台所の方へチラリと流れる。

「どうした?……」

「台所口に北町同心の笠山義一郎様がお見えです」

囁くように言う雨助だった。

「来てくれたか……構わぬ。此処へ通しておくれ。あ、それから、茶も何もいらぬからな」

「へえ……」

と腰を軽く折った雨助が台所の方に消えた。

八

障子を全部閉めて、それでも充分以上に明るい座敷で、竜之助と笠山同心は向き合った。

「笠山、昨夜《ゆうべ》は我が友のことで実に色色とよく動き回ってくれた。有り難う。深く礼を言いたい」

「勿体ない御言葉です。私は北町の同心として、やらねばならぬ事をしたまでです、先生。それよりも下手人の遺骸の検分を遅くまでして戴きましたが、お疲れは残っておりませぬか」

「なに、体の疲れなどはないよ。ただ精神《こころ》がボロボロになってしまった。信頼できる次席高弟のお前にだから言えることだが……」

「お察し致します。八屋さんもその点を随分と心配なさっておられました」

「二、三日中には……いや、一両日中には門弟たちやその家門《かもん》へも、今回の事件は知れわたろう。それにより一刀流日暮坂道場の門弟たちの恪勤《かくごん》に乱れが生じなければよいのだが」

「大丈夫でございますよ先生。古賀真刀流剣法の先生の教練《きょうれん》は、大勢の門弟たちの間に確りと生きてございます。また我ら高弟・次席高弟二十五名が、教練の城塞《とりで》となって門弟たちの恪勤《かくごん》を乱れさせませぬ」

「よく申してくれた。頼もしい限りじゃ。此度の事件による私の動揺は大きい。すっかり老いてしもうたわ」

「何を仰います。老いた老いていないなどは、関係ないと思うて下さりませ先生。此度の事件から受けた衝撃は、私や八屋さんだとて耐え難いほど大きいのです。動揺してもおりまする」

「そうか……そうだな。すまぬ。江戸でその名を知られた一刀流日暮坂道場の主人《あるじ》がこれではいかぬな」

「はい。その通りでございます。いつもの先生でいて下さいませ」

「うむ……気丈にのう。で、その後の調べはどうであったか……」

「先生に下手人の遺骸を検分して戴きましたあと、要員を増やしまして、彼等の大小刀から着物、肌着、足袋《たび》、雪駄、髪、爪《つめ》の間に至るまで徹底的に調べましたが、素姓《すじょう》につながるものは何一つ得られませんでした」

「事件現場の調べは?……」

「これも、同時進行のかたちで別働の班が、朝陽が上がって明るくなるまで現場検証をしたのですが……」

「得るものは無かったか……」

「残念ながら。はっきりしているのは、事件が居開流剣法の手練《てだれ》によって起こされた、ということだけです」

「居開流は江戸の剣術界では殆ど忘れられていた古い剣法じゃ。鎌倉時代、元《げん》暦《りゃく》・文治《ぶんじ》の頃、めざましい活躍で台頭しつつあった源 義経《みなもとのよしつね》（幼名・**牛若**。幼名の下に用いることの多い接尾語**丸**を付して**牛若丸**とも）を眩《まぶ》しく感じ警戒しつつあった**鎌倉殿**（源頼朝の敬称。義経の異母兄）は、あるとき弟（義経）の**暗殺**を決意したという……そして、その暗殺を命じられたのが誰あろう居開大三郎信頼《いかいだいざぶろうのぶより》らしいのだ……」

「えっ、居開大三郎信頼でございますか。日暮坂道場より昨夜《ゆうべ》の内にお借り致しました『**実戦日本剣法百家総覧**』には、居開大三郎信頼は居開流剣法の創始者であり**鎌倉殿**（源頼朝）の御盾役《おたてやく》（身辺警護役）として忠勤を励み、五十余技の業《わざ》を編み出し**鎌倉殿**の信頼きわめて厚い側近だった、としか記されておりませんでした。あ、五十余技の業のうち**丁字斬り**を含む八つの業の図絵については、簡単にですが載っておりました」

「うむ、剣法百家の総覧であるから、一家ごとにその歴史と業《わざ》に関し詳細にわたって記してゆくのは困難なことで、ま、仕方があるまい。私は笠山の年齢《とし》よりもまだ若い頃、平四郎と共に居開流剣法についてある程度に詳しく、恩師**古賀正之助義経**先生より聞かされていたのじゃよ」

「古賀正之助義経先生は何故にまた、居開流剣法にお詳しかったのでございましょうか」

「さて、それは判らぬ。当時は私も平四郎も年若くて未熟で、先生がお話し下さった居開流剣法についての話を、ただ驚きのかたちで聞いているだけだった。いま振り返ると、真《まこと》にはずかしい。が、先生のお話の中で、私も平四郎も強く引かれたお言葉があってな」

「強く引かれたお言葉？……」

「それは、**居開流剣法は強い**、**居開流の業《わざ》は凄い**、というお言葉だった。これがお話の中に幾度も幾度も出てきてなあ」

「先生、それって若《も》しや……」

「うむ。いま笠山がおそらく想像していることを、当時の私も平四郎も想像していたよ。若しや古賀正之助先生は居開流の凄腕剣客の誰かと真剣勝負をしたことがお有りだったのでは……とな」

「お勝《か》ちになったのでしょうか、それとも負けられたのでしょうか」

「さあてな。見当もつかぬ。古賀正之助先生が余りにもお強い人であったので、想像しようとしても、かえって判らなかった……」

「はあ……で、先生。**鎌倉殿**に命じられて**源義経暗殺**に動いた**居開流の創始者**は、源義経にうまく近付けたのでしょうか。義経には**武蔵坊弁慶**《むさしぼうべんけい》という剛の者が常に張り付いている、と伝えられてきましたが……」

「それについて、古賀正之助先生にお尋ねしたことがあった。けれども先生は、双方共に剛の者であるからのう、とただ笑っておられるだけだった。ま、先生にもお判りなかったのであろう」

「矢張り双方共に抜きん出て剛の者であったから、かえって見当がつかぬ……と？」

「ま、そう言うことかも知れぬな」

「北町奉行所としては、今回の無念なる事案を『平四郎様事件』と称しまして、徹底的に真の下手人を追い求めてゆきます。一刀流日暮坂道場では、与力・同心多数が修行させて戴いておりますことから、今朝の朝礼では日頃から『**斬らずに捕えよ**』の考えがお強い穏やかなお奉行が、怒りを露《あらわ》にして『捕縛《ほばく》の際、下手人の抵抗荒荒《あらあら》しければ斬ってよし』と強調なさいました」

「お奉行は心配なさっておられるのだ。与力、同心、捕方などに死傷者の出ることをな」

「ええ、私も、そう思いました」

「笠山よ。私は私で下手人を求めて動いてみる。が、奉行所の方で何か情報を摑んだら、すまぬがそっと私に耳打ちをしてくれぬか。お前には決して迷惑は掛けぬ。平四郎の仇《かたき》は私の手で討ちたいのだ」

「もし可能ならば先生、捕縛を……生きたまま捕えて戴けませぬか。北町の同心として御願いしたく思いまする」

「それは約束できぬ。私と向き合った下手人はおそらく、激しい殺意で立ち向かってくるに相違ない。私が敗れるかも知れぬ程の凄まじい殺意でな……」

笠山は黙って頷いた。頷くしかなかった。平四郎夫妻に襲い掛かった四人の下手人。その四人の内の一人が、**べつの仲間**に居開流剣法の**丁字斬り**で抹殺されている。

このべつの仲間こそ容易ならざる奴、と笠山も想像していた。

彼は竜之助に謝った。

「お詫《わ》び致します先生。お奉行が**抵抗荒荒しければ斬ってよし**と申されたにもかかわらず、私は軽はずみにも先生に対し、生け捕りをお願いしてしまいました。申し訳ありません」

「いいのだ。気にするな。ともかく私は自由に動いてみる。よほど大きな組織を相手にしなければならなくなったら、その時はお前に連絡しよう。奉行所の力を借りたい」

「はい。八屋さんにも、そのように申し伝えておきます」

「私は道場の主人《あるじ》である立場を二《に》の次《つぎ》として、此処を留守にすることが多くなるかも知れぬ。すまぬが高弟たち相携《あいたずさ》えてひとつ確りと留守番を頼む。事件捜査でこれから忙しくなる笠山に、無茶な頼みをするようで申し訳ないが」

「お任せ下さい。御役目は御役目で遣《や》り通し、高弟、次席高弟協力し合い留守番の責任を抜かりなく果たしますゆえ」

「捜索によって不意に下手人に出会うたなら、決して油断するではないぞ。お前の剣は充分以上に強くなっている。しかし相手はお前以上に更に強いかも知れぬからな」

「心得ております。油断しません」

「うん」

「それでは先生これで一度、奉行所へ戻らせて戴きます」

畳に軽く手をついて頭を下げた笠山は腰を上げて土間に出ると、台所の雨助とサエに声を掛けて去っていった。

笠山が閉じた障子の向こうで、サエの声がした。

「先生、朝餉《あさげ》をお持ちして宜しいですか」

「いや、サエよ。申し訳ないが朝餉は抜きだ。これから是非にも出掛けたいところがあるのでな」

「あらまあ、先生……」

サエが土間との間を仕切っている障子を開け、不安そうな顔を見せた。

「ひと口もお食べにならずに、お出かけなされますのかのう」

「少し遠い所なのでな。サエもその名はよく知っていよう。私の大恩師の修練道場である古賀真刀流総本山・**剣善寺**《けんぜんじ》を訪ねたいのだ」

「これは大変じゃ先生。そいじゃあ御飯《ごはん》が炊《た》きたてじゃけん、握《にぎ》り飯《めし》をたんと作りましょうのう」

「そうか、助かるな」

「先生、これから甲州《こうしゅう》街道を小仏《こぼとけ》までじゃと、歩きよりも馬の方がうんと良かございませんか」

「勿論だ。雨助に段取りを頼んでおくれ。そのつもりでいたのだよ」

「へえ。んじゃ、いま亭主に急いで加賀《かが》を走れるようにさせますけん。旅支度の用意もお手伝いしますからのう先生……」

サエはそう言い残し、老いた体に似ぬ素早さで勝手口の方へ姿を消した。

竜之助はこれまで、遠方へ急ぎの旅をするときは、大切に厩で飼っている加賀に頼ることが多かった。

一刀流日暮坂道場には、書院番頭四千石旗本笠原加賀守房則《かさはらかがのかみふさのり》の姫舞《まい》十九歳が、鍛練に通っている。二天一流の小太刀業《こだちわざ》に秀《すぐ》れる舞は、竜之助を稽古相手とすることが多く、そのこともあって笠原加賀守の竜之助に対する信頼感は揺るぎないものであり、道場への支援も有形無形のかたちで大きかった。

竜之助の愛馬加賀は、彼の年ごとの明らかな老いに気付いた舞が、父親に頼んで笠原家の馬を一頭、ごく然り気《さげ》ないかたちで譲ったものだった。

馬名の加賀は、笠原加賀守の加賀から頂戴したものだ。

竜之助は、廊下側の障子を開け、座敷を日差しであふれさせた。

と、雲ひとつ無い青空の彼方《かなた》で、遠雷が微かに轟き、竜之助の表情がふっと曇った。

　いやな予感がした。

九

　武蔵国《むさしのくに》府中宿《ふちゅうじゅく》の新宿《しんしゅく》宮ノ前付近に入った竜之助《たつのすけ》は愛馬加賀《かが》の手綱《たづな》を軽く引くと、首すじを撫で脚を休ませた。

「どう……よしよし」

　加賀がヴルルッと鼻を鳴らし、首の筋肉を小刻みに震わせる。

「お前は実によく走るのう。笠原加賀守様はまこと良い馬を下すったものだ」

　竜之助はそう言いつつ馬上から下りると、もう一度加賀の首すじを撫でてやった。

　加賀が日暮坂《ひぐれさか》道場の厩《うまや》の主《あるじ》となってから、既に二年半が経《た》っている。

　竜之助は夕焼けの広がる空を眺《なが》め、微《かす》かにふうっと音を立て浅い溜息を吐いた。

　古賀真刀流《こがしんとうりゅう》道場の寄宿《きしゅく》門下生として厳しい鍛練に明け暮れていた若き頃、年に幾度かの江戸への帰省《きせい》では具舎平四郎満行《ぐしゃへいしろうみつゆき》と共に其処此処《そこここ》で酒や旨《うま》い物《もん》を楽しみながら、**甲州道中**を楽しんだものであった。つまり竜之助は、かつて平四郎と共に眺めてきた景色の中に今、佇《たたず》んでいるのだった。ただ、その夕景色《ゆうげしき》は濃い血の色に染まっているかに見え、漢方外科の安畠《やすはた》診療所で物言《ものい》わぬ人となっていた血まみれの平四郎を、弥《いや》が上《うえ》にも思い出させた。

竜之助の足元近くを幅二尺ばかりの灌漑《かんがい》用水路が、心細い音を立てて流れていた。

加賀が竜之助からゆっくりと離れて、その用水路の少し上手《かみて》に近寄り、うまそうな音を立て夕焼け色に染まった水を飲み出した。

これの水源は**多摩川**《たまがわ》だった。界隈の**十五ヶ村**《そん》によって構成されている**用水組合**によって、府中地域に網目状に走っている灌漑用水路は公平に水が分配されるよう管理されている。

多摩川から十五ヶ村に引かれた用水路は、細かく分岐して網目状に広がってゆき、田の一枚ずつにまで計画的に注水されるようになっていた。これらの用水は田畑での役目を果たすと、地中へ滲潤《しんじゅん》しきれなかった水は『**悪水**《あくすい》』と称されて、再び多摩川へ棄流《きりゅう》される（捨てられる）のだ。

「行くぞ……」

竜之助が水を飲み終えた**加賀**に声を掛けると、静かな夕焼け空の下の街道に、蹄《ひづめ》の音がゆったりと響いた。

竜之助は傍にやってきた**加賀**の頬を、「充分に飲んだか……よしよし」と二度三度と撫でてやった。馬は目を細めて応《こた》えた。

「歩こうか……直《す》ぐ其処だからな」

竜之助は**加賀**にそう告げて、手綱を引いた。

甲州道中は江戸日本橋を起点とする**五街道**《ごかいどう》の一つとは言え、夕焼け濃い街道に人の姿は殆《ほとん》ど無かった。

五街道とは改めて述べるまでもなく、**東海道**、**中山道**《なかせんどう》、**日光**《にっこう》**道中**、**甲州道中**、**奥州**《おうしゅう》**道中**の五道《ごどう》である。

中央政府を江戸に確立させた徳川家康は、全国交通網の整備が**幕府権力の俯瞰**《ふかん》に不可欠である、と重視した。

こうして五街道が調《ととの》ったのであるが、実は右に述べたように五道《ごどう》の内の日光・

甲州・奥州の三道《さんどう》は**海道**でも**街道**でもなく、『**道中**』と称された。公式にだ。

これは大学者であると同時に**第七代**徳川幕府（幼将軍・徳川家継）の最高執政官として偉才《いさい》を発揮した**新井白石**《あらいはくせき》の主張によるものである。彼は「日光・甲州・奥州の三道《さんどう》は海の傍《そば》を通っていないから**海道**《かいどう》を付すべきではなく、また**街道**《かいどう》も**海道**《かいどう》と同音の読みがあるから避けるべき」と強く主張し、享保元年（一七一六）に右の三《さん》道《どう》については**道中**が幕府の正式呼称とされたのだった。

しかし一般の庶民は無頓着《むとんじゃく》に、街道と呼んでいたようだ。どうでもよかったのであろう。

竜之助の歩みが止まり、主人《あるじ》のそれを察して**加賀**も蹄の音を鎮《しず》めた。

府中宿は代官屋敷の塀の角まで来ていた。

府中宿を包括する武蔵国《むさしのくに》は、約百万石の巨大な『**城付地**《しろつけち》』として江戸城を支える存在だった。『**城付地**《しろつけち》』とは、徳川幕府に不可欠な直轄の関東経済圏、の解釈がここでは許されるだろう。江戸城を中心に考えれば、首都域経済圏の方が妥当かも知れない。

この『**城付地**《しろつけち》』支配を幕府から預かっているのが**代官**であり、府中宿では（というより武蔵国では）野村彦太夫《のむらひこだゆう》とその一族の名が歴史的にも知られていた。彦太夫、為利《ためとし》、為政《ためまさ》と続いた代官としての名家だ。

が、いま竜之助が足を休めた屋敷の代官は、雨宮勘兵衛《あめのみやかんべえ》と称した。その屋敷の角で歩みを休めた竜之助の視線は、こちらに背を向け竹帚《たけぼうき》で塀際を掃いている老爺《ろうや》に注がれていた。ずっと暗い表情と重い心で旅を続けている、と自分でも判っていた竜之助の顔がいくぶんか和《なご》んでいる。

「弥市《やいち》や……」

竜之助が、老爺の背に声を掛けた。

老爺の背中がいきなり呼びつけられ、驚いて振り返った。

「おやまあ、ひょっとして芳原《よしはら》竜之助先生ではありませんか？」

弥市なる老爺は、竹帚を胸に抱きかかえるようにして、竜之助にいそいそと小駆けに近付いた。

「あ、やっぱり芳原先生だ。これはまあ……」

「弥市や。その〝先生〟は止《よ》してくれと以前に頼んだ筈だぞ……」

竜之助は弱弱しい苦笑《にがわら》いを口元に浮かべた。

「いいえ。日暮坂大道場の主人《あるじ》である芳原竜之助先生を先生と呼ばずして、一体誰を先生と……ああ、こんなことを言ってる場合じゃない。旦那様にお知らせ致さねば」

弥市は竜之助に背を向けると、あたふたと小駆けに離れてゆき代官屋敷の開け放たれている門の内へと姿を消した。夕焼け色に染まった辺《あた》りが、森《しん》となる。

「行くか……」

竜之助は**加賀**を促すかのように手綱をツンと引いた。代官屋敷の中がたちまちにして賑《にぎ》やかになるのが、竜之助の耳に届いた。

人と馬一頭が代官屋敷の門を潜《くぐ》ると、雪駄《せった》が揃《そろ》え置かれた玄関式台《しきだい》の前に弥市がこちらを向き待ち構えたように立っていた。

「旦那様。芳原先生が見えられました」

弥市が顔を玄関の方に向けて言った。式台が踏まれて軋《きし》み鳴り、がっしりとした体つきの着流しの男が姿を見せ、雪駄を履いた。

「よう、芳原。久し振りだのう。よく来てくれた」

「旅の途上《とじょう》じゃ。少し世話になりたいのだが、いいか？」

「おい、水臭いことを言うな。少しなどと言わず、府中で暫《しばら》く遊んでゆけ。ひと月でも、ふた月でもよいぞ。府中《ここ》には旨い酒があるしな」

「ははっ……先《ま》ずは、ひと晩ゆっくりさせてくれるか」

「さ、上がってくれ。弥市は馬に水と飼葉《かいば》をな」

「へえ、承知しました。そいじゃあ芳原先生、手綱を……」

「うむ、すまぬが頼む」

竜之助は、雨宮家に長く忠実に奉公している弥市に手綱を預けると、旅草履《たびぞうり》の紐《ひも》を解《と》いた。

「おじ様、お久し振りでございます」

紐《ひも》を解き終えた竜之助は後ろから声を掛けられ、振り向いた。
十四、五歳に見える少年が、にこやかに立っていた。
「これはまた、大きくなったのう勘三郎《かんざぶろう》」

竜之助は目を大きく見開いて、思い切りやさしい笑みを浮かべ少年の頬を両手で挟んだ。

雨宮家の嫡男、勘三郎定行《さだゆき》であった。

「会うのは三年ぶりじゃな。どうだ勘三郎、怠けずに竹刀《しない》は握っておるか」

「はい。近頃では五本のうち一本は、父から取れるようになりました」

「それは凄い。その調子で修行を続けるのじゃ」

傍《そば》で聞いている勘兵衛がさも嬉しそうに目を細めている。勘兵衛自身、息子の成長——剣の——が頷《うなず》けているのだろう。

「芳原のおじ様。私の年齢《とし》では日暮坂道場の寄宿門下生になるのは、まだ早いでしょうか」

勘三郎の口からいきなり出たその言葉に、それまで目を細めていた代官雨宮勘兵衛の表情が少し慌てた。

雨宮家も武蔵国では知られた名家である。後継者である嫡男勘三郎は目に入れても痛くない程に可愛がり、且《か》つ厳しく育ててきた。剣法にしても然《しか》り。

代官雨宮勘兵衛は若き頃、古賀真刀流総本山で激しい修行に打ち込み五指に数えられた強豪で、**竜虎**《りゅうこ》と称された竜之助や平四郎とは青春を謳歌《おうか》し合った仲だった。

竜之助は勘三郎の頬を挟んでいた手を肩に移すと、ほんの少し抱き寄せるようにして言った。

「日暮坂道場の寄宿門下生になるかどうかについては、私よりも先ず勘三郎を大切に育ててきた御両親と相談しなければならぬ。勘三郎は名門雨宮家の嫡男だしな。それに、勘三郎の父上は大変な剣の達人なのだ。日暮坂道場の寄宿門下生になる資格が、お前に備わっているかどうかは、お前の父上の目で確《しっか》りと検分して貰わねばならぬ」

「日暮坂道場の寄宿門下生の人たちは皆、お強いのですか？」

「強いとも。竹刀稽古で私から三本のうち一本を取る者など、幾人もいるぞ」

「へええ……やっぱり江戸なんだなあ」

「さ、もういいだろう竜之助、居間へ来てくれ」

竜之助の勘三郎に対する諭《さと》し方に安心したのか、勘兵衛が弾《はじ》けた笑みを顔いっぱいに広げながら竜之助を促した。

「家内が、お前が来たと知るや台所であたふたと動き回っておるのだ。久し振りに呑もう。三年振りじゃ」

「うん、府中本町《ほんまち》出身の寄宿門下生の挙式で訪れて以来だからのう……」

竜之助の口から出た府中本町とは、府中宿を構成する甲州道中に沿った三町《さんまち》の一つだ。三町とは、甲州道中に沿って東側から順にある、新宿、番場《ばんば》、本町、を指している。

幕府の扱いは、つまり行政的には此処は『村』なのであったが、道中奉行の監理下においては宿場町、いわゆる商業的に賑わっている町扱いだった。

竜之助時代の道中奉行は、大目付《おおめつけ》が首席道中奉行を兼帯して御役手当三千石を賜《たま》わり、また次席道中奉行については勘定奉行《かんじょう》が加役で務めていた。

この二人道中奉行の差配下には実務方《じつむがた》が編まれていて、その職掌は助郷《すけごう》割替、宿貸付、御伝馬宿《ごてんまじゅく》入用の下付米金、並木の管理、道・橋などの管理検分その他多岐にわたった。

庭に面した居間で、竜之助と勘兵衛は向き合った。酒と肴《さかな》がまだ調っていないなかであったが、具舎平四郎夫妻を襲った不幸をまだ知らぬ勘兵衛は、剣友竜之助の突然の訪れを喜んで、終始笑顔だった。

「本当に、よく訪ねてくれたのう。実は竜之助、お前の目で息子の剣の程度を一度検《み》て貰いたいと思うておったのだ」

「おいおい、古賀真刀流総本山で五指に数えられていた勘兵衛が、何を言うのだ。父親の目で検てやれるだろうが」

「いやあ、父親の目というものは、我が子に対しては曇りやすいものだよ。勘三郎は先ほどお前に向かって、近頃では五本のうち一本は父から取れるようになりました、と告げただろう」

「うむ、確かに聞いた……」

「あれは事実ではない。儂《わし》のこと、つまり父親のことを思って遠慮して控え目に言いおったのだ」

「どういう意味だ。はっきりと申せ」

「息子はな竜之助。この儂から五本のうち二本か三本は確実に取りよる」

「なにっ」

「たまにはだが四本を奪いよることもあったりするのだよ竜之助」

「そいつは凄い。凄すぎる。古賀真刀流門下で五指に入っていたお前から五本のうち四本も取るとは……勘三郎は幾つだったかのう。十四か、十五か?」

「十四歳だ。どうだろう竜之助。明日にでもこの屋敷の庭で、勘三郎と立ち合ってやってはくれぬか」

「十四か。おい、十五歳になったら日暮坂道場の寄宿生として迎えよう。江戸へ寄こせ」

「立ち合《お》うてやってはくれぬのか」

「その必要はない。古賀真刀流の猛者《もさ》である、お前が言うのだ。大丈夫。来年の秋にでも日暮坂へ寄こしてくれ。二、三年かけて俺が直直《じきじき》に鍛《きた》えてみよう」

「そう言うてくれるか。それを聞けば、**お令**《りょう》も喜ぶだろう。あれ（お令《りょう》）はお前のことをえらく信頼しておるからのう」

お令《りょう》とは、代官雨宮勘兵衛の妻であった。

勘兵衛の言葉で、竜之助の表情が思わず、ふっと暗く沈んだ。同じような言葉〝早苗《さなえ》はお前のことをえらく信頼しておるからのう〟と今は亡き平四郎からよく聞かされてきた竜之助である。

勘兵衛が怪訝《けげん》な目を竜之助に向けて言った。

「おい、どうしたのだ。何だか浮かぬ顔つきだが……」

「……」

「さては何か心配事を抱えて、やって来たのだな。律儀一点張りなお前が、事前の手紙連絡もなく、いきなり訪れたのは妙と言えば妙だ……おい、竜之助」

「まあ、そう一気押しをしてくれるな。実は……」

竜之助の言葉が、そこで切れた。廊下を、こちらへ近付いて来る足音があったからだ。

ほんの少し前まで夕焼け色に染まっていた障子は、すでにその色を消している。その障子の向こうで足音が止まって、居間の燭台《しょくだい》二本の炎《あかり》が微かにひと揺れした。

「旦那様、お令《りょう》でございます。障子を開けて宜《よろ》しゅうございましょうか」

「うん、構わぬよ。お入り……」

障子が開いて入ってきたのは、色白でふっくらとした優しい面《おもて》のお令であった。

竜之助は正対する勘兵衛に向けていた膝を、笑顔を拵《こしら》えて左斜めに改めた。

「ようこそ御出下《おいで》さいました竜之助様。お久し振りでございます。お変わりなく御元気そうで何よりでございます」

三つ指をついて丁重に頭を下げるお令に、竜之助も丁寧に応えた。

「御無音《ごぶいん》に打ち過ぎ申し訳もありません。先ほど玄関で勘三郎君に会いましたが、いやあ余りにも立派に成長し驚きました。こちらは白髪が増えるばかりで」

「そう言えば、三年前に御出《おいで》の時に比べると、確かに御髪《おぐし》が白く……」

「これ、お令……」

と、勘兵衛が妻の言葉を抑えたが、お令に対する竜之助の笑みは消えなかった。

ただ、胸の内でお令の顔と、重傷の床にある早苗の顔とが重なっていて、さすがにチクリとした痛みが背中を走っていた。

お令が目を細めて言った。

「で、此度《こたび》は幾日滞在下さるのでございますか竜之助様。勘三郎からは先ほど、二、三か月は滞在して下さるよう説得してほしい、と頼まれております。剣の腕を検《み》てほしいらしくて……」

「おいおい……止《よ》さぬかお令。それよりも酒と肴を急いでくれ」

「間もなく用意が調いまする。私《わたくし》にも竜之助様にゆっくりと挨拶をさせて下さりませ」

「酒だ。酒を急がせてくれ」

勘兵衛が苦笑まじりに言うのであったが、お令は竜之助の目を確りと見つめて離さなかった。彼女は竜之助が大好きなのであった。**ある事情**で頑《かたくな》に独り身を貫き通している竜之助が大好きなのであった。**邪《よこし》まな情**では決してない。一点の曇りも揺らぎもなく、**ある事情**に長い年月にわたって向き合ってきた竜之助の人間としての姿が好きなのであった。むろん、夫の次に。

「お令殿。今回は図図しく三日ばかり御世話になったあと、次の目的地へ向かわねばなりませぬ。江戸へ帰る時にまた一両日、厚かましく泊めて戴きたいと思っております。剣の無二の友である代官雨宮勘兵衛に教えを乞《こ》いたい事があるからです」

「まあ……」

竜之助の硬い表情と言葉から、お令も真顔《まがお》となって、夫と目を合わせた。

お令は自分を見る勘兵衛の目が「下がりなさい……」という強い意思を見せたので、漸く代官家の奥方らしい美しい作法と言葉で座を締めて下がっていった。

勘兵衛が切り出した。

「この私に教えを乞いたい、とはどういう意味だ。文武においてお前は、常にこの私の上にあると尊敬の念で見てきたのだぞ。何を教えてほしいのだ」

「**右肘斬《みぎひじおと》し**だよ……」

「なに？」

竜之助の言葉が直ぐには理解できなかったのか、勘兵衛の表情がポカンとなった。

無理もない。竜之助は一刀流剣法・古賀真刀流総本山より、師匠から栄《は》え有《あ》る『直弟子之証』と『古賀真刀流総免許皆伝之証』を授与されて天才的な剣客と評価されてきたのだ。その天才的な剣客の口から、「**右肘斬《おと》し**を教えてくれ」と告げられた勘兵衛だった。

「そう驚いてくれるな勘兵衛。本気で申しておるのだ。古賀真刀流においては、具舎平四郎が**右肘斬《おと》し**の第一人者だった。とは言え、お前の**右肘斬《おと》し**も平四郎に決して劣らぬものであると俺は見てきた」

「いや、平四郎の業《わざ》は……」

「まあ聞け。古賀真刀流の秘伝中の秘伝業《わざ》と称されている**右肘斬《おと》し**は、誰もが習得できる訳ではない。並はずれて秀《すぐ》れた流動体の**捕捉眼力**（流体視力、動体視力）、刀《とう》走音《そうおん》の方角を瞬時に察知できる**野性的な聴覚**、この二点を有しない剣士は絶対に**右肘斬《おと》し**を習得できない、と**古賀正之助義経**先生は常常仰《おっしゃ》っておられた。そうだろう」

「う、うむ……まあな」

「稽古熱心な平四郎とお前は、よく打ち合っておった。その稽古を傍《かたわ》らで眺めながら俺は、刀走音の方角を瞬時に察知できる野性的な聴覚は、平四郎よりもお前の方が格段に秀《すぐ》れていると確信したものだ。このことは、若《も》し真剣で平四郎とお前が争えば、お前の方が遥《はる》かに生きのびる確率が高い、ということになる」

「全身のどこかに襲い掛かってくる刀走音の方角を瞬時に察知できれば当然、防禦率が高くなる、そういうことか？」

「そうだ。だから俺は、古賀真刀流における**右肘斬《おと》し**の第一人者は、僅《わず》かの差でだが平四郎ではなく、お前だと思ってきた」

「ふふっ……だから平四郎にではなく、俺に**右肘斬《おと》し**を教わりたいと言うのだな」

「嫌《いや》か？……」

「いや、構わぬよ。平四郎が労咳《ろうがい》であることは、俺も承知している。無理をさせられぬ身だからな」

「有り難い。感謝する」

「しかしまた何故《なにゆえ》、**右肘斬《おと》し**に今ごろ拘《こだわ》るのだ。理由《わけ》を訊《き》いてはいかぬのか。芳原竜之助頼宗《はらたつのすけよりむね》と申せば古賀真刀流の最高峰《さいこうほう》とも称されている大剣客ぞ。俺の力量など、お前の足元にも及《およ》ばぬというのに……それに**右肘斬《おと》し**の技術的な概念だけならば、お前の身近で生活している平四郎から教わることだって出来るではないか。お前ならば、技術的な概念を学ぶことだけで、右肘斬《おと》しの相当高い位《くらい》までゆけるぞ」

「いや、技術的な概念など、どうでもよい。私はお前と激しくぶつかり合うことで、実戦的呼吸を会得《えとく》したいのだ。真剣によるぶつかり合いでな」

「真剣で?……おい、お前、どこかおかしいぞ。いつものお前ではない……何か理由があるな……話せよ、おい」

「うむ……実は……平四郎夫妻が斬られたのだ」

「なに。もう一度言ってくれ。ゆっくりと言ってくれ」

すでに勘兵衛の顔色は、燭台の明りの中ではっきりと判る程に変わっていた。

「斬られたのだ。平四郎夫妻がな。平四郎は絶命し、早苗殿はいま懸命に死の淵《ふち》から逃れようと闘っている」

「おのれ。誰が平四郎夫婦に刃《やいば》を向けたのだ」

抑えた声で言いながら勘兵衛は片膝を立てた。眦《まなじり》を吊り上げ唇をわなわなと震わせている。

「下手人はまだ判っていないが、**居開流**《いかいりゅう》 **丁字斬り**《ちょうじぎ》で襲われておった。それも相当な凄腕の……」

「居開流丁字斬り……**鎌倉殿**（源頼朝）の御盾役《おたてやく》で知られた居開大三郎信頼を開祖とする、あの居開流だな」

「そうだ。いま北町同心の笠山義一郎と八屋《はちや》新八郎を中心とする総動員態勢で調べが進められているが、まだ下手人の見当すらついていない」

「笠山に八屋……共に日暮坂道場の高弟であるな。しかし油断はできぬぞ」

「うむ。探索《たんさく》が進んで下手人の見当がついたとしても、うっかり近付き過ぎるな、と注意してはある。下手人はこの私が叩っ斬るのでな」

「それで**右肘斬《おと》し**を教えろ、と言うのか。この俺に……」

「平四郎夫妻は他人《ひと》に恨《うら》まれるような人間ではない。とくに早苗殿は菩薩《ぼさつ》のように心のやさしい女性《ひと》だ。そのことは、お前もよく知っているだろう」

「ああ、お前の言う通りだ……」

「如何《いか》なる理由で平四郎夫妻に刃を向けたかは知らぬが、私は下手人を**右肘斬《おと》し**で八《や》つ裂《ざ》きにしてやりたいのだ。**右肘斬《おと》し**でな」

「よし判った。明日の早朝から竹刀で立ち合おう。但《ただ》し、右肘は鹿革《しかがわ》で二重巻きにしてくれるか。鹿革と鹿革の間に真綿《まわた》を薄く挟んでな。鹿革と真綿はこちらで調える」

「いや、鹿革も真綿も必要ないよ勘兵衛。痛みを浴びてこその修行ではないか。それに、そのようなものを巻いていたなら右腕の動きが鈍《にぶ》くもなるしな」

「駄目だ。鹿革は巻いてくれ。俺は平四郎夫婦のためにも本気で打ち込む。竹刀ではあっても俺が本気で打ち込めば骨が砕けるやも知れぬぞ」

「確かにな……承知した」

　このとき廊下をこちらへ近付いてくる足音があった。ひとりの足音ではなさそうだった。

「竜之助、やっと酒がきたようだ。ま、盃を交わしながら、事件の細部にわたってもっと詳しく聞かせてくれ。それから、この代官屋敷を出立《しゅったつ》したあと何処へ向かうのかについてもな」

うん、と竜之助は言葉なく頷《うなず》いてみせた。

障子の外で足音が止まった。

男二人の嗅覚《きゅうかく》が、ほんの微かにだが熱燗《あつかん》の香りを捉《とら》えた。

「待ちかねていた、入りなさい」

障子の外から声が掛かるよりも先に、勘兵衛が障子の向こうへ穏やかな調子で告げた。

お令《りょう》の綺麗な声が返ってきた。

十

三日目の朝がきた。

お令《りょう》は庭で熟《じ》っと向き合っている勘兵衛と竜之助を、広縁《ひろえん》にひとり座って見守った。

お令にとっては、はらはらとする一昨日《おとつい》と昨日《きのう》の朝であった。

立ち合う事情については既に夫から詳しく聞かされている。

一昨日《おとつい》朝の竜之助は、夫に幾度となく鹿革を巻いた右肘を激しく打たれていたのが、お令の素人目《しろうとめ》にもよく見えていた。

それでも顔をしかめようとしない竜之助に、お令は心から同情した。

夫と共に三、四年かに一度しか会うことのない竜之助だった。

お令は竜之助の目立つのが早過ぎる白髪が好きであった。日を浴びるとその白髪の一本一本はまるで銀の糸のような上品な輝きを放った。その白髪のせいであろう、お令の目にはどうしても竜之助が大剣客には見えなかった。よい家庭でやさしい母親に厳しく育てられた坊っちゃん侍のような弱弱しさを、会うたびにお令は感じていた。いつであったか夫から頼まれた書面を持って、日暮坂道場を訪ねたことがある。あたたかな笑顔で迎えてくれた竜之助にさそわれ、不忍池《しのばずのいけ》そばの老舗《しにせ》の料理屋で昼餉《ひるげ》を食したあと、池の畔《ほとり》を散策《さんさく》した時のことがお令は忘れられなかった。まるで何かに憑《つ》かれたように竜之助が寡黙《かもく》になってしまったからだ。

「不忍池《しのばずのいけ》は心のやすまるいい眺めでございますね竜之助様」

お令が話し掛けながら、失礼にならぬ程度にそっと寄り添っても、竜之助は、

「ええ……」

と、別の虚《むな》しい世界に引《ひ》き摺《ず》り込まれているかのような、寂《さみ》し気《げ》な横顔だった。

その時になってお令は漸《ようや》く確信したのだ。ああ、竜之助様はあの女性《おかた》がまだ忘れられないのだ、と。

お令はその女性《ひと》のことが羨《うらやま》しくもあり、腹立たしくも思った。私ならば一見どことなく**ひ弱**に見えて、其《そ》の実《じつ》、強靭《きょうじん》な一面をまぎれもなく持っておられる竜之助様から決して離れはしない、と。

「りゃあっ」

迸《ほとばし》った鋭い気合で、お令はハッと我に返った。夫が竜之助の右肘へ閃光のような一撃を放った瞬間だった。

竜之助の竹刀がそれを受けて、幹竹《からたけ》割りのような大きな音が、お令の耳に突き

刺さった。

「せいやっ」

お令は、竜之助に強く弾き返された夫の竹刀が、素早く翻《ひるがえ》り下から上へと掬《すく》い上げるようにして竜之助の右肘に走るのを見逃さなかった。

お令は思わず目を閉じた。一昨日《おとつい》も昨日《きのう》も、夫は竜之助に対し容赦《ようしゃ》が無かった。事前に立ち合う事情というものを夫から聞かされていたお令であったが、夫の容赦無さにはすこし腹が立っていた。手加減というものを御存知ないのですかと。

バシッという音と殆ど同時に、「あっ」という叫びを聞いてお令は閉じていた目をあけた。

なんと夫が竹刀を取り落としていた。しかも右肘を左手で押さえ、茫然《ぼうぜん》の態《てい》で剣友竜之助を眺めている。

「おい、今のは何だ。俺には全く見えなかったぞ」

お令は夫のその言葉で漸《ようや》く、竜之助様が勝ったのだと知った。そして、温《あたた》かなものが、ふわりと胸の内を過《よ》ぎるのを覚えた。

竜之助が笑顔で勘兵衛に言った。

「今朝は不思議なことに、お前の**右肘斬《おと》し**がはっきりとよく見えたよ。しかも、迫《せま》ってくるお前の竹刀が、妙《みょう》にゆっくりと感じられた」

「そうか。矢張り竜之助だのう。俺の**右肘斬《おと》し**がゆっくり且《か》つはっきりと見えたということは、お前がいま俺に対して放った稲妻《いなずま》のような激打《げきだ》は、必ずお前自身の**右肘斬《おと》し**に確りと結びついてゆくよ。しかも**強烈な右肘斬《おと》し**にな。見ろよ、これを……」

勘兵衛は剣友に歩み寄ると、左手で押さえていた右肘を見せた。

早くも青黒い皮下出血が生じて、腫《は》れあがっていた。

痛そうだ。

「すまぬ。力を抑《おさ》えて打ったつもりだったが……」

「そこがそれ、お前なのだ。一刀流の大剣客と称される所以《ゆえん》なのだよ。お前は一の力で打撃したつもりでも、受けた者には三にも四にも応《こた》えるのだ。恩師**古賀正之助義経**先生が仰っていたことがあった。竜之助の剣はまさしく**真剣刀法**である、と」

「恩師がそのようなことを?……」

「ああ、仰っておられた。たとえ木刀であっても竹刀であっても竜之助が持てば**真剣**になる、ということさ。すっかり白髪頭に老いたりとは言え、お前の実力は変わらぬと俺は見るなあ。おい、今朝はこれで止そう。朝飯にせぬか」

「あと、二、三番は勝負してくれ。まだ腹は減っておらぬ」

「もう充分だ。これ以上相手をすると、代官業務に支障が出るかも知れないのでな。おお痛《いて》え。お令や、右肘を冷やしたあと朝飯だ。朝飯にしてくれ」

「はいはい……」

お令はにっこりとすると、こちらを見た竜之助と目を合わせて立ち上がった。

十一

翌朝早く、勘兵衛、お令夫妻に見送られて、竜之助は馬上の人となった。

勘兵衛は肌艶良い**加賀**の首すじを撫でてやりながら、馬上の竜之助を見上げて言った。

「亡き恩師**古賀正之助**先生に申し訳ないと思う程に**剣善寺**《けんぜんじ》（古賀真刀流総本山）を長

く訪ねておらぬ。道場を継《つ》いでおられる御子息の古賀真吾郎《しんごろう》殿に、雨宮が気にしている、とよくよくお詫び申し上げてくれ」

「うん、わかった。剣善寺の位置がどの辺りであったのか記憶がいささか怪しくなっている程に訪ねておらぬのは、この私とて同じよ勘兵衛。古賀真吾郎殿は生まれつき腺病質《せんびょうしつ》な体であったことから、剣の道を志《こころざ》すことが叶《かな》わなかった。お人柄よく学問には長《た》けてはおられたが、あの大道場をうまく維持監理なされておられるかのう」

「便りの無いのは幸運の証《あかし》、とよく言うではないか。頭の良い御人《おひと》であるから大丈夫だ。心配ない。大勢の門下生の気合や木剣竹刀の音と共に、明るい笑顔で迎えてくれよう」

「だな……」

「問題は恩師が亡くなっている現在《いま》、お前が**剣善寺**を訪ねて居開流剣法に関し必要な何かが判るかどうかだ」

「ま、とにかく訪ねてみる。帰りにはまた寄らせて貰うぞ」

「おお、待っている。**剣善寺**までの道は森深く甚《はなは》だ険《けわ》しい。お前のことだから心配ないが、山賊野盗《さんぞくやとう》の噂も聞く。用心してくれ」

「心得た……」

頷いた竜之助は、剣友の少し後ろに控えているお令と目を合わせた。

竜之助が口を開くよりも先に、お令が**加賀**に歩み寄った。

「これ、お弁当でございます。昼餉《ひるげ》と夜の二食分を拵《こしら》えました。火を通すものは充分に通してございますから、途中で傷《いた》む心配はございません。安心してお召し上がり下さい」

「これは真《まこと》に有り難い。お令殿は料理上手ゆえ楽しみじゃ」

「帰りはまたお寄り下さいませね。必ずでございますよ竜之助様。お待ち致しておりますから……」

「はい。必ず寄ります。それでは……」

竜之助は**加賀**の手綱をツンと右へ引くと、馬腹を軽く鐙《あぶみ》で打った。

馬が走り出した。

「大丈夫でございましょうか、あなた……」

熟《じ》っと見送るお令の言葉が、不安そうだった。

「うむ、老いよったな竜之助は……」

「ええ、御髪《おぐし》などは真っ白になってしまわれて……やさしい御気性の御方でございますけれども、一層のことやさしさを深められたような気が致します」

「それもこれも老いが進んだからだろうな。腕力にも衰えが見られたのう。ひと昔前の竜之助ならば打ち込まれた私の右肘はもっとひどく紫色に腫脹《しゅちょう》して、かなり発熱しておったろう。だが此度は赤く腫れあがった程度に過ぎない」

「でもあなたは、右肘を押さえて痛い痛いと申しておられましたよ。それに、今の業《わざ》は俺には全く見えなかった、と竜之助様を激賞なされました」

「うん。立ち向かってきた彼の老いというものが余りにもはっきりと窺《うかが》えたのでな……まあ、同情してしまったのだ」

「まあ……それでは秀《すぐ》れた大剣客と称される竜之助様に対し、かえって非礼ではありませぬか」

「確かにな。しかしお令、安心いたせ。竜之助の肉体には老いが窺えたが、それは剣の業が老いたことを決して意味する訳ではない。体力に加えて、気力を取り戻せば、彼の剣は恐ろしいまでの威力を必ず蘇《よみがえ》らせるよ」

「いま、気力、と申されましたか……若《も》しや今もなお、あの御方《おかた》への激しい恋《おも》いが、悶悶として尾を引いているのでございましょうか」

「恐らくな……忘れられない苦しい毎日なのであろう。炎の如く恋《おも》い恋《おも》われる仲であったと言うからなあ」

「うらやましい……」

「ん?」

「竜之助様のような御人《おひと》にこれ程も長く恋《おも》われているあの女性《ひと》のことが、うらやましいと思うのです」

「おいおい。お前には立派な旦那様がここにおるではないか」

「それはそうですけれど……」

「そう言えばお令、このところ御無沙汰であったな。いや、すまぬ。なにしろ重要な案件が次次と代官である儂《わし》の手元に寄せられるのでな」

「それにしても御無沙汰し過ぎでございます」

「そう言うな。よし、今宵《こよい》はお前の寝床に忍び込むと致そう」

「真《まこと》でございますか」

「真《まこと》じゃ。約束する。激しく忍び込むぞ」

「うれし……」

瞳の色で控え目にはしゃいだ妻の肩に手をやって、勘兵衛は促した。

すでに遠く離れた位置で**加賀**を止めた竜之助は、代官屋敷の方を振り返った。

勘兵衛とお令が肩を揃え、屋敷内へ消えるところだった。

「勘兵衛よ。お令殿を大切に致せよ」

竜之助はそう呟《つぶや》くと、再び馬腹を鐙で軽く打った。

加賀は再び力強く走り出した。先ず目指すは甲州道中の小仏《こぼとけ》峠《とうげ》（標高五四八メートル）であった。連なる山山の尾根の北に位置する**景信山**《かげのぶ》（標高七二七メートル）と南に位置する**高尾山**（標高六〇〇メートル）のちょうど中間あたり、**鞍部**《あんぶ》に当たる峠だ。

僅かに百数十年前、**武田信玄**《たけだしんげん》と**北条軍**《ほうじょう》が激突（永禄十二年・一五六九）した戦場として知られており、その後、徳川政権に変わってからも山岳防衛線上の要衝として、重要視されてきた。したがって現在、小仏峠の東側麓《ふもと》に当たる**駒木野**《こまぎの》（甲州道中の宿駅。内藤《ないとう》新宿より七駅目）には**小仏関所**が設けられており、**箱根の関所**（東海道）および**碓氷**《うすい》**の関所**（中山道）と共に『**関東の三関**』と称されていた。

加賀は旅人の姿が少ない甲州道中を、殆ど**駈歩**《かけあし》と**襲歩**《しゅうほ》を交互に繰り返して逞《たくま》しく走り続けた。

少し付け足しておこう。三拍子リズムの走法とされている**駈歩**《かけあし》は馬にもよるが、およそ分速三四〇メートルから分速五五〇メートルくらいである。また**襲歩**《しゅうほ》は分速一〇〇〇メートルくらいになり、これを**全力疾走**と称し、いわゆる競馬《けいば》速度となる。

「どう……よしよし。お前は実によく走るのう」

どれほど走ったであろうか。竜之助は青青とした田畑の真っ只中で手綱を引き**加賀**の足を休めると、ひらりと馬上から下りた。

加賀はヴルルッと鼻を鳴らし、疲れた、と言わんばかりに首を縦に大きく振って、蹄で地面を叩いた。

一般にだが、走りに秀《すぐ》れる馬は気性が荒い。競走馬として改良されてきたサラブレッドなどはとくに気が荒く、したがって初期の乗馬練習用には余り適していない。

「うん、うん。疲れたな。よしよし」

竜之助は**加賀**の両の頬を幾度も撫でさすってやった。

加賀が次第に気持を鎮《しず》め目を細め出すと、彼は次に前脚の側に移って軽くさすってやりつつ、**肩のあたり**で手を止めた。

「ゆったりとな……うん、ゆったりと」

加賀にそう告げながら、竜之助の指は**肩のあたり**の皮膚《ひふ》を、山の形に抓《つま》んではなした。

皮膚は素早く元に戻り、竜之助はホッとしたように頷いてみせた。

彼は今、長距離を走行直後の馬体の健康状態、**とくに脱水状態**を推《お》し測《はか》る重要な検査をしたのだった。山の形に抓《つま》んではなした肩部の皮膚が、元の状態に戻る早さが早ければ早いほど、脱水状態の心配はないということになる。

これは武士にとって、馬を愛する上で欠かすことの出来ない知識とされてきた。

しかし激しい合戦の世が消えると侍と馬との関係は次第に薄れてゆく。さらに徳川将軍の時代が進むにしたがい武士は生活困窮《こんきゅう》に陥って、戦規則《いくさきそく》に定められた馬を飼養《しよう》する力さえ失ってきた。

今や自在に馬を乗り回せる気骨ある侍は、江戸市中においてさえすっかり数を少なくしてしまっている。

手綱を手に歩き出した竜之助は、晴れわたった空を仰いで加賀に語り掛けた。

「夕方までには駒木野《こまぎの》宿に着けるだろう。今宵《こよい》は其処《そこ》に泊まろう。お前もゆっくりと休めるしなあ」

竜之助の言葉が判る筈もないのに、何かが自分にやさしく向けられている、と察したのか加賀が低く鼻を鳴らして小さく首を振った。

「見なさい。向こうに見える百姓家でひと休みさせて貰おうか。お前も水を飲みたいだろうし、私もお令殿の拵えてくれた弁当を食したくなった」

そう言う竜之助の脳裏には、重傷の床にある早苗の顔が浮かんでいた。

右の肘がこのとき、ズキリと痛んだ。勘兵衛がかなり手加減をして打ってきたことは読めていた。読めてはいたが、さすがに応《こた》えていた。ときおり、槍で突き刺されたのでは、と思われるような痛みが**右肘から右肩**へと走った。

竜之助は力なく、足元へ視線を落としてしまった。古賀真刀流総本山を卒業して明日は江戸へ戻るという日の夕方、竜之助は大恩ある老師に厳しい目で言われた言葉が忘れられなかった。

『お前は並外れて秀《すぐ》れた剣客じゃ。文武両面において、お前を凌駕《りょうが》する剣客はおそらく何流《なにりゅう》の剣術界からも出てくることはあるまい。但《ただ》し、お前にも生まれながらにして天の神より与えられた欠点がある。それは、やさしさ、じゃ。剣客としての無類《むるい》の強さよりも、人としてのやさしさがお前の剣法を包み込んでしまったとき、お前の剣は必ず敗者の剣となる』

竜之助は足元に落としていた視線で、また澄みわたった青空を仰いだ。

「のう加賀よ。この私はそんなにやさしい人間かのう。私は日暮坂道場で門弟を教えるとき、まるで鬼のように厳し過ぎる、と陰口をたたかれたりすることもあるのじゃがなあ」

しかし加賀の返事はなかった。

何処からか、のんびりとした牛の鳴き声が聞こえてきた。

十二

翌朝の駒木野《こまぎの》宿は雨こそ降らなかったが、熊、鹿、猪が多数棲息《せいそく》する大自然は濃い霧《きり》に包まれていた。

「朝の内は霧が晴れるのをのんびりと待って、昼飯を食ってから立たれたらどうですかのう」

朝飯の膳を片付けに二階の客間に見えた宿の老婆が、脚絆《きゃはん》を脛《すね》に巻き付けるなどの旅立ちの準備を始めた竜之助《たつのすけ》に、ぶっきらぼうな口調で告げた。下顎の前歯が二、三本抜けている。

「昼まで待っても深い自然の中のこの濃い霧が晴れるとは限るまいよ、女将《おかみ》」

「うんにゃ。昼飯時には、この霧は晴れるだよ。ほら、結構な速さで右から左へと流れとるじゃろうが。昼飯時には消えるよ、うん」

老婆は障子が半開きになっている窓の外へ、たて皺《じわ》が目立つ顎の先を振ってみせた。

なるほど、霧は確かにかなりの速さで右から左へと流れていた。

「いや……」

と、脚絆を脛に巻く手を休めて竜之助は首を横に振った。

「訪ね先へは空が明るい内に着きたいのだ。昼飯を済ませてから此処《ここ》を出たなら、訪ね先に着くのが日が落ちる頃になってしまうかも知れんのでなあ」

「何処《どこ》へ行きなさるんじゃ。午前中はこの霧の濃さは絶対に薄くはならんぞな、お侍さん」

「うん、まあ、此処から数里ばかり奥の山中《さんちゅう》深くに在《あ》る古い友の家へなあ。実に久し振りに訪ねるので、甲州街道からはずれていったん山道に入ると、いささか自信がないのだよ」

「そりゃ大変だわさ。馬も連れて行きなさるのか。いったん甲州街道からはずれたこの界隈の山道は何処も険しいし、近年は充分な手入れが出来ておらんから気が荒い大きな熊や猪が出没したりで、ひどく荒れとる。馬が可哀想《かわいそう》じゃ。きっと蹄《ひづめ》を傷《いた》めるわね」

「そんなに山道は荒れておるのか？」

「荒れとる上に、更《さら》に金品を揺《ゆ》する賊が出たりしよるから、馬は連れて行《ゆ》かん方がええ」

「うーん、そうか。しかし連れて行くなと言ったたって……これは困ったな」

「そのお友達の家に、長く滞在なさるのかね」

「世話になったとしても二泊……ま、三泊にはなるまい、というとこかな」

「んじゃ、馬は此処へ置いて行きなされ。わしゃ百姓もしとるよって、牛馬の面倒見には馴《な》れとるで平気じゃ」

「いいのかね、この宿に預けておいて」

「構わん構わん。握り飯弁当も拵《こしら》えちゃろうかの。そのかわり……」

「うん、わかっとる。それじゃあ駄賃は、これくらいでどうだろか」

竜之助は懐から銭入れを取り出し、宿賃を含めやや多目に老婆の手に握らせた。

小さな安宿の老婆にとっては予想外の収入だったのであろう、大層よろこんだ。

竜之助は徒歩で、霧の甲州道中を**剣善寺**《けんぜんじ》（古賀真刀流総本山）に向かった。

外界をゆっくりと移動していた霧は、宿の客間から眺めた以上に矢張り相当な濃さだった。

竜之助は足下と辺《あた》りの様子を確かめながら、慌てずに歩を進めた。前方の光景は霧で殆ど見えないから、薄い記憶を、ぼんやりと窺《うかが》える辺りの様子に重ねる他なかった。

街道はきつい登り坂や緩《ゆる》い下り坂の繰り返しで、自分の肉体が次第に高度を上げつつあるのが把握できた。

それでも極めて順調に歩を進めていた。疲労感は今のところ全く無い。

暫《しばら》く進むと甲州道中の右手に確《しっか》りと見覚えのある稲荷《いなり》の赤い鳥居がぼんやりと見え、更《さら》にひと汗を覚える程に進むと、記憶の底に沈んでいる懐かしい建物が霧の向こうにうっすらと浮かび出した。

茶屋だ、と竜之助には判った。

空を仰ぐと、御天道様《おてんとさま》は見えなかったが、燻《いぶ》し銀《ぎん》色の世界が頭上に広がっていた。それは濃く厚い霧の上で、御天道様が輝いていることの証《あかし》だった。

竜之助は霧を掻《か》き分けるようにして茶屋に一歩一歩近付いていった。宿の老婆が言ったように、この濃い霧が午前の内に薄くなって靄《もや》になることはどうやらなさそうだった。

一陣の風が街道を吹き抜け、ぼやけた世界の中で周囲の木立が鳴り、竜之助の目の前で霧が上下に波打って乱れた。宿の老婆が言ったように、昼飯時には霧が靄に変わってくれることを、竜之助は祈った。

竜之助は、山野《さんや》における視程《してい》（見通しのきく距離）が四分の一里（一キロメートル）以上の場合の空気の白い濁りを靄《もや》と称し、それ以下の視程《してい》の場合を霧と称する区別について、承知している。

竜之助は霧の中、目の前に迫った茶屋の前で佇《たたず》んだ。剣善寺（古賀真刀流総本山）のたまの稽古《けいこ》休みで生家《さと》（日暮坂道場）へ帰るとき、同道する具舎平四郎《ぐしゃへいしろう》や雨宮勘兵衛《あめのみやかんべえ》らと立ち寄っては痛飲し、〝青春剣法〟を論じ合った古い茶屋だった。

しかし、竜之助は我が身を忘れたかのように、茫然となった。目の前にあるのは、あの青春の茶屋ではなかった。古賀真刀流総本山を『卒業』して江戸住居《すまい》となってからも、恩師が病没するまでの間は、具舎や雨宮らと打ち合わせ時には剣善寺を訪ねていた竜之助だった。そのような時、江戸への帰り道、必ず立ち寄って三人と痛飲した茶屋だ。

茶屋の名は『八絵《やえ》』であった。八絵という店の名は、女主人《あるじ》の八枝《やえ》という名からきていた。

但《ただ》し、妙齢の女性《おんな》ではなく、六十近い口達者な気丈な女将《おかみ》だった。

その『八絵』が今、ぼろぼろの姿で竜之助の眼前にあった。

「どういう事だ。これは一体……」

我が目を疑う他ない竜之助であった。

『八絵』は、大和棟と称する屋根を持つ、古いが宏壮な建物だった。甲州街道に沿うかたちで両手を広げたようにして建っており、したがって広い土間口を有していた。客が出入りする玄関には本格的な式台《しきだい》が設けられ、ひと目で町家建築《まちやけんちく》ではないことを窺《うかが》わせていた。どの客室も全て書院造りで、そこから醸《かも》し出される上品で気位《きぐらい》の高い雰囲気が気に入り、竜之助も具舎平四郎も雨宮勘兵衛も此処を〝道中の通飲の場〟と愛用し続けたのだった。だから土間や竈屋《かまや》（釜屋とも）がびっくりするほど広いことも、柱の一本一本が贅沢すぎるほど太いことも知り尽くしていた。

女主人《あるじ》の八枝は竜之助らの酒の相手をしながらしばしば、「この頑丈な古い建物は武田信玄と北条《ほうじょう》一族がこの界隈で激しく争った時に、信玄が本営（本陣とも）として造ったものと伝えられています」と口癖《くちぐせ》のように漏らしたことを、竜之助は今もはっきりと覚えていた。いつだったか平四郎が酔った勢いで一度、「では女将《おかみ》は信玄の末裔《まつえい》かね」と訊ねたとき、女将の表情が一瞬悲し気に沈んだことについても、竜之助は記憶している。

竜之助は靄を払いのけるようにして、口を大きく開いている中へと入っていった。そこが土間だと判っていた。足元に用心しながら記憶している南側方向の壁へそろりと寄っていくと、七つの大きな竈《かまど》が昔のまま並んでいて、その全てに大釜が乗っていた。

竜之助は大釜に顔を近付けた。ひどく赤錆《あかさび》ていると知った。それはもう、長いこと使われていないことを物語っていた。

天井を仰ぐと、霧が燻《いぶ》し銀《ぎん》色に眩《まぶ》しかった。あるべき筈の屋根が消えてしまっていたからだ。『八絵』という茶屋の歴史が完全に終わってしまっていることに、竜之助は漸《よう》く納得する他なかった。

「ひどいもんだ……一体何があったというのだ」

竜之助は呟《つぶや》いて女将八枝の顔を思い出そうとした。けれども、霧の中にその顔が浮かんでいるような錯覚があるのに、頭の中では思い出せなかった。そう言えば、十人だか二十人だか居た界隈の町家や農家の出だという若くはない座敷女中たちの顔も、もはや遥《はる》か彼方《かなた》であった。どうしても思い出せない。

「こんなにも呆気無《あっけな》く現世における絆《きずな》などというものは、消えてしまうものなのか」

力なく漏らした竜之助は、漢方外科の安畠彰玄《やすはたしょうげん》先生に預けてきた早苗《さなえ》のことを思った。

けれども竜之助の表情はこのとき、美しい別の女性の顔が不意に現われたことで、苦し気に歪《ゆが》んだ。

その女性《ひと》こそ、お令《りょう》が曽《かつ》て不忍池《しのばずのいけ》畔で「ああ、竜之助様はあの女性《おかた》がまだ忘れられないのだ……」と気付いた女性《ひと》であった。

竜之助は乳色の世界と化してしまった茶屋の客室を、手さぐりで一部屋一部屋ゆっくりと検《み》て回った。ときおり流れ込んでくる風が霧を乱し、目の前がはっきりと見えたりする。

人の気配は無論のこと無い。三味線の音も、仲居たちの控え目に明るかった笑い声も聞こえてこなかった。どの客室にも乳色の霧が充満し、あるいは風で吹き流されて、古《いにしえ》の時代を想像させた書院拵えは、床の間も丸窓も障子も襖《ふすま》も、ボロボロの状態だった。

「八枝女将がよく語っていた、信玄の本陣らしい風格はどこにもない……一体何があったというのか？」

竜之助は玄関式台の外に出て、さながら幽霊屋敷の如《ごと》き草茫茫《くさぼうぼう》の屋根を見上げて溜息を吐《つ》いた。それでも彼は、多少なりとも救われた気分になってはいた。どれもこれも、まさに何《なに》も彼《か》もが、乳色に染まっていたからだ。原色を失った完全なる崩壊、それを受け入れて竜之助は茶屋を後にした。

崩壊した茶屋から先は次第に、甲州道中より離れることになる。

彼は笹藪《ささやぶ》に挟まれた険しい坂道を半刻《はんとき》ほどかけて登り詰め、霧を見下ろす大松の下に漸く立った。尾根まではあと四半刻ばかり登らねばならなかったが、その必要はなかった。

彼は力強く枝を四方に張っている大松の下で胡座《あぐら》を組み、宿の老婆が拵えてくれた握り飯弁当を開いた。

「うまい……」

竜之助は梅干が入った握り飯を頬張り、思わず漏らした。が、表情は暗く沈み元気がなかった。

無二の友、具舎平四郎とその妻早苗に居開流《いかいりゅう》丁字斬《ちょうじぎ》りをふるった見えざる下手人への激しい怒りに背中を押されて此処まで来た竜之助だった。

しかし、剣善寺（古賀真刀流総本山）を訪ねたからと言って、下手人につながる情報を手にできるかどうかは判らない。そう悲観的に竜之助は考えていた。

なにしろ竜之助の恩師古賀正之助義経は既に亡くなっているのだ。

そのうえ古賀正之助の息《そく》で真刀流後継者の古賀真吾郎は、学問に非常に秀《すぐ》れ人柄よく人望のあつい人だったが、生まれつきの腺病体質で剣術は全く駄目だった。

竜之助は、あの大道場が古賀真吾郎によってうまく維持され監理されているのかどうか、心配だった。また大剣客と称された恩師の剣法研究に関する、あるいは日日の生活に関する日記や記録が確りと残されているかどうか、も気掛かりだった。

「どうも嫌な予感がする……」

竜之助は握り飯を咀嚼《そしゃく》するのを休み、青青と晴れわたっている空を眺めた。

恩師の日記や記録から居開流のことが把握出来ねば、次に鎌倉を訪ねるつもりでいる。

居開流の開祖である居開大三郎信頼は、**鎌倉殿**の側近として重きをなした剣術家だ。

但し、その時代は鎌倉幕府。過ぎ去った遠い『過去』である。

竜之助はあれこれと考えをめぐらしながら、握り飯弁当を食べ終え、再び亡き恩師の大道場を目指した。恩師は他界していようとも、なつかしい青春時代の鍛練道場だった。

尾根より深く下がって並行している原生林の道が、『古賀通り』と称されていた剣善寺への道である。

途中までは石畳が敷かれた、幅二間《けん》以上はあるよく整備された原生林の中の道で、時には熊、鹿、猿などにも出会ったりする。

大松の脇から甲州道中と分かれているその『古賀通り』に入った竜之助の表情が、幾らも進まぬうちに「はて?……」と曇った。石畳が雑草に覆《おお》われて、殆《ほとん》ど目立たなくなっていたのだ。

『古賀通り』は古賀真刀流総本山(剣善寺)への大切な道で、全国武者修行中の剣客や、時には古賀正之助を召し抱えたいとする近隣諸藩の駕籠《かご》が訪れたりする。

よって『古賀通り』の定期的な手入れや清掃は、道場の門弟たちの義務とされてきた。

「まるで維持・監理がなされておらぬな」

竜之助は雑草に隠れて見えなくなっている自分の足元に、思わず舌を打ち鳴らした。穏やかな気性の竜之助には、珍しい舌打ちだった。

暫く進んでから、竜之助は何を思ったのか突然原生林の中へ踏み込んだ。この界隈の山林は、古賀真刀流総本山の所有であった。いや、正しくは、所有の筈であった、と言い改めるべきかも知れない。なぜなら竜之助が『**卒業**』後すでに長い年月が過ぎており、しかも『古賀通り』は荒れているのだ。

原生林に踏み入った竜之助は、巨木を選んでは一本一本、樹皮に顔を近付けて見つめては、「ない……」と呟いて表情を歪めた。

古賀真刀流の鍛練法の一大特徴は『**乱打**《みだれうち》』にあった。古賀刀法にきちんと則《のっと》った『**乱打**《みだれうち》』を基本の形としていたのである。その練習相手が原生林の中の巨木だった。若木は『乱打』によって枯れる危険があるため禁じられていた。

ただ、古賀真刀流の『乱打』は**激打**ではなく**穏戟**と称されていた。**激打**で有名なのは**薩摩**《さつま》**藩**剣術指南役として**島津家久**《しまづいえひさ》に重用された**東郷肥前守重位**《とうごうひぜんのかみしげかた》（永禄四年・

一五六一～寛永二十年・一六四三）を開祖とする示現流《じげんりゅう》が有名である。

ただ示現流は、厳しく激しい剣法教理が、猛烈精神のみならず極めて緻密で精細な技術的理論の上に確立されていた。つまり**哲学的一面を有する高位《こうい》の剣法**であったのだ。

一方の古賀真刀流は、木立を相手に激しく練習する点は似ていたが、どちらかと言えば**忍び斬り**という表現が似合う穏性剣法だった。**激**剣法の哲理を有しながらもスルリと舞うが如く斬り倒す点では、『示現流よりも遥かに冷酷』と評する剣客が少なくなかった。

原生林から石畳へ戻った竜之助は「木立稽古《こだちけいこ》の痕跡まったく無し……」と漏らし、暗い表情で奥地に向かって歩を早めた。

十三

荒れ放題の石畳の道『古賀通り』を四半刻《しはんとき》ばかり進むと鋪石道《ほせきみち》（砂利道《じゃりみち》）となり、ここからは大変よく手入れされていて、敷き詰められた大小不揃いな玉石が竜之《たつの》助《すけ》には懐しかった。

竜之助にとっては大勢の門弟たちと共に造成した砂利道であったから、行き届いた手入れに漸《ようや》くホッとするものを覚えた。古賀道場から原生林の山道を東方向へどれ程《ほど》か下ると、日影沢《ひかげざわ》という険《けわ》しい峡谷《きょうこく》の渓流《けいりゅう》に出る。この川底に不揃いだが玉石が豊富にあり、門弟たちは足腰を鍛えるため急峻《きゅうしゅん》な原生林をしばしば自発的に下って、日影沢へ出向いたものだった。

しかし、玉石採取のため川底に手を入れ過ぎると日影沢が荒れると判《わか》っていたから、造成した砂利道は長いものではなかった。

「いよいよだ……」

呟《つぶや》く竜之助の表情が思わず綻《ほころ》んだ。少し先に自然石を組み合せた階段が見えてきた。砂利道はその階段で止まる。石組の階段は十段上がると足首が痛くなるほど左へ鋭く曲がり、真《ま》っ直《す》ぐに二十段を上がって古賀真刀流総本山、つまり剣善《けんぜん》寺《じ》の三門《さんもん》に吸い込まれる。

では何故、古賀真刀流総本山を、剣善寺と称するのか。

それはやがて、判ってくる。

竜之助は石組の階段を上がり出した。だが二、三段上がったところで彼の歩みは、(はて?……)という顔つきになって休んだ。

彼は耳を澄ました。門弟たちの気合はおろか、打ち合う竹刀《しない》の音も木剣の音も聞こえてこない。

眉《まゆ》をひそめた竜之助は石組の階段を一気に駈け上がった。

古賀道場大門と称してきた剣善寺の三門が、昔のように竜之助を迎えた。荒れてはいない。手入れは実によく行き届いており、かつての威厳ある門のままだった。

しかし竜之助は大きく目を見開いていた。まさにアッという衝撃を受けた顔つきだった。

門の柱に当然掛かっていなければならない筈《はず》の看板『一刀流・古賀真刀流総本山』が、掛かっていないのだ。大きな杉の白木の一枚板に、剣善寺住職にして古賀真刀流の師僧《しそう》である**古賀正之助義経**が自ら筆をとって記した、雄渾《ゆうこん》な書体の看板だった。

余りにも予期せざる目の前の現実に、竜之助は暫《しばら》く門を潜《くぐ》れなかった。

彼は実に久し振りに訪れた広大な剣善寺の〝過去の姿〟を、頭の中で懸命に甦《よみがえ》らせた。

古賀道場大門を潜って右へ曲がれば何が在《あ》り、左へ行けば彼《あ》の御堂《みどう》が在《あ》った、などと。

「静か過ぎる……」

竜之助はポツリと漏らすと、口許《くちもと》を引き締めた顔つきとなって、漸《よう》やく大門を足音を忍ばせるようにして潜った。

一直線に伸びて正面の竹林《ちくりん》へと呑み込まれている石畳には水が打たれ、日を浴びてキラキラと輝いている。これは昔のままだ。ただ、人の気配は全く感じられない。

竜之助は先《ま》ず右まわりで敷地をひと回りすることに決め、板葺《いたぶき》屋根の細長い二階建の建物の板壁に沿って不機嫌そうに歩き出した。

自分でも気付かぬ内に、左手で帯の上から刀を押さえていた。決して図太い神経の持主ではない、と自分でも自覚している。

板葺屋根の細長い二階建の建物は、寮だった。大勢の門弟たちは師僧から卒業が許されるまで、全員がこの寮で起居し鍛練に励むのだ。内部は六畳相当の板間《いたのま》の個室で一室に三名が**原則**であった。

原則から外れて一室に一人が許されるのは、高弟の中でも別格高弟と認められたごく少数の天才的な剣士だけだった。

過去には、芳原《よしはら》竜之助頼宗《よりむね》、具舎平四郎満行《ぐしゃへいしろうみつゆき》、そして雨宮勘兵衛《あめのみやかんべえ》の三人が、その**原則**から外されている。

この三人以外に誰がいるのか、竜之助は知らない。**卒業**を許されて江戸に戻ると、それこそ日変わり激しい江戸の生活に埋没してしまう。また師僧も、**卒業**したあとの門弟が古賀道場にいつ迄《まで》も頼ることを許さなかった。

卒業とは独立なり、それが弟子たちに求める師僧の考え方だった。**卒業**後の**波**《は》**瀾万丈**《らんばんじょう》は独立した己れの剣客としての力量で乗りこえよ、と古賀正之助義経は突き放しているのだ。

「なつかしい建物だ。寄宿時代の青春がいっぱい詰まっている……」

竜之助は細長い寮の板壁を眺めながら、どちらかと言えば暗い表情になって歩んだ。

なつかしい寮の建物だからこそ、無念の死を遂げた友、具舎平四郎満行の笑顔が脳裏に思い浮かんでならなかった。彼の妻早苗《さなえ》も今、瀕死《ひんし》の重傷と闘う床にある。

「仇《かたき》は必ず討ってやるぞ平四郎……」

竜之助はそう呟いてはみたものの、この青春時代の修行道場を訪れた自分の体力が、かなり喘《あえ》いでいることを感じている。

(私は老いてしまった……もはや昔の私ではないことを自覚せねばならぬなあ……)

竜之助は、そう思った。日暮坂《ひぐれさか》道場で門弟たちを相手としているとき、まだまだ負けぬぞ、とばかり動きを激しくさせ、気合にも熱気を迸《ほとばし》らせてはきた。だが若い高弟を相手とした乱取《らんど》り稽古のあと自室に戻って手首を見ると、赤く腫れていることが多くなっていた。打たれていたのだ。

寮の細長い建物の端が近付いてきた。

立ち止まった竜之助は振り向いて、改めて寮をしみじみと眺めた。

かなり古くなってしまっている寮であったが、ところどころ新しい板壁がきちんと張られるなど修理は丁寧にされている。

その修理の丁寧さが、この寮で青春時代を送ってきた竜之助には嬉しかった。しかし、各部屋の格子窓《こうしまど》は全て閉じられており、人の気配は全く漏れ伝わってこない。

寮が無人と化していることは、明らかだった。

竜之助は歩き出し、建物の角を曲がってそれまでの硬い表情を和《やわ》らげた。師僧が『心の宝』と称して大切にしてきた小拵《こごしら》えの鐘楼と金堂が、すっかり古さを濃くしてはいたが変わらぬ姿で現存していた。

それらに向かって竜之助は威儀《いぎ》を正し、深深と頭《こうべ》を下げた。まぎれもなく剣善寺であることを物語るそれらの構造物は、彼にとっては師僧そのものでもあった。

彼は「状の形で建っている寮の板壁に沿って鐘楼まで近付いていった。

吊鐘の東西南北の四面にはそれぞれ、**蝶**《ちょう》　**舞**《ぶ》　**雷**《らい》　**斬**《ざん》の四文字が彫られている。

竜之助は暫くの間、鐘楼のまわりをゆっくりと回りながら、その四文字に見入った。

「古賀真刀流で**蝶**　**舞**　**雷**　**斬**の精神に最も迫っている剣士は、今のところ竜之助、お前くらいかのう。年齢《とし》の若さに比して、お前の剣は真《まこと》に怖《こわ》い」

過ぎし昔、この鐘楼の前で恩師からそう告げられたことを、昨日《きのう》のことであったかのように思い出す竜之助だった。

いま、そのような自信は、彼にはない。

蝶舞雷斬とは、蝶のように美しく舞い雷《いかずち》の如く激しく斬殺《ざんさつ》する、という古賀正之助義経の剣の精神を言い表したものだった。表面は清い流れのような剣の姿を保ち討ち合った刹那万雷《せつなばんらい》と化して相手を撃打する、という古賀精神の内に秘めた激しさを物語っている。

「今の私など、とてもとても……」

竜之助は首を小さく横に振り、鐘楼から離れてこの総本山をひと回りするかたちで、もと来た方角へと歩みを進めた。

経蔵《きょうぞう》の前を過ぎ講堂を右手に見て進むと大道場の西の端――道場大門の反対側――が近付いてくる。

道場はひっそりと静まり返り、やはり人の気配は全く感じられない。

竜之助は、戸口が開いたままになっている西の端の出入口から道場に入ると、そこで雪駄《せった》を脱《ぬ》いで上がった。黒光りのする床板が、足袋《たび》を履いた足の裏に冷《つめ》たい。

その冷たさで竜之助は、胸が痛くなる程の懐しさを覚えた。

しかし彼の足の裏は、履《は》いている足袋をとおして道場の黒光りする床板が猛鍛練する門弟たちを既に失っている事を捉《とら》えていた。

道場に、大勢の門弟たちが稽古した形跡は全く残っていなかった。すっかり冷え込んでいる。

開け放たれた格子窓から射し込む日差しで、道場内は明るかっただけに、力強く黒い艶を放つ床板の、冷え冷えとした輝きが竜之助には悲しかった。

「一体どうしたと言うのだ。これは……」

竜之助は格子窓の一つ一つから外を眺めるようにして、広広とした道場をひと回りし、指南席の手前で足を止めた。

「無い……」

口を歪めて呟き、彼は眉をひそめた。縦に長い道場の東側の中央には、師僧が座した指南席が設けられ、背後の板壁には師僧が書した**蝶　舞　雷　斬**の大きな掛軸が掲げられていた。すでに薄茶色に色焼けして過ぎたる年月を感じさせたが、破れることなく確《しっか》りと掛かっている。

この指南席の手前の板壁に、師僧、高弟師範、高弟師範控《ひかえ》、高弟、そして高弟控《ひかえ》の順で、姓名を記した師と三十余名高弟の簡札《かんさつ》が下がっている筈であった。

三十余名と言うのは、むろん竜之助の**卒業**当時の数字である。

道場と剣士たちの〝歴史〟をあらわす意味でも、高弟の簡札は**永久簡札**とされており、理由の如何《いかん》を問わず外《はず》してはならぬことが大原則であった。

その**永久簡札**が三十余名分そっくり、消えていた。

高弟の**永久簡札**が消えているということは、古賀道場が〝消滅〟したことを物語っている。

「そんな馬鹿な……ありえない」

竜之助は思わず荒らげた声を発していた。その声が重く静まり返った広い道場に反響する程に。

それを確かめるためには、講堂の裏手竹林の中に、師僧好みで建てられている八棟造《やつむねづくり》の古賀邸を訪ねるしかない。その小屋敷では既に亡い恩師古賀正之助の息《そく》、**古賀真吾郎**《しんごろう》が総本山を引き継いで妻子《つまこ》と共に住んでいる筈だった。

ただ、総本山を引き継ぐとは言っても、真吾郎は生まれつきの腺病体質のせいで小柄でひ弱であり、剣術は殆ど出来ない。けれども学問には積極的で人柄よく人望を集める人物だった。年齢《とし》は竜之助や具舎平四郎、雨宮勘兵衛らと同世代である。

竜之助が卒業時点で己れの耳目により真吾郎のことを確認できているのは、それくらいだった。

真吾郎が剣術をやらない後継者であることから、恩師亡きあとは、全く〝消息の遣《や》り取り〟は出来ていない。

『卒業後は妄《みだ》りに古賀道場を頼らず独立精神に撤《てっ》しただ一向《ひたすら》儼乎《げんこ》たる剣士の位《くらい》を極《きわ》めよ』

それが恩師の厳しい教えであったから、卒業剣士たちの多くは、古賀道場との交流が出来ていない筈だった。

「なんと寂しいことよ……」

竜之助は見まわした道場にわかれを告げるかのようにして呟き、うなだれて外に出た。

深い大自然の中にあって、切り開かれ造成されたこの総本山の広い境内《けいだい》には、燦燦《さんさん》と日が降り注いで明るかった。

だが、道場から一歩出て空を見上げた竜之助の表情は暗かった。

「人《ひと》は老《お》い……現実《げんじつ》も老《お》い……そして過去《かこ》は枯《か》れる……と言うことか」

呟いて竜之助は斜め左手先に見えている講堂へ足を向けた。

ここ総本山において、道場は武《ぶ》を学ぶ教場《きょうじょう》であったが、講堂は古賀真刀流の**剣の真理**について師僧から教えを受ける場所だった。ここで大事なことは、**剣術の真理**では決してなく、剣の真理を学ぶという点にある。その奥にあるのは**斬《ざん》の真理**であって、さらにその深奥に控えているのが**激殺《げきさつ》の真理**（不敗の真理とも）だった。

こう書けば荒荒しい教程《きょうてい》と誤解されがちであるが、師僧古賀正之助の精神の源《みなもと》は常《つね》に『**知**を大事とせよ』にあって、とくに倫理、法、心理の教えが厳格であった。それらを理解し大事とした上で**激殺の真理**（不敗の真理）を極めよ、という事なのだ。

つまり、古賀真刀流総本山は単に剣の腕が秀《すぐ》れるだけでは、決して**卒業**できないことになっている。

竜之助は講堂の前まで来て「ああ……」という表情になった。降りかかる日差しで、白髪が銀の糸のように輝いていることに、自身まったく気付いていない。

彼の胸の内では今、この講堂で剣士たちと「知の火花」を飛ばし合った議論の声が、懐しく甦《よみがえ》っていた。

師僧から与えられた命題について、剣士たちは若さを爆発させ、口角泡《こうかくあわ》を飛ばして論じ合ったものだった。

「たまらぬ程に……なつかしい」

誰彼の顔を思い出しつつ暫く佇《たたず》んでいた竜之助だったが、浅い溜息をひとつ吐くと、講堂に向かって一礼をし、竹林《ちくりん》に浅く踏み入って講堂の裏手へと回った。

小さな墓所が、竹林《ちくりん》の中に埋まるようにしてあった。しかし墓所とそのまわりに苔《こけ》や蔓草《つるくさ》などは繁茂しておらず、手入れは行き届いていた。

長い年月を要してこの地を〝剣の地〟として切り開いた、古賀家の墓所である。

五輪塔、宝篋印塔《ほうきょういんとう》などの墓石《ぼせき》が幾つかあった。

最も小さなつくりの五輪塔はこの〝剣の地〟を切り開いた、師僧古賀正之助の祖父で一刀流の剣僧として名高かった**古賀順左衛門**《じゅんざえもん》の墓と、竜之助は承知をしている。

竜之助は八基あった墓石の内の七基に険しい顔つきで合掌を済ませると、最後に一番高さのある宝篋印塔の前に、表情をより厳しく改めて腰を下ろした。

恩師の墓碑塔であった。

宝篋印塔《ほうきょういんとう》について簡潔に述べておこう。方形《ほうけい》の（四角形の）基礎台の上に宝篋《ほうきょう》印陀羅尼《いんだらに》の経文《きょうもん》（善を救い悪を討つ力を授けてくれる経文）を納めて立てた聖塔《しょうとう》を指して言うのだが、この聖塔《しょうとう》がいつの頃から墓碑塔（あるいは供養塔）として用いられるようになったのか、はっきりとは判っていない。

「古賀先生。我が無二の剣友具舎平四郎とその妻早苗殿が……」

竜之助は師の墓に向かって、無念の報告をし、我が剣でもって下手人に報復することの許しを乞うた。許しを乞うたがむろん、**報復する**、という決意は微塵《みじん》も揺らいでいない。憎悪の対象に対しては単なる〝討つ〟ではなく、激しく〝報復〟する、それが古賀真刀流の**不敗精神**だった。

竜之助は耳を研ぎ澄ましたが、師の返事は聖塔から返ってはこなかった。

彼は立ち上がって、来た小道を少し戻って右に曲がった。

八棟造《やつむねづくり》の古賀邸は既に木洩れ日が豊かに降る竹林《ちくりん》の彼方《かなた》に見え隠れしていた。彼方、とは言っても遠くはない。

小道に積もった竹の枯れ葉を踏み鳴らしながら、竜之助は途中でふっと立ち止まり墓所の方を振り返った。密生する竹と竹の間に墓所はチラリとしか見えなくなっていたが、彼は「ちょっと迂闊《うかつ》であったな……」と、口元を歪《ゆが》めて漏らした。

墓銘を意識して眺め合掌したのは、恩師と恩師の祖父の墓二基だけだった。あとの六基については、心を込めて合掌はしたが墓銘は全く意識していなかった。

具舎平四郎夫妻のことを恩師に報告する、という〝重大事〟に心が奪われ過ぎていた。

(私の知らぬ新しい墓が、はて?……あったのかどうか)

竜之助はちょっと首を傾《かし》げてから、ああ何と注意力の衰《おとろ》えたことよ、と我が老いの深さを情《なさ》けなく思った。

このとき不意に、「ほほほっ……」と、女人《にょにん》の笑い声が古賀邸の方から聞こえてきた。

若い女の笑い声である、と直ぐに判った竜之助は、木洩れ日の中を古賀邸へと足を急がせた。

小道の両側にそれぞれ一対《いっつい》祀《まつ》られていた小さな石地蔵（石でつくった地蔵菩薩）が竜之助を迎えた。

これは、昔のままだった。ここからが『古賀邸の屋敷地』とされていて、門弟と雖《いえど》も無断では立ち入れなかった。竹は太いものを十幾本か残して綺麗に刈り払われ、四半町ばかり先に古賀邸の玄関が見えている。

石地蔵の脇には『これより先、無断立入を禁ず』の立札まであって、このあたり、古賀正之助は公・私について神経質なほどうるさかった。

「まあ、ほほほっ……」

再び若い女の――しかし大人《おとな》びた――笑い声が聞こえてきた。今度は「まあ」という言葉が付いている。

石地蔵のところで足を休めた竜之助は、奥へ向かって声を掛けた。大声であった。

「ごめん下さい。事前のお知らせも致さず罷《まか》り越しましたる、江戸は日暮坂道場の芳原竜之助頼宗でございまする」

屋敷の方から伝わってきていた人の気配が、それでピタリと鎮《しず》まった。

竜之助は、二度目の声掛けを控えて、待った。

すると、竜之助の位置からは、やや斜めに見えている玄関式台で床板の軋《きし》む音がした。

それを耳にして竜之助の表情は改まった。脳裏では自分とほぼ同《おな》い年《どし》であった古賀真吾郎（恩師の息）の、それなりに老いた姿が想像できていた。

十四

玄関から女が出てきた。

「あっ……」

竜之助は思わず驚きの声を出していた。なんと女は僧衣《そうい》を纏《まと》った乞士女《こっしにょ》（比丘尼、尼僧とも）であった。竜之助にとっては、予想だにしていなかった見たこともない女性《ひと》の出現であった。

尼僧は警戒するような足取りと表情で竜之助の方へやってくると、およそ二間《けん》ばかりも間《あいだ》を置いて立ち止まった。

「あのう……芳原竜之助頼宗様と……耳に届きましたなれど」

「はい。若い頃、この剣善寺の大道場で古賀正之助先生の教えを受け、**総皆伝授与**で**卒業**を許されました。江戸は日暮坂道場の芳原竜之助です」

「暫くお待ち下さいませ。恐れ入りますが、結界像《けっかいぞう》より内側へはお入りにならぬよう、お願い致します」

「結界像《けっかいぞう》？……」

「お足下《あしもと》の石地蔵様でございます」

「え、はい、あ、心得ました」

結界像という言葉を聞いて、竜之助は何やら突き放されたような気分に陥り、何かがスウッと遠のいてゆくように思った。

若い尼僧——とは言っても大人びた——は、急ぎ足で玄関の方へ戻っていった。

（天下の剣客たちに古賀流の名を知られ、孜孜《しし》鍛練《たんれん》して能《よ》く身を立てんとする若手剣士たちの憧れであったこの大道場は、一体どうなってしまったのだ）

竜之助は重苦しい不安に襲われて、あたりを見まわした。

清潔そうな竹林も、足下近くの石地蔵も、かつてのままであった。八棟造の古賀邸の拵えにも変わった点は窺《うかが》えない。

尼僧が玄関から出てきた。手に何やら巻物のようなものを持っていた。

竜之助は念のために、石地蔵から二、三歩そっと下がって、尼僧が近付いてくるのを待った。

「お待たせ致し申し訳ございません。芳原竜之助様、と申されましたね……」

その口調はやわらかく丁重であったが、まるで〝他人様〟に対してであった。

かつての最高高弟に対する接し方とは思われなかった。

そう感じた竜之助は「はい……」と応じながら、巻物を開いて見入っている尼僧の面立ちを然《さ》り気《げ》なく注視した。

(どことなく……恩師に似ているような……いや、気のせいか)

彼は胸の内で呟き、尼僧の次の言葉を待った。

尼僧が目を通しているのは、どうやら古賀道場における〝主たる門弟〟の名が記された名簿のようなものと思われた。

そう思ったから竜之助は「恐れながら……」と、おそるおそる声を掛けた。

「はい？」と、尼僧が面《おもて》を上げ、竜之助と目を合わせた。

「それはあの……古賀道場における門弟名簿でございましょうか。主たる門弟の」

「左様でございます」

「ならば私の名は、巻物のはじめの方にあるやも知れませぬ」

「おやまあ、ほほほっ。これは不調法を致しました」

表情をにこやかに崩して、巻物を手早く解き出した尼僧の手が、漸く止まった。

竜之助を見る尼僧の眼差《まなざ》しに、微《かす》かにだが敬《うやま》いの感情が覗《のぞ》いた。

「真《まこと》に高弟筆頭の位置に確かに御名がございました。失礼を致しました。で、本日当寺をお訪ね下さいましたのは？」

「古賀真刀流道場の現主人《あるじ》でいらっしゃいます古賀**真吾郎**先生に急ぎお目にかかりたく、事前に文で御知らせすることもせず、こうして罷り越しましたる次第です」

「父ならば、もう十年も昔に亡くなりましてございます」

「え？……」

立ちました」

「気落ちした母も床に就《つ》いてしまい、半年もせぬ内に父の後を追うようにして旅立ちました」

「すると、あなた様は？……」

「父真吾郎の一人娘、咲乃《さくの》でございます。木剣や竹刀で打ち合う荒荒しい音を恐れ嫌う私《わたくし》は、早くに此処を離れて甲斐国《かいのくに》の仏門に入り、両親《ふたおや》亡きあとすっかり数少なくなっておりました御門弟たちの同意を得、古賀道場を閉じましてございます」

「な、なんてことだ。天下にその名を知られた古賀道場が閉じられるのを、私は全く知らなかったし知らされなかった。こ、こんな事があって宜《よろ》しいものか」

「何という言い方をなされます。非礼でありましょう。あなた様は古賀道場を卒業なされたお立場。いったん卒業なさった御門弟は、古賀道場の方を振り向かずまた頼らずひたすら独立独歩の道を進み独立自尊を確立する、それが古賀真刀流の精神であり教えである、と亡くなった父から聞かされたことがあります。違いましょうか。只今のあなた様の御不満のお言葉、受け入れられませぬ」

はったと尼僧咲乃に見据えられて、竜之助は息が止まった。咲乃の申される通りであったから竜之助は暫くの間力なく足元に視線を落としていた。

「あなた様の亡き父に対する御用が如何《いか》なるものであるか、私が父に代わって聞く積もりはありませぬ。けれども今日は当山に泊まって体をお休めなされ。これから江戸へ向かえば途中の山野で夜中となってしまいましょうから」

厳しく言い過ぎたとでも思ったのか、尼僧咲乃の口調が急に優しくなった。

竜之助は素直《すなお》な童《わらべ》のように、こっくりと小さく頷《うなず》いてみせた。

「お言葉に甘えさせて戴きます。私の非礼なる態度お許し下さい。明朝早くには当山を発《た》つことと致します。それから、あと一つ二つお訊きしたい事がございますが宜《よろ》しいでしょうか」

「お答えできることなら、お答え致しましょう。仰《おつしや》って下さい」

「道場閉鎖後の当山は、若《も》しや尼寺ということに……」

「はい。その通りです。寺名も剣善寺《けんぜんじ》の剣《つるぎ》を、賢《かしこ》いの賢《けん》に改め、**賢善寺**と致しました。現在は甲斐国《かいのくに》（山梨県）徳川家の庇護《ひご》を受けております」

「えっ、甲斐徳川家の……」

「ご不満でありましょうか？」

「と、とんでもございませぬ。それに致しましても如何なる縁故《えんこ》でもって甲斐徳川家の庇護を？」

「それがあなた様には関係のないことと申すのです。古賀道場を卒業した者には何ら関係がないのです。そうではありませぬか」

「はい。その通りです。迂闊なる問いでございました。お許し下さい」

「ほかに訊きたいことは？」

「亡き古賀正之助義経先生の文武研究の道すじを辿《たど》ることの出来る日記のようなものがございましたら、是非ともお借りして勉強致したいのでありますが……」

「ございますよ。義経徒然淙淙録《よしつねつれづれそうそうろく》なるものが……」

「おお、ございましたか……」

「屋敷裏手の石蔵の中にありますゆえ、ご自由にお持ち帰り下さい。返して戴く必要はありませぬゆえ」

「え……宜しいのでございますか」

「市造《いちぞう》、お道《みち》の名をご存知ですか」

「もちろんです。古賀邸での下働きで熱心に働いておりました夫婦者ですね。今も元気にしておるのでしょうか」

「石蔵脇の小屋に今も夫婦元気に住み、この広い賢善寺の下働き八人をうまくまとめてくれています。当山は尼寺ゆえ、市造は男ですが一人だけ特別に置いております。もう老齢ですからね」

「では市造夫婦に頼めば、石蔵の中を見ることが出来るのですね」

「はい。石蔵の扉の鍵は市造夫婦に頼めば宜しいでしょう。石蔵の中に保存されているものの中で、これは、と気が引かれるものあらば遠慮なくお持ち帰り下さい。早く内部を空《から》にして、尼の寺賢善寺にかかわるものだけを納めたいと考えておりますゆえ」

淡淡と表情を変えずに言う尼僧咲乃に竜之助は「わかりました」と頭を下げ、二人の対話はそれで呆気《あっけ》なく終った。長い空白の年月をこえて漸く原生林を抜け訪れたというのに、感動は皆無だった。

竜之助は尼僧咲乃の承諾を得て結界像の内側へ入り、ひとり力ない足取りで明るい竹林《ちくりん》の中を古賀邸の裏側へと回った。

石蔵が竜之助の目に入った。昔のままの大谷石で組まれた蔵だった。

古賀邸にとっての裏庭、つまり邸《やしき》と石蔵との間の、柿の木が何本か植わっている其処を、老いて小さな体の男女二人がこちらへ背を向けてしゃがみ込み、雑草をゆっくりゆっくりとした動きで捥《も》いでいた。

思わず竜之助の表情がやわらいだ。

「市造や。それにお道……」

背中から不意に声を掛けられ、少し驚いた様子で二人は振り返った。

「あ、芳原竜之助先生ではありませんか……」

「ほんにまあ、芳原先生じゃわ……」

大きく目を見開いた老夫婦の口から、戸惑いを見せることなど全く無く、竜之助の名が出た。

十五

一刀流日暮坂道場、朝七ツ半（午前五時）。

道場棟からは離れとなっている**生活棟**に常夜灯が点《とも》り、薄暗い居間に正座をして身じろぎひとつせぬ芳原竜之助の姿があった。苦悶《くもん》の表情である。居間の障子六枚のうち二枚は開けられ、その向こうの雨戸も何枚かが開けられている。

空はまだ暗かったが、遥《はる》か彼方《かなた》に僅《わず》かに滲む朝焼けの色が窺《うかが》えた。

古賀真刀流総本山の大道場は、建物は残ってはいたものの曾《かつ》ての神聖なる雄姿は既に消え去って無い。剣善思想を言い表していた寺名**剣善寺**《けんぜんじ》についても、賢善寺と改まり尼寺と化していた。

その賢善寺から逃れるようにして、夜八ツ半頃（午前三時頃）に愛馬**加賀**《かが》と共に日暮坂道場へひっそりと戻ってきた竜之助であった。いま、その彼の膝前には恩師**古賀正之助**《しょうのすけ》によるかなりの厚さの日記『義経徒然淙淙録《よしつねつれづれそうそうろく》』が置かれていた。どこか寂し気に。

日暮坂道場の雑事に毎日元気に励んでくれている老夫婦**雨助**《あますけ》と**サエ**は、竜之助が戻ってきたことにまだ気付いていていない。

「ふむう……」

竜之助は吐息を漏らすと、漸《ようや》く腰を上げ座っていた位置を広縁に移した。

『義経徒然淙淙録』は、その場に残したままだ。

障子の受け柱に背中を預けた竜之助は、今度は胡座《あぐら》を組み、腕組みをした。ムスッとした苦悶の表情は、彼の気分が最悪であることを表している。

賢善寺で実に久し振りに出会った旧知の下働き市造とお道の様子に、徒《ただ》ならぬものを覚えつつ、後ろ髪を引かれる思いで江戸へ戻ってきた竜之助だった。

途中、府中宿の雨宮《あめのみや》代官邸へは、顔を出さずにである。三、四日の内には、勘兵衛に宛て手紙を出すつもりでいる。

剣善寺、いや賢善寺の市造とお道は何故か極端に口数が少なくなっていた。とくに尼寺化した賢善寺や尼僧咲乃のことに関して訊ねると、固く口を噤《つぐ》んでしまうのだった。竜之助に対する態度は、決して悪いものではなかったのだが……。

「本当に甲斐徳川家の庇護を受けた尼寺なのか……」

竜之助は少しずつ茜色《あかねいろ》に染まり出している朝空の彼方を睨みつけ、苛立ったように舌を打ち鳴らした。

穏やかな気性の竜之助にしては、珍しい舌打ちだった。

彼は、朝陽《あさひ》が昇って朝餉《あさげ》を済ませたなら、直ぐに漢方外科の安畠彰玄《やすはたしょうげん》診療所へ、早苗《さなえ》を見舞うつもりだった。

亡き具舎《ぐしゃ》平四郎を間に置いての安畠先生との交流は浅くはないし、信頼できる間柄であるという確信があった。それゆえ早苗殿はぐんぐん快方へ向かっているだろう、という大きな安心感は揺るがなかった。

と、台所の方でギシッと小さな音がした。板間《いたのま》の床が軋《きし》んだ音と判った竜之助は、雨助かサエが目を覚まして台所に立ったのではと思い、静かに腰を上げ常夜灯の明りを大型の燭台に移した。

驚かせてはならぬから、彼は土間との間を仕切っている障子を、音立てぬように開けた。

すると、意外なことに野良着姿の小柄な雨助が、土間の掛け行灯《あんどん》の小さな明りを背にして落ち着いた様子で目の前に立っていた。手にしているのは水を満たした平桶《ひらおけ》に手拭《てぬぐい》をひたしたものだった。

雨助が真顔で囁《ささや》いた。

「矢張《やっぱ》り先生、お帰りでございましたのう。ほんにお疲れ様でした」

「知っておったのか雨助……」

竜之助も、雨助を見習って囁いたが、雨助が手にする平桶が気になった。

「先生がお留守の時の私は、留守番役として気を抜かんようにしておりますけんなあ」

囁いて唇の端にチラリと笑みを見せた雨助だった。

「苦労を掛けてすまぬな。ところで、それは?……」

竜之助は雨助が手にしている平桶を指差した。

「へえ。実は客間で早苗様がお床に就《つ》いておられるもんで……へえ」

「なにっ。早苗殿が客間でか……」

と、竜之助は声を一層低くして驚き、客間がある方へ体ごと振り向けた。燭台の明りの中ではっきりと、顔色が変わっていた。

客間は、竜之助の寝間とは一部屋置いて位置している。

「どういう事なのだ雨助。医生が幾人もいる安畠先生のお傍《そば》で療養した方が安心ではないのか」

「うんにゃ先生さあ。いくら診療所と言《ゆ》うても夜になると昼と違《ちご》うて、個室で一人という寂しい刻《とき》が多くなるだで……それにあの診療所は入院患者が多いもんで、はあ、夜は安晶先生も医生も天手古舞《てんてこまい》らしいでのう」

「確かに、夜になると容態が急変する患者が多い、というのは安晶先生から聞かされたことはあるにはあるが」

「それに、へえ。早苗様をこちらへ移したのは、安晶先生のお考えでもあるんですよう」

「安晶先生の？」

「早苗様が運命川畔《さだめがわほとり》の御住居《おすまい》へ戻りたいと、涙ながら仰《おっしゃ》るもんで……」

「早苗殿は自分の望みを主張できる程に、気力を取り戻し始めたのか？」

「安晶先生と医生たちによる治療は、それはもう、へえ、素晴らしいもんで……一刻《いっとき》ごとに早苗様の顔色が良くなっていく、と付き添い役を申し出ておりました女房の奴（サエのこと）が言うとりました」

「お、サエは私の留守中、ずっと早苗殿の傍《そば》に？」

「あれ（サエのこと）は具舎様ご夫妻（平四郎・早苗）に、野菜だの魚介だの味噌だのを、よう届けておりましたでのう……なんだか仲が良うて」

「そう言えば早苗殿は、サエの手作りの味噌や漬物の味が大好きであったな」

「へえ、それで先生。運命川《さだめがわ》の住居へ戻るくらいならサエの所へ来なされ、と早苗様と安曇先生に申し入れたのでごぜえますよ。主人先生《あるじせんせい》のお許しを得ず勝手なことをしよってからに本当《ほんま》にもう……すみませんことで」

「あ、なに、主人先生《あるじせんせい》の、いや、私の許しを得る得ないなんぞ気にしなくて宜しい。早苗殿は大変な境遇に落込んでしもうたのだから、サエはよう気を利《き》かしてくれた。うん」

「主人先生《あるじせんせい》にそう言うて貰えますと、ほっと致します」

「これこれ、その主人先生《あるじせんせい》は止《よ》しなさい。それよりもその平桶を早く客間へ……」

「はい。それから先生。馬をかなり走らせましたかのう。先生のお体がちょっと埃臭《ほこりくさ》いですよう」

「うん、**加賀**にはかなり負担を掛けてしもうた」

「あとで風呂を沸かしますけん、ゆっくりと入って下され。加賀にも飼葉《かいば》をたっぷりと与え、体も綺麗に拭いてやりましょう」

「そうしてやっておくれ、有り難う」

雨助が足音を忍ばせるようにして、客間の方へそっと消えていった。

竜之助は手拭を手に台所口から、うっすらと明るくなり出した裏庭に出て、井戸端に立った。

空には、まだ月が浮かんでいる。

その月を仰ぎ見て彼はひとりの美しい女性の顔を、脳裏に想い浮かべた。

早苗ではない。剣友の妻に想いを寄せるような〝不埒《ふらち》な情《じょう》〟を、竜之助は持ち合わせてはいない。彼の脳裏に浮かんだ美しい女性《ひと》は、竜之助に今日《こんにち》まで侘《わび》しい独り身を押し通させたその女性《ひと》だった。

いま、その女性《ひと》は、事情《わけ》あって他人《ひと》の妻である。曾《かつ》ては激しく恋《おも》い恋《おも》われる間柄であった。

それゆえ竜之助は、その女性の幸せを願って、静かに耐えていた。

たまに、その女性《ひと》の生家付近を、穏やかな気持で立ち寄ることはあっても。

竜之助は、月に呟《つぶや》くようにして語りかけた。

「まさか亡き剣友が心より大切に想ってきた妻が、我が家の客間に身を寄せるとは、予想だにしていなかった」

て顔を洗った。

困惑気味な彼の言葉を、早朝の月はどう捉えたであろうか。

竜之助は井戸端に備えの丸桶に井戸水を汲み上げ、水音を立てぬように気遣っ

雨助が台所口から出てきた。

「あれ先生、お顔を洗いなされたかね、今から風呂を沸かしますでよ」

「いや、風呂よりも我が家の温《あった》かい朝餉を食したい。味噌汁《みそしる》と漬物《つけもの》と鰯《いわし》の干物《ひもの》を炙《あぶ》ったやつな……旅埃で汚れた体は井戸水で綺麗にするから」

「さいですか。へえ……そいじゃあ」

「客間はどうであった？」

「二人ともまだよく眠っておりました。サエのやつ、肩を揺すっても起きませんよう」

「そっとしておいてやれ。早苗殿の介護で疲れているのだろう」

「はい。よう頑張る自慢の女房ですわい。改めて見直しましたよう先生」

雨助は言い終えて「へへっ……」と照れ笑いをすると、台所へ消えていった。

竜之助は冷水で丹念に体を清め、居間に戻って着替えていた普段着を更に改め

ると、『義経徒然淙淙録』を文机《ふづくえ》の上に置いて姿勢正しく正座をした。さっぱりとした気分になっていた。

恩師の日記は、江戸・日暮坂へ戻るまでの途中で既に二度、読み終えている。

日記によれば矢張り恩師古賀正之助は、居開流《いかいりゅう》のおそらく直系であろう京都の剣客**居開小三郎兼芳《かねよし》**と真剣で闘い、これを倒していた。居開流の開祖が居開大三郎信頼と伝えられているから、小三郎兼芳《かねよし》というその名前からして開祖の直系で間違いないと思われた。

ただ居開流は源《みなもとの》頼朝《よりとも》の時代に鎌倉で生じており、古賀正之助と闘った居開小三郎兼芳《かねよし》が、京都の剣客というのが竜之助には少し頷《うなず》けなかった。鎌倉の地から京都へと、居開一族は移ったものか？

『義経徒然淙淙録』に記されている小三郎兼芳《かねよし》との真剣勝負は、ただ簡単に、**逆《ぎゃく》袈裟斬《けさぎ》りにて倒す。我《われ》、無傷《むきず》なり**、と呆気無いほど淡泊に記されているだけだった。

激戦であったのか、あるいは互角であったのかどうかなどは、全く書かれていない。

すなわち勝負そのものについて判っていることは、逆袈裟斬りで相手を死に至らしめたこと。自分（古賀正之助）は無傷であったと言う二点だけだった。

（それにしても、居開流の直系と思われる人物が、鎌倉から京都へ移ったのは何《なに》故《ゆえ》か？……）

気になる、と竜之助は腕組みをした。

竜之助の手元には、幾冊かの『武鑑《ぶかん》』が揃っているので、それに目を通しはしたが、要領（事柄の要点）を得なかった。

『武鑑』とは改めて述べるまでもなく、江戸時代の諸大名、高位の旗本などについて、氏名、領国（本国）、居城の有無（城持大名か否か）、石高、家系（家柄）、官位（官職および位階）、相続様態《ようたい》、内室（奥方《おくがた》情報）、参勤交代の期日、将軍へ何を献上《けんじょう》したか、将軍から何を下賜《かし》されたか、家紋、旗指物（戦場で鎧《よろい》などに付ける敵・味方識別用の小旗）、そして重臣たちの氏名、などが記されたいわゆる武家紳士録みたいなものである。が武士の異動や死亡が著しくそのため情報が一定しておらず、必ずしも全てにわたって安心できる内容とは断定し難かった。

名の知られた『武鑑』について主なものを参考までに年代順に述べておこう。

『正保武鑑』（正保四年・一六四七）、『大名武士鑑』（慶安四年・一六五一）、『太平武鑑』『正統武鑑』（元禄年間・一六八八～一七〇四）、『正徳武鑑』（享保一年・一七一六……将軍徳川吉宗、享保改革実施の年）などがよく知られており、竜之助の手元には、これらの全てが存在した。生前大酒呑みだったせいで既に亡くなった父**源之助頼織**《げんのすけよりおき》から引き継いだ武鑑も含めて。

「おお、そうだ。神田書物屋通り手前の**長兵衛書棚**《ちょうべえしょだな》を訪ねたなら、鎌倉・室町時代の武鑑に近いものが見つかるかも知れぬな……よし、朝餉を済ませたら久し振りに訪ねてみるか」

長兵衛書棚は江戸では一、二の書物屋で、竜之助は調べ事があるとよく訪ねた。

店主の長兵衛は面貌《めんぼう》きつい古武士風だが、店は老舗《しにせ》構えである。

竜之助は膝頭をポンと打って立ち上がると、居間の障子を開け、煙と味噌汁の匂いがしている土間に下りた。

六つ並んだ竈《かまど》の向こう端で、雨助がしゃがんで火吹き竹を吹き、炎《ひ》加減を煽《あお》っている。

その雨助の顔が炎《ひ》の色で赤く染まっているのを、四、五歩寄って行った竜之助は声を掛けるのを止して眺めた。

雨助が竜之助に気付いて、「あ、先生……」と腰を上げた。

竜之助は客間——台所からはかなり離れているけれど——に気遣って声を潜《ひそ》めて言った。

「空が大分と明るくなってきたのでな、朝餉が済めば神田書物屋通りの長兵衛書棚へ行ってみようと思う」

「あ、書物屋通りの、へえ、判りましてございます。何ぞ御調事《おしらべごと》で参られるのでしたら、日暮坂《ここ》からは往《ゆ》き帰《かえ》りで一日仕事になりそうじゃが先生。昼はともかく夜の食事の心配はどうしますかのう」

「いらぬよ、いらぬ。書物屋通りの裏手は、神田名物の旨《うま》い物《もん》通りじゃ。空腹はいつでも満たされる。それよりも雨助や、私の留守中に早苗殿の容態に急変あらば、長兵衛書棚まで人を走らせておくれ。門弟でよい」

「判りましたです。ご門弟の笠山義一郎様（北町奉行所・定町廻り同心）に前以《まえもっ》てお願いしておきます」

「うん、それで良い……」

「先生、朝餉の味噌汁には卵を落としておきましたけん」

「お、有り難いな。おい雨助や、お前とサエの分も卵を落としなさい」

「そんな贅沢《ぜいたく》は出来やしません。儂《わし》らは根深《ねぶか》で充分でごぜえやす」

「なあに構わぬよ。お前もサエもここの家族じゃ。それとな。早苗殿の食欲の具合にもよろうが、卵粥《たまごがゆ》を考えてあげなさい」

「はい、それはもう、滋養《じよう》についてはサエのやつと色色と相談しておりまするのじゃ。心配いりませんよう先生」

「そうか、うむ、余計な口出しであったな」

「朝餉、間《ま》もなく居間へお運び致しますじゃで……」

言われて頷いた竜之助は居間へ引き返し、文机の前に座ってもう一度『義経徒然淙淙録』に目を通した。

十六

竜之助は誂《あつら》えて日が浅い渋い茶の着流しに芳原家の家宝でもある出羽大掾藤《でわのだいじょうふじ》

原来國路《わらのらいくにみち》の大小刀を帯に通し、日暮坂道場を出た。

空は青青と澄み渡って、小さな浮雲ひとつ無い。

心はればれとなる清清《すがすが》しい快晴であるにもかかわらず、竜之助は己れの胸の内が重苦しく軋んだ音を立てていることに気付いていた。

剣善寺（古賀真刀流総本山）が消滅していたことは、大きな衝撃だった。予想だにしていなかった。

それに加えて旅で留守をしている間に、亡き剣友具舎平四郎の妻早苗が、安畠診療所から我が住居《すまい》に重傷の身を移していたとは、別の意味で衝撃的であった。これも予想だにしていなかった。

我が住居《すまい》を訪ねるに相応《ふさわ》しい女性《ひと》は、あのひと一人に限ると頑《かたく》なに思い続けて、寂しく独り身を貫いてきた竜之助だった。

かと言うて、重傷の身の早苗を安畠診療所から日暮坂の住居《すまい》へ移したサエや雨助の判断を、苦苦《にがにが》しく思う気などはなかった。むしろ、よく判断してくれた、と心から犒《ねぎら》ってやりたいくらいだ。

「あ、芳原竜之助先生ではありませぬか……旅からお戻りでございましたか」

神田の町が近付いてきたところで、老舗の太物商《ふとものしょう》（綿・麻取扱商《とりあつかいしょう》）『近江屋』の前を通り過ぎようとした竜之助に、店の中から声が掛かって、一人の若い侍が外に出てきた。

「おお、笠山君（北町奉行所・定町廻り同心）ではないか。この『近江屋』に何事かがあったのかね」

「いえ、例の事件の聞き込みでして……」

声を落として答える笠山義一郎であった。

「そうか、ご苦労を掛けているな。で、平四郎夫妻を襲った下手人の目星は、どんな具合かね」

「申し訳ありませぬ先生。難航いたしております。小さな怪しい気配にすら、いまだ辿《たど》り着けておりませぬ」

「江戸の外からやって来た刺客たちであろうか？」

「我我は江戸市中の何処かに、息を殺して潜んでいるに相違ないと睨んでいるのですが……」

「何か判ったら知らせてくれ。出来れば一番に」

「はい。必ず一番に……御奉行の了承も取ってあります故」

「だが油断するなよ。相手は凄腕だ」

「心得ております。見付けても一対一で真正面から挑むような無理はしません。奉行所の組織をあげて行動を起こすようにします」

「うん、それがいい……」

「ところで先生、剣善寺への旅は如何《いかが》でございました」

「笠山君、剣善寺は消滅しておった。無念じゃ」

「えっ、ど、どういう事でございますか」

声低く驚いた笠山義一郎であったが、大きく目を見開いていた。

竜之助は剣善寺に辿り着いてからの事を、詳しく然《しか》し簡潔に話して聞かせた。

但《ただ》し、話を込み入らせたくなかったので、居開小三郎兼芳に関してだけは触れなかった。

「なんてことだ。天下の古賀真刀流総本山が、尼寺に姿を変えるような事態に陥っていたとは……先生から御教えを受けている我等は、いわば総本山から見れば孫弟子のような存在です。尼寺に姿を変えるかたちで消滅したことに無関心でいる訳には参りません」

「だが事実上、既に跡形も無い状態なのだ。それに恩師古賀先生の教えは、いったん剣善寺を卒業したなら決して総本山の方を振り向かず厳しく独立自尊の道を歩め、であった。この教えだけは守らねばならぬ」

「なれど先生……」

「笠山君。我等は江戸で古賀真刀流の根を今以上に確《しっか》りと張り巡らせようではないか。有り難いことに日暮坂道場は確実に隆盛への道を歩んでいる。江戸で鍛練する我等は我等で後ろを振り向かずに進《あゆ》もうではないか。な、そうだろう笠山君よ」

「は、はい判りました。先生のお言葉に従います。それから先生。日暮坂のお住《すま》居《い》の雨助、サエの二人から、早苗様を安畠診療所より日暮坂へ移すについての相談を持ち掛けられましたが、私は〝承知した〟と応じておきました。宜《よろ》しかったでしょうか」

「ああ、よく承知の判断をしてやってくれた。有り難う。私も君が高弟でいてくれることで、安心が大きいよ」

「先生にそう言って戴けますと嬉しいです……で、今からどちらかへ御出掛けでございますか」

「うん、ちょっと知人の家へ小用《こよう》でな」

「そうでしたか。では私は、御役目に戻らせて戴きます。あのう先生、今日は道場での稽古はお休みさせて下さい。聞き込みに、夜遅くまで時間を取られると思いますので」

「頑張ってくれているのだな。疲れが体に残らぬようにしたまえ」

「有り難うございます。では、これで失礼いたします」

「うむ……」

笠山義一郎が足早に離れてゆくのを竜之助は暫くの間、熟《じ》っと見送った。

思い出したように歩き出した竜之助は、四つ辻まで来て立ち止まった。

右を見ると賑やかで活気に満ちた神田職人通りの入口が、少し先に窺えた。

左へ四半刻ほど行けば、芳原家の菩提寺でもある輪済宗幸山院《りんさいしゅうこうさんいん》の参道が、右手方向に見えてくる。

しかし竜之助は、神田職人通りの入口へと足を向けた。

芳原竜之助頼宗の名は、江戸では高名な剣客として知られている。実際の姿、顔は知らずとも、『日暮坂の小天狗《こてんぐ》と言えば芳原竜之助』という評判は、若い頃から現在に至るまで全く衰えてはいない。

けれど竜之助は、近頃の自分に決して自信を持っている訳ではなかった。

原因は、**老い**である。

竜之助は神田職人通りへは、入らなかった。その手前、右手二つ目の辻へと入っていった。

書物屋通りだった。とは言ってもやわらかい書物を取り扱ってはおらず、殆どが文献と称する堅い書物が多かった。

竜之助は書物屋通りを抜けた少し先で、歩みを休めた。

表障子に『棟梁《とうりょう》江戸屋吾三郎《ごさぶろう》組』と大書された堂堂たる二階建の町家《まちや》と向き合うかたちで、通りに面して連子窓《れんじまど》が美しく調《ととの》った**長兵衛書棚**があった。

『棟梁江戸屋吾三郎組』の頭《かしら》はむろん腕のいいことで知られる吾三郎であるが、その吾三郎を地道に縁の下で支えているのが副棟梁格の実弟**吾吉**《ごきち》だった。日常的に日暮坂道場へ出入りしている大工でもある。

「ちょいと邪魔するよ……」

先ず竜之助は、そう声を掛けつつ『棟梁江戸屋吾三郎組』と大書されている障子を静かに開けた。

この辺りまで用で来た時は、竜之助は自身の作法として、必ず棟梁吾三郎に顔を見せる。

実は現在の日暮坂道場を建てたのは、吾三郎組であった。

「おお、これは芳原先生、お久し振りでございやす」

広広とした板間《いたのま》で大きな図面に見入っていた恰幅がいい白髪頭《しらがあたま》が、面《おもて》を上げて顔中に笑みを広げ皺を深くした。

棟梁の江戸屋吾三郎であった。竜之助とはたまにだが、盃を交わすこともある。

「忙しそうだな棟梁。とくに大きな用ではないのだ。またにしようかな」

「何を水臭《みずくせ》えことを仰《おっしゃ》います先生。いえね、吾吉（実弟）のやつが描《か》き上げた新築の図面を、ちょいと確認しているだけなんでさあ。さ、さ、お上がりなすって……」

「いや、今日は店土間《たなどま》で失礼させて貰うよ。実は頭《かしら》……」

「へい……」

と、土間際まで寄って来て、姿勢正しく座り直した吾三郎だった。

「頭《かしら》もよく知っている道場《うち》の下働きを熱心にやってくれている雨助とサエなんだがね……」

「何ぞございやしたか……病気にでも？」

「いやなに。二人ともそりゃあ元気で毎日動き回ってくれている。だが、この二、三年めっきり老いが目立つようになってな。確か雨助もサエも頭《かしら》よりは年上の筈だ」

「年上でござんすよ。雨助さんで三つ、サエさんで一つ上……だったと思いやす」

「その雨助とサエの部屋なんだが、板間《いたのま》なのじゃ。真冬には老いた体にこたえると思うのでな、そろそろ畳部屋に造り変えてやってくれぬかのう。それに雨助もサエも一杯やるのが好きな方じゃから、猫板を渡した長火鉢を調えてやっておくれ」

「なるほど、判りやした。お任せ下せえ。あの板間《いたのま》は板壁でござんすね。真冬の隙間風《すきまかぜ》ってえのは、板壁のどこからともなく吹き込んできやすから、その辺のことも検討させて下せえ」

「うん、ひとつ頼む」

「早いもので、江戸屋吾三郎が手掛けた日暮坂道場も、完成してから随分と年月《とき》が経ってしまいやした。折を見て屋根の点検もさせておくんなさい先生」

「有り難い。是非にも御願いする。それじゃあ頭《かしら》、今日はこれで失礼させて貰うよ。そのうち瓢簞《ひょうたん》（瓢簞型大徳利の意）でもぶら下げてゆっくりと訪ねてくるとしよう」

「何を仰いやす先生。こちらにも旨酒はございやす。気軽に手ぶらで御出下《おいで》さいやし」

「ははっ……ではな」

「お構いも致しやせんで……」

吾三郎は丁重に頭《こうべ》を下げて、表通りへと出て行く竜之助を見送った。

「それにしても芳原先生。何だか急にお年を召《め》しなすったなあ。下働きの老夫婦の老いを、気にしている場合ではないほどに……」

それが面を上げた吾三郎の、不安そうな呟きであった。

十七

吾三郎宅を出た竜之助は、ほぼ向き合って建っている長兵衛書棚の藍色《あいいろ》の暖簾《のれん》を潜《くぐ》った。

吾三郎宅ほどには広くない土間と板間《いたのま》があって、堅い書物を扱っている店にしては、かなりの客だった。但し、殆どが白髪《しらが》まじりの年配の武士たちだ。土間の端に設けられた長床几《ながしょうぎ》に腰を下ろし、店の奉公人《もの》から手渡された書物にむつかしい顔つきで目を通している。家中（藩・家の意）の問題解決に頭を痛めている、用人たち（お家の総務部長的な立場）なのであろうか。

板間《いたのま》は表口に向かっては土間に接し、あとの三方は天井高の書棚に囲まれていた。

板間《いたのま》の中央には、商家の者たちが結界《けっかい》と呼ぶ、特別な場所がある。**帳場格子**がそれだった。大きな商机《あきないづくえ》の三方を背丈の低い格子で囲んでおり、ここに座れるのは商家では筆頭手代以上の者に限られた。

しかし長兵衛書棚では、主人《あるじ》の長兵衛がいつも笑顔を忘れたような表情で座っていた。竜之助以上に白髪が美しいが、面貌《めんぼう》はきつかった。とくに目つきが鋭い。

土間に立った竜之助は、結界の方へ目をやりながら、商机《あきないづくえ》に向かって算盤《そろばん》を弾《はじ》いている長兵衛が面《かお》を上げるのを待った。いつもそうしているように。

江戸時代、商人に限らず算盤《そろばん》はたいへん大切に扱われた。子供と雖《いえど》もうっかり算盤をまたぐなどは以《もっ》ての外《ほか》で、「金持になれないぞ」「店が潰れるぞ」「賢い子になれないぞ」などと叱《しか》られ、ふくらはぎをピシャリとやられたりした。ま、多少の誇張《こちょう》はあるのだろうが、それほど算盤は大事にされたと言うことなのだろう。

長兵衛が算盤を弾いていた手を休めて、肩が凝ったのか首を左右に小さく振りながら顔を上げた。

こちらを見ている竜之助と目が合って、長兵衛の表情が思わず「お……」となる。

彼はよっこらしょっと言った感じで腰を上げると、にこりともせず「どうぞ……」と言った感じで掌《てのひら》を奥座敷に続く廊下の方へと泳がせた。

竜之助が黙って頷き、土間の左手端の方へと歩いていく。そこには腰高の格子戸があって、それを押して内《なか》へ入ると、三間《けん》ばかりの短い家路地となっていて、突き当たりが式台（上がり口）だった。

雪駄を脱いで上がった竜之助は、廊下で待ってくれていた長兵衛のあとに黙って従った。

手入れ美しい中庭に沿った明るく長い廊下を、ほんの三、四間《けん》ばかり進んで長兵衛は居間に入っていった。

竜之助にとっては、幾度も訪れている居間だった。彫りが見事な太い脚を持つ杉の一枚板の文机がどっしりと備わっていることも、彼は承知している。

二人は、その重量感に富む黒漆塗《くろうるしぬり》の文机を挟んで向き合った。

「今日はまた芳原先生らしくない、険《けわ》しい目つきで参られましたな」

真っ直ぐに竜之助を見据えて、穏やかに切り出した長兵衛だった。

長兵衛が武士あがりの商人だと知っている者は、彼と親しい付き合いがある者の内《なか》でも、ごく僅かだった。書物を通じてかなり長い付き合いとなる竜之助も、長兵衛が**西国の小さな藩の御書物奉行**であったと知ったのは、ごく最近のことだ。

この居間で酒を酌《く》み交《か》わした時に、長兵衛の方からポツリと言葉短く漏らしたのだ。**西国の小さな藩の御書物奉行**……それ以上のことは長兵衛は漏らさなかったし、竜之助も特に関心を抱かなかった。他人《ひと》のむかしに関心を持ち過ぎると下種《げす》野郎《やろう》などと誤解されて、友情に罅《ひび》が入りかねない。

「私の目つき、そんなに険しかったですか？」

竜之助は笑みを返しながら、そう言った。

しかし、長兵衛は返事をするかわりに、ポンポンと掌《て》を打ち鳴らした。

はぁい、とまだ年端《としは》も行かぬと思われる幼い声の返事があって、小さな足音が廊下を急いでやってくる。

障子は開け放たれたままで、射し込む朝遅い日差しは黒漆塗の文机にまで届いて、眩しく反射していた。

十二、三歳かと思われる身綺麗にした少女が、廊下にきちんと正座をして両手をつき頭を下げた。

「芳原先生、朝も既に遅くなりましたから、ほんの軽くやりましょう。いつものように冷《ひ》やのままで宜しいですかな」

にこりともせずに言う長兵衛だった。が、自分で『酒好き長兵衛』と言っているくらいだから、左手はもう、盃を持つ真似《まね》に入っている。

「いやあ、これは恐縮……はい、冷やで有り難く頂戴いたします。申し訳ない」

長兵衛からやさしい口調で酒肴を命じられて、少女は丁寧に御辞儀をして下がっていった。

「さて、芳原先生。お待たせして済みませぬ。御用をお伺《うかが》い致しましょう。今日《きょう》は？……」

「今日《きょう》は長兵衛殿。いささか古い時代に溯《さかのぼ》っての事を調べたくて参上しました」

「ほう……で、いつ頃の時代でございましょうかな」

「まず、鎌倉、という言葉を出させて下され」

「鎌倉……**町**として捉えるのではなく、仰ったように**時代**として捉えるのであれば、源頼朝に関係ありや無きや？　とお訊きしたくなりますが」

「まさにその通りです。いつも的を外さずに仰るので驚きが重なるばかりです」

「いやあ、文献をお貸ししたり売ったり買ったりの仕事ですから、これくらいの勘《かん》の備えは当然のことです。でないと、お客様に馬鹿にされます。客にはお家の御用人たちが少なくありませんのでな」

「なるほど……そうでしょうな」

「それにしても芳原先生」

と、長兵衛がまじまじと、竜之助を見る。

「は？」

「先生の御髪《おぐし》、この前に御出《おいで》の時と比べ、更に白さを増しましたなあ。いや、白さと言うよりは銀色に輝いていらっしゃる。江戸にこの人あり、と知られた剣客芳原竜之助先生には、よくお似合《にあ》いです。上品にして実に貴《とうと》く見えます」

「いや、これは参った。言わせて戴ければ、長兵衛殿の白髪《はくはつ》こそ御見事ですぞ。艶艶《つやつや》と輝いて実に美しい」

「ははっ……おっと話が横道に逸《そ》れましたな。で？……」

ははっと短く笑った長兵衛であったが、きつい面貌とその中で光っている猛《もう》鳥《ちょう》の如き鋭い目は、殆ど崩れていなかった。険しい真顔で短く笑ったのだ。竜之助は見慣《みな》れていたが、初対面の者なら思わず背すじを寒くさせたかも知れない。

「はい。源頼朝の周辺で御家人《ごけにん》と称されていた武士について知りたいのです。鎌倉幕府に集中した武鑑のような書物はありませんかな」

「残念ですが無いです」

切り返すようにピシャリと言われて、悄気返《しょげかえ》るひまも無い竜之助だった。

「ですが芳原先生。場合によっては、少しはこの空沢《そらざわ》長兵衛《ちょうべえ》がお役に立てるかも知れません」

「長兵衛殿。いま、**そらざわ**……と仰《おっしゃ》いましたか？」

「ええ、**そら**、は朝空、夕空、空耳《そらみみ》、空豆《そらまめ》などの、**そら**、です」

空豆《そらまめ》は聖武《しょうむ》天皇の時代、天平八年（七三六）頃にインド僧によって、既に日本に伝えられていた（おそらく乾燥豆）。この真《まこと》に美味なる豆の〝発展〟は、物事の真理・道理の究明を目的としてインド仏教開眼に心身を集中させ、庶民救済のため農業・土木など社会事業に注力した大僧上**行基**《ぎょうき》が、武庫里《むこのさと》（宝塚、武庫川、有馬温泉などで知られる兵庫県）で栽培《さいばい》を試みたことに始まる。

「では、**ざわ**、は谷川や渓流を意味するところの……」

「はい。その、沢、で結構です。姓名を打ち明けましたのは、芳原先生がはじめてですよ」

「それはどうも……胸の内に確り止《とど》めて他言致しませぬゆえ」

「はい。芳原先生のお人柄はもう、充分に信頼いたしております」

「で、場合によっては少しはお役に立てるかも……と仰いましたのは？」

「実は、空沢家の初代の出自は鎌倉でありまして……」

「そ、それはまた……」

と、驚きの余り、大きく目を見開いた竜之助だった。

彼のその驚きを気にする様子もなく、長兵衛は声を抑え、しかし重い調子で言葉を続けた。

「空沢家の初代はただ単に鎌倉の出であると言うだけではなく、先生が知りたいと仰った鎌倉幕府の**御家人**《ごけにん》であったらしいと、系図の上で判っております」

「と言うことは、源頼朝と主従の関係を結んでいた？……」

「はい。今で言うところの家臣です。ただ、大物家臣であった訳では決してない、と系図からはっきりと読み取れております」

「恥ずかしながら、私は鎌倉幕府のことについては、全く詳しくはありません」

「それは私とて同様です。私は先生に、**西国の小さな藩の御書物奉行**であった、と漏らしたことがございました」

「ええ、胸深くに止《とど》めております」

「詳細はお話しできませぬが、京《みやこ》から然程《さほど》には離れておらぬ一万余石の小藩の御書物奉行であったと想像下さい。しかも余り有能ではなかった……」

「まさか……」

と、竜之助は返す言葉に困った。

「いや、本当です。酒好きの遊び人で、文武に熱心な侍とは言えませせなんだな。ま、その結果、今の女房を得てしまいましたがね」

「え？」

「女房は味の良いことで近隣に知られた小料理屋の娘でしてな。とにかく料理が非常に上手《じょうず》でしかも、酒の燗《かん》のコツが抜群にうまく……」

「では、それに惹《ひ》かれて？」

「はい。武士が小料理屋の娘となど、と周囲の反対がうるさ過ぎたもんで、惜しくも何ともなく侍を辞《や》め江戸へ出て来ました」

「思い切りましたねえ。いや、御見事……」

「なんの、はじめからその積もりでした。御書物奉行などと言うても俸禄はお涙ほど。今は毎日、女房の旨い料理を食せて、満足この上もありません」

「そう言えば、幕府の御書物奉行も、肩書の割には俸禄は低かったと記憶しています」

「すみません。話が横道へ逸れてしまいましたな」

「今のお話からすると長兵衛殿。鎌倉幕府の御家人であった空沢家は、鎌倉から京《みやこ》へと移る何らかの契機を摑んだ、ということになりますが」

「ええ。当時の御家人は、幕府のためには命を賭して奉公をせねばならぬ立場でしてね。その立場と言うのが、**番役《ばんやく》の勤仕《ごんじ》**と称されるものでした」

「そうでしょうな。それは頷けます」

「この番役《ばんやく》の勤仕《ごんじ》は、大きく三つに分かれていました。**鎌倉将軍の御盾役《おたてやく》**（身辺警護）、幕府組織を警護する**鎌倉番役《かまくらばんやく》**、そして京《みやこ》の**朝廷の警護**に当たる**京都大番役**の御役目がそれです」

「あ、すると空沢家は若《も》しや鎌倉幕府の命令で……」

「はい。ご推察の通り、**京都大番役**に命じられて京《みやこ》へ移ったことが、系図にはっきりと示されています。この京都大番役の勤めに要する費用は全て自弁《じべん》（自己負担）であったため、空沢家はたちまち生活苦に陥った、と系図日記に認《したた》められていました」

「自弁とは、これまたひどい」

「当時は自弁が当たり前だったようで……ですから幕府に対し忠勤を貫き通す者が多い中で、これはたまらぬ、と生活の安定を求めて離れていった者も少なからずあり……」

「そうでしょうな。位《くらい》の高くない武士は、忠勤の精神だけでは、飯《めし》は食ってゆけませぬから」

「空沢家も俸禄の安定を求めて離反しました。そして、一万石の西国の小大名に奉公し、時を経て現在《いま》の私があります。神田長兵衛書棚の主人《あるじ》としての私が……」

「そうでしたか。剣術の事しか頭にない私ごとき者に、よくぞ打ち明けて下さいました。長兵衛殿との絆《きずな》をより大切にさせて戴きます。口外は決して致しませぬ。ところで長兵衛殿……」

そこで言葉を少し休めた竜之助は、長兵衛の表情を窺いながら続けた。

「いまお話しなされた中に**鎌倉将軍の御盾役**（身辺警護）と言う番役がありましたが、それについて今少しお訊きしたく思いますが……」

「申し上げましょう。芳原先生は、**鎌倉殿**（源頼朝）の**御盾役**《おたてやく》（身辺警護）として名高い**居開流剣法**の創始者**居開大三郎信頼**をご存知ですかな」

「はい。その名は最近になって知りました。単に耳にしたと言う程度ですが……」

と言葉を濁した竜之助だった。

「鎌倉殿の御盾役は、かなりの組織であったことが、我が系図日記にそこそこ記されております。その組織の**筆頭の地位**にあったのが、居開大三郎信頼でありました」

「ほほう……」

と、竜之助の表情が、硬くなっていった。

「この居開大三郎信頼もまた、京都大番役を命ぜられて、鎌倉から京《みやこ》へと移りましたが、彼は鎌倉殿の御盾役筆頭という大物でありましたから、京都大番役差配《さはい》

（筆頭）として赴任《ふにん》し、自弁ではなくそれなりの俸禄を得ていたようです。ただ、その俸禄がどの程度であったかについては、よく判っていません」

居開大三郎信頼もまた鎌倉から京《みやこ》へ移ったと知って、竜之助の目が光り出していた。

既に亡き恩師**古賀正之助**が真剣で闘って倒した居開流の剣客・**居開小三郎兼芳《かねよし》**は、京《みやこ》の人物であったと『**義経徒然涼涼録**』（古賀正之助の日記）で判明しているのだ。

竜之助は訊ねた。

「長兵衛殿。ただいま申された京都大番役差配の居開大三郎信頼に日暮坂道場の主人《あるじ》としていささか関心があります。居開家が京《みやこ》へ移ってから以降の動静については判りませぬか」

「ある程度のことは判ります。この居開家も朝廷を警護する大番役なんぞには内心、余り関心がなかったらしく、居開一族の頭領はその後かなり経って、ある貴族の支援を得て急速に擡頭《たいとう》しつつあった剣術道場のひとり娘を妻に……つまり婿《むこ》養子に入り、その剣術道場を隆盛《りゅうせい》へと導《みちび》いております」

「なんと……」

「若《も》しや芳原先生。今日は居開一族のことが是非にも知りたくて、お訪ね下すったのではありませんか？」

「う、うむ……、まあ、日暮坂剣術道場の主人《あるじ》として将来有望な大勢の門弟を指導している立場なので、居開家とは一体どのような剣法家であったのかと……」

「なるほど、矢張りそうでしたか。空沢家の系図日記では、居開一族についてある程度の事しか判りませんが、幾度も目を通してきた日記ゆえ、私が記憶している内《なか》で大事な部分を簡単に申し上げましょうか。それで宜しいですね」

「是非にも……」

頷いて頭を下げた竜之助は、日記というものが持つ**力**、**実証性**というものを改めて思い知らされた。恩師の『義経徒然淙淙録』では、師が居開小三郎兼芳との真剣勝負で兼芳を倒したことを知った。そして今また、空沢家の系図日記から新しい情報が次次と齎《もたら》されつつあるのだ。

竜之助は、剣、剣、剣と剣ひとすじに打ち込んで来た自分が、一行の日記も記していないことに気付かされて、武人として恥である、と思った。

剣ひとすじに歩んで来たからこそ今の日暮坂道場の輝きがあるのだ、という誇りと自信はあるにはある。

だが、間《ま》もなく長兵衛から告げられる系図日記の実証性に、竜之助は大衝撃を受けるのだった。

十八

長兵衛が口を開きかけたとき、廊下を人の気配が近付いてきた。

「来ましたよ……」

長兵衛が盃を口へ運ぶ真似をして微笑んだので、竜之助も付き合って目を細めた。が、本心は酒よりも、長兵衛の話の先が早く聞きたかった。

四十前後に見える身綺麗な婦人と、先ほどの少女が、酒と肴《さかな》をのせた盆を運んできた。竜之助にとっては、二人とも初対面だった。長兵衛とは書物を通じての交流になるが、彼の家族を竜之助はまだ知らない。

「ようこそ御出《おいで》なされませ」

婦人が挨拶をし、竜之助は、武家出の女性ではないな、と直ぐに判った。姿勢よく調《ととの》った作法を心得た挨拶ではあったが、竜之助の目には武家出の婦人との微妙な違いが見えていた。むろん差別の目で眺めるつもりなど、さらさらない。

長兵衛がやわらかな表情で紹介した。

「女房の与根《よね》とひとり娘の梢《こずえ》です」

少女は澄んだ小さな声で名乗ってぺこりと頭を下げた。母親の方は小首を僅《わず》かに傾《かし》げて頷き気味に、チラリと妖しさを覗《のぞ》かせて笑った。このあたりの姿、味の良いことで知られた小料理屋の娘ゆえ、とわかる。

少女梢の前にある小さな盆には、二本の徳利だけがのっていた。おそらく小さな盆は梢が母親を手伝うためのものであろう、と竜之助は勝手に想像した。

竜之助にとって有り難かったのは、彼と長兵衛の膝前に酒肴を調え終えた母子が、汐が引くように下がっていったことだった。

「さ、先生……」

長兵衛は手に取った徳利を差し出して竜之助を促すと、そのまま話し出した。

「居開《いかい》一族の頭領が、まるで狙っていたかのようにして婿入りした剣術道場と申しますのはね芳原先生……おっとっと……」

長兵衛は竜之助の碗盃《わんさかずき》（深さのある盃）になみなみと酒を注ぐと、その手をすっと引っ込めて手酌《てじゃく》に移った。

二人は目を見合わせて盃を軽く上げる仕種《しぐさ》をとり、お互い一気に呑み干した。

長兵衛が盃を盆に戻して言った。

「でね、芳原先生……居開が婿入りした剣術道場というのは、どうやら**五摂家《ごせっけ》の一つ**である九条《くじょう》家の庇護《ひご》を受けていたと**思われる**のですよ。あくまで、**思われる、**ですがね」

「そ、それはまた……なんと凄いこと……真《まこと》に九条家なのですか？」

「はい。藤原氏北家《ほっけ》の嫡流《ちゃくりゅう》（正統本家の血すじの意）より分かれた事で知られるあの**巍巍蕩蕩《ぎぎとうとう》にして嶄然《ざんぜん》たる九条家**です」

「間違《まちご》うていたなら済みませぬ。確か源頼朝《よりとも》の強い推しを得て文治二年（一一八六）三月十二日、朝廷で摂政《せっしょう》の地位に就いた九条兼実《かねざね》卿の、あの九条家ですよね」

「その通りですよ先生。驚きました。よく御存知ではありませんか。関白藤原《ふじわらの》忠通《ただみち》を父とした九条兼実《かねざね》卿は、九条家の（九条一族の）**始祖的な存在**と申して誤りではありません。頼朝の力を背後に置いて貴族の集団的能力（合議精神）というものを大事とした兼実卿《かねざね》は当然、強力な長期院政を敷いていた後白河法皇に対し、毅然《きぜん》たる姿勢で反発的でした」

「すると時代的には、不安定な激動の世相であったのでしょう」

「ええ、多くの血が流れましたよ。つまり戦いの時代でありましたね。だから自《おの》ずと合戦剣法が生じる素地が調い、次第に古典剣法から武士道剣法へと歩む事になったのだと思います」

「長兵衛殿の慧眼《けいがん》おそれ入りました。いやあ、私はもっと学ばねばなりませぬ」

「私は芳原先生は、お人柄すぐれたる最強の剣法家として既に存在していらっしゃるのですから、それでお宜《よろ》しいのではないかと思います。御立派でいらっしゃいます。とにかく先生の御名は江戸の内外広くにわたって鳴り響いているのでございますから」

「いやいや……それにしても居開一族は世渡りが上手ですな。あの**巍巍蕩蕩《ぎぎとうとう》にして嶄然《ざんぜん》たる大九条家《だいくじょうけ》**が庇護《ひご》する剣術道場へ、するりと婿養子に入るなど」

「九条家全般について（九条一族について）言えることは、自立的精神力が強固にして穏やかであり、しかも協調能力に極めて秀《すぐ》れていた、ということだと思います。

たとえば朝廷と鎌倉殿(源頼朝)双方の観察能力に長《た》けた九条兼実《かねざね》卿の苦労があったればこそ、鎌倉殿は征夷大将軍に就くことが出来た(建久三年〈一一九二〉七月)と私は思っております」

「居開某《なにがし》が婿養子に入ったとされる剣術道場の流派名は、はっきりと致しておるのですかな」

「確か……無想流信河《しながわ》兵法道場……ではなかったかと思います。ええ。剣術道場ではなく兵法道場でありました。誤っていたらいけませぬゆえ、あとで調べ直しておきましょう。誤っていたなら先生の道場へ使いを走らせます」

「そうですか。助かります」

「九条諸家のなかでもとくに、公卿らしい凜然たる態度を大事とし、且《か》つ武士道に深い理解を示し、権威とか威風に決して屈しなかった人物がいます」

「ほほう。貴族の中にも、そういう人物はいるのですねえ」

「九条稙通《たねみち》という御人《おひと》です。若くして(二十七歳)関白・氏長者《うじのちょうじゃ》(天文二年・一五三三)となり、武風精神のみならず学者としても大変に秀《すぐ》れた貴族だったようで……」

氏長者とは一族の長老(代表)を意味する。

「これまでの私の、貴族というものに対する偏見を変えねばなりませぬよ長兵衛殿。若《も》しやすると、この九条稙通《たねみち》殿こそが夢想流信河《しながわ》兵法の庇護に、全九条家を通して最も御熱心だったのではありますまいか」

「うむ。稙通《たねみち》卿は凜《りん》とした御立派な公卿であったようですから、武士道にも武術にも文化芸術にも深いかかわりを持って下すっていたのではと思いたいですねえ。学者の立場としては、**源氏物語**の注釈書として『**源氏物語孟津抄《もうしんしょう》**』（全五十四巻）や旅日記として『嵯峨記《さがき》』などを著していらっしゃる」

「居開一族の最も新しい動静については、お判りではありませんか？」

「と、いうことは、無想流信河《しながわ》兵法についての最も新しい動静……ということになりますね芳原先生」

「はあ、まあ……」

「芳原先生……」

長兵衛が徳利を手にし、体を前に傾けて、むつかしい表情を拵えた。

竜之助は長兵衛の顔を見つめながら、碗盃《わんさかずき》になみなみと酒を注いでもらった。

長兵衛は手酌だった。そして碗盃を口許へ持ってゆきながら、上目使いにチラリと竜之助を見た。

「芳原先生は、居開某《なにがし》かの剣術家に挑もうとしておられるのではありますまいか。いや、きっとそうです。私と話を交わしている間、ときどき鋭く光る目つきが、いつもとはまるっきり違っています」

「………」

竜之助は視線を落として、答えなかった。答えてはいけない、と己れを制した。

長兵衛がゆっくりとした調子で言った。

「先程も申し上げましたように先生は既に、お人柄すぐれたる最強の剣術家として江戸の内外広くにわたって知られた存在です。言葉を飾らずに言わせて戴きますと、今の先生には、武士道を頑《かたく》なに押し通した〝決闘事《けっとうごと》〟など、お似合いにはなりません。大勢の有為《ゆうい》なる門弟をお抱えになっていらっしゃるのです。どうか御自分を見失なわぬように、この長兵衛、心よりお願い致したく思います。もう一度、言わせて下され。先生は大勢の有為なる門弟を抱えていらっしゃいます」

ぐさりと胸に食い込んできた長兵衛の言葉に、竜之助は思わず眉をひそめ生唾をのみ込んでしまった。強い説得力を覚えたのである。

十九

翌朝、五ツ半頃（午前九時頃）に、竜之助は我が家の寝間《ねま》で目を覚ました。

昨夜の帰宅は、夜の四ツ頃、町木戸が閉じられる少し前だった。長兵衛宅では話が長引き、二人で空沢家の系図を改めて眺めて意見を交わし、そのあと長兵衛に誘われるまま小粋な料理屋へと河岸《かし》を変えたのだった。

おかげで長兵衛との絆が一層深まったと思っている。

竜之助が寝間と接している居間へと移ると、竹で編んだ衣裳《いしょうかご》籠に着替えが調えられていた。これはサエの気配りであると、竜之助は承知している。

庭に向かっての障子も雨戸も開け放たれ、朝の日が衣裳籠にまで差し届いていた。

着替えを済ませた竜之助は土間障子を静かに開けて、突《つ》っ掛《か》け草履《ぞうり》をはいた。

幾つもの竈《かまど》が並ぶ台所と向き合った板間《いたのま》に人の気配があったから、行ってみると雨助とサエが遅い朝の膳を囲んでいた。

こちら側を向いて座っていたサエが竜之助に気付いて、

「これは先生。よくお休みでございました」

と、小慌てに立ち上がろうとした。

「まあ、ゆっくりと食しなさい。私は顔を洗ってこよう」

雨助が箸を置いて振り返り言った。

「先生、今朝早くに北町奉行所定町《じょうまち》廻り同心の笠山様がお見えになりましてなあ。高弟たちと相談の結果、本日より数日の間は道場での稽古《けいこ》は止し、愛宕《あたご》権現の急階段を上《のぼ》り下《お》りして足腰を鍛えることにしたから、と仰っていましたがな」

「ほほう、悪くはない鍛練だが、またどうして？」

「何を仰っているんですよう先生。道場稽古での竹刀や木太刀《きだち》の音、気合《きあい》なんぞが……」

「あ、なるほど。客間の早苗《さなえ》殿に気遣《きづこ》うてだな」

「はい。早苗様は今朝は大変に気分が良さそうでのう。朝飯も確《しっか》りとお食べになりました」

「それは何より。顔を洗ったなら、ちょっと客間を覗いてみよう」

竜之助は台所口から裏庭に出て井戸端で顔を洗うと、傍《そば》に控えていた雨助の手から手拭を受け取って、濡れた顔を丹念に拭った。

「では客間へな……」

竜之助は雨助にそう告げて手拭を返した。

「頃合《ころあい》を見て、茶と菓子《かし》をサエに運ばせましょうかのう」

「うん、それはよい。頼む」

竜之助は庭伝いに居間の方へと廻り、踏み石の上で突《つ》っ掛《か》け草履《ぞうり》を脱ぎ、廊下に上がった。

廊下を土間とは反対方向へ真っ直ぐに進むと、**生活棟**と**道場棟**を結ぶ短い渡り廊下がある。この生活棟と道場棟との間が**中庭**と呼ばれており、サエの手で植栽された色色な花が冬の期間を除いて咲き乱れている。

客間の間口は、この中庭と向き合っていた。

廊下を進んだ竜之助は、渡り廊下の手前を右に折れたところで、歩みを休めた。目と鼻の先に位置する客間の障子が、開け放たれていた。

「竜之助です。お宜しいですかな」

「はい……」

言葉短い返事があって、その声の響きから竜之助は、早苗は体を起こしているなと想像した。

「失礼します」

竜之助はゆっくりとした動きで客間に入っていった。

果たして早苗は、日差しあふれている寝床の上に体を起こして姿勢正しく正座をしていた。

「早苗殿……」

「竜之助様……」

竜之助は早苗の傷に負担にならぬよう、彼女の肩を静かに抱いてやった。

二人にとっては、それだけで充分なのであった。多くを語り合う必要などはなかった。無二の友の妻であり、夫の無二の親友であった。信頼という太い絆が三人の間にはあった。

「さ、横になりなされ。傷が完治するまで油断してはいけません」

早苗は言われるまま、頷いて横になった。

竜之助が胸元まで布団をそっと掛けてやると、張りつめていた気分が緩《ゆる》んだのであろう、早苗の目尻から涙がこぼれ落ちた。

竜之助は、その涙を指先で拭ってやりながら言った。

「私がずっと傍《そば》に付いています。私を平四郎と思いなされ。遠慮はいらぬ。何ぞ望みがあらば私に言いなされ。宜しいな」

「夫の魂がいる運命川《さだめがわ》の……運命川の自宅に帰りとうございます」

「平四郎ほどの剣客を倒した下手人が、何者であるのかまだ判明していない状況下で自宅へ戻るのは危険です。自宅から何か持って来てほしい物があらば言って下さい。私が取りに行ってきましょう」

「竜之助様にそのようなことを御願いするのは余りにも……」

「先程も申したではありませんか。私を平四郎と思いなされと」

「本当に甘えて宜しゅうございましょうか」

「何を水臭いことを……さ、仰いなさい」

「それでは十二畳の居間に備えの飾り棚、それの一番上に置いてあります一尺《いっしゃく》高《だか》ほどの、白木彫《しらきぼり》の観世音菩薩の像をお願い致したく思います。どうしても手に触れることの出来る身近に置いておきたいのです」

「一尺高ほどの白木彫の観世音菩薩像ですね。承知しました」

「夫が、幼くして流行病《はやりやまい》で亡くなった、ひとり娘の千江《ちえ》を想って自らの手で彫ったものです」

「なんと、平四郎が自らの手で……はじめて知りました。大切に持ってきましょう」

「竜之助様……」

「ん？」

「私《わたくし》にとって竜之助様は夫（平四郎）の次に大事な御方《おかた》でございます。いいえ、夫と同じ程に大切な大切な御方でございます。ですから夫の仇《かたき》を討《う》とうなどと思わないで下さい。竜之助様にもしもの事があれば、私《わたくし》も後《あと》を追《お》わねばなりませぬ」

「………」

「固くお約束下さい。この場で今、どうかお約束下さい。そして、私《わたくし》の傷が癒えましたならば、生家のある小田原《おだわら》までお連れ下さいまし」

「そう言えば、小田原の早苗殿の生家へは、まだ何の連絡もしていませんでしたな」

「家督は確りとした兄が継いでおりますけれど、両親《ふたおや》は高齢でございます。今回の悲しい出来事は文《ふみ》などでは知らせず、私の口から直接打ち明けた方がよいと存じます」

「うん、その方がいい。私もその方が両親に与える衝撃が幾分なりとも少ないと思いますよ」

「勝手を申しますけれど、竜之助様と一緒に江戸を離れ、小田原への旅をさせて戴きとうございます。どうか、この我《わ》が儘《まま》をお聞き届けください」

「わかりました。小田原の生家まで、お送り致しましょう」

「有り難うございます。ですからそのためにも、どうか夫の仇《かたき》を討とうなどとは考えないで下さい。竜之助様のお体に、傷ひとつ付いて欲しくはありません。そのようなことになれば、私《わたくし》は亡くなった天上の夫に顔向けが出来ません。竜之助様は私《わたくし》にとって夫とも思える程に失ってはならぬ御人《おひと》でございます」

早苗の言葉を聞く竜之助の脳裏に、空沢《そらざわ》長兵衛が神妙な面持《おももち》で漏らした言葉が甦《よみがえ》っていた。

『……今の先生には、武士道を頑なに押し通した〝決闘事《けっとうごと》〟など、お似合いにはなりません。大勢の有為なる門弟をお抱えになっていらっしゃるのです。どうか御自分を見失なわぬように、この長兵衛、心よりお願い致したく思います。もう一度、言わせて下され……』

竜之助は早苗の瞳を見つめながら、深深と頷いた。

「はい。約束しましょう。平四郎を倒した下手人を探し求めて、刃を振るうようなことはしない、と」

「本当にお約束して下さるのですね」

「ええ、約束します。早苗殿のために」

「嬉しく思います。有り難うございます」

「さ、もうお休みなされ。話し過ぎは傷を負った体を疲れさせます」

竜之助は小乱れている布団を胸元までそっと上げてやりながら、それがために早苗の顔に自分の顔が思いがけず近付き過ぎたことに、一瞬とまどった。

が、竜之助は何かに憑《つ》かれたように、『自然なやわらかさで身を引くという作法』を忘れていた。

それだけではなかった。硬く引《ひ》き攣《つ》ったような彼の表情は、作法とは真逆の方向へと感情を押し始めていった。

ゆっくりと次第に近付いてくる竜之助の顔に、早苗は驚いたように目を見張ったが、直ぐに瞼を閉じた。次に生じる出来事に、心を決めたかのように。

夫の次に大切な御人《おひと》なのだ。

竜之助の唇が、軽く早苗の額《ひたい》に触れ、そして離れた。

「我が妻とも思うて、必ずあなたを守る。安心しなさい」

そう呟き残して、竜之助は客間を出、渡り廊下を道場へと向かった。

ガラーンとして静まりかえった道場には誰一人いなかった。いつもなら大勢の若手門弟が汗を流している朝稽古の刻限だ。

竜之助は木剣を手に取り、道場中央で正眼《せいがん》に身構えた。

(平四郎よ。お前に刃を向けた奴は、私が必ずこの手で討つ……見ていてくれ)

胸の内で今は亡き盟友に告げ、木剣を激しく一閃させた竜之助であった。

全身が高ぶっている、彼はそう思った。

二十

　この日、門弟たちの夕刻迄の稽古の様子について、竜之助が高弟の一人から報告を受けたのは、夕七ツ半に少し前頃（午後五時前頃）だった。

　そのあと着流しを改め、運命川《さだめがわ》の畔《ほとり》の具舎《ぐしゃ》邸へ向かった。早苗が、手に触れることの出来る身近に置いておきたい、と願う、平四郎手彫の白木の観世音菩薩像を取りに行くのだ。

　居間の飾り棚の一番上にある、と言う。

「ん？」

　暫《しばら》く歩いたところで、竜之助は空を仰いだ。ポツリと冷たいものが右の頬に当たったのだ。

　続いて、下顎と首すじに、彼は雨粒を感じた。

「なみだ雨か……平四郎よ」

　思わず憮然たる表情で呟いた竜之助だった。

しかし、雨粒はそれっきりであった。ただ、夕刻の空は急に暗くなり出していた。

「なんだか嫌《いや》な夜が訪れそうだ……」

呟いた竜之助の左手は、腰に帯びている二尺三寸三分の銘刀**出羽大掾藤原来**《でわのだいじょうふじわらのらい》**國路**《くにみち》を菱繋《ひしつな》ぎ文様《もんよう》帯の上から押さえていた。

〝菱繋《ひしつな》ぎ〟は、吉祥文様として古くから縁起《えんぎ》の良い模様とされてきた。富を得るにはこの菱繋ぎ文様を大切に用いるに限る、とも伝えられている。

しかし、竜之助はおそらく、そのような思いで菱繋ぎ文様帯を用いたのではあるまい。無二の友平四郎の魂の安らかなるを願ってであろうし、早苗の一日も早い回復を願ってのことであろう。

めっきり人の往き来が少なくなった表通りを、竜之助はやや急ぎ足で進んだ。掘割に架かった造りの粗い小さな木橋を渡ると、幾らも行かぬ内に言問川《こととい がわ》に渡された無名の古い赤い木橋——文様彫の欄干を持つ——が待ち構えていた。迫りつつある夕方の薄暗さの中でも、造りは古いが手入《ていれ》の大層行き届いた塗りの美しい朱色の橋と判る。

言問川《ことといがわ》は運命川の支流の一つであって、その昔のさらに昔、言問川と言う川の名がまだ無かった頃、雨期《うき》には赤い木橋の付近で必ず決壊《けっかい》・氾濫《はんらん》が生じてその被害は甚大《じんだい》であったと言う。

そしていつの頃からか、その自然炎害を防ぐために、『一人の気高くも美しい尼僧が自らすすんで修復工事の人柱となった』と伝えられるようになった。以来、とくに近在の人人は、この朱色の橋の手前まで来ると、軽く頭《こうべ》を下げ、あるいは合掌してのち渡るようになっている。

竜之助は合掌をして朱色の橋を渡った。

通りの左右一帯は幕府による新たな都市開発計画が進んでいて、右手地域には既に職人長屋や商家、移転してきた寺社、下級武士（御家人）の住居《すまい》などが完成し、町として日中は活気を漲《みなぎ》らせている。

通りの左手地域は田畑の広がりの中に、ポツリポツリと職人長屋の建設が進んでいる程度だった。

亡き具舎平四郎の小屋敷は左手に広がる田畑の彼方《かなた》にあって、昼間なら小さく望むことが出来た。

朱色の橋を渡って幾らも行かぬ内に、竜之助は歩みを休めて夜空を仰いだ。

雲が流れを早めて、月が覗いたり隠れたりを繰り返し始めていた。

「亡き友の住居《すまい》を訪ねるのだ。せめて満月美しい夜となってくれ」

夜空に向かって呟き歩み出したとき、右目の視野の端で不意に幾つもの明りが揺れ動いた。

竜之助はその方へ視線をやり、思わず左手で帯の上から刀を押さえていた。

揺れ動く幾つもの明りは御用提灯《ちょうちん》と見紛《みまが》う筈《はず》もない、北町奉行所のものだった。

その七つ八つの明りが、小急ぎでこちらに向かってくる。

その明りが近付くのを待つことに決めた竜之助の頭上から、月明りが降り注いだ。

竜之助は夜空を仰いで、その眩しさに満足そうに目を細めた。

彼が望んだ通り、月を邪魔する雲は流れさっていた。

ぐんぐんと近付いて来る北町奉行所の御用提灯。

「あ、芳原先生でありませぬか」

相手が、まだかなりの隔《へだ》たりがあるというのに先に声を掛けた。

「おお、八屋《はちや》君ではないか」

剣客に不可欠な視力については、まだ劣ってはいない竜之助であったから透《す》かさず応じた。

竜之助の前で立ち止まり大きく息を弾ませたのは、若手同心や捕方《とりかた》たちを従えた北町奉行所臨時廻り同心**八屋新八郎**《はちやしんぱちろう》（四十二歳）であった。

「どうしたのだ。何ぞ大きな動きでも？」

「具舎様の事件も含めて探索を続行しているなか、少し前に松平伊勢守様下屋敷近くで辻斬りが生じまして……」

「なにっ。辻斬りだと……待てよ、松平伊勢守様下屋敷なら此処から近いではないか八屋君」

「はい。目撃した町人二人の証言では、下手人は浪人三人で、こちらの方角へ逃走したと言います」

「で、被害に遭《お》うたのは？」

「太物《ふともの》組合の**寄合**《よりあい》から帰る途中の『辰己屋』と『山機屋《やまはた》』の主人《あるじ》二人と手代《てだい》二人です」

「ともに名の知れた大店《おおだな》だな。四人とも駄目だったのかね」

「瀕死の重傷の手代一人を残し、あとの三人は傷の余りのひどさからほぼ即死であったと思われます。主人《あるじ》二人の懐からは当然あるべき筈の財布が消えていました」

「常に二、三十両は懐に入れている大店の主人《あるじ》たちだ。三人の浪人どもは、事前に**寄合**の情報を摑んで待ち伏せて襲ったのであろう」

「はい、そうだと思います。先生、申し訳ありませんが、私、今宵《こよい》はこれで失礼させて下さい。浪人三人を何としても追い詰めねばなりませぬ」

「うむ。そうだな。充分に気を付けて」

「先生はこれからどちらへ行かれるのですか」

「具舎平四郎の住居《すまい》へ、少し用があってな」

「具舎様の御屋敷へ。そうでございましたか。我我はこれから運命川《さだめがわ》沿いの廃屋や無住寺、神社、竹林などへと調べを進めて行きます。月明りで具舎様のお住居《すまい》は遠目にも確認できまするゆえ、何ぞお手伝いの必要な事あらば、運命川に面したお住居の広縁に、燭台《しょくだい》か提灯の明りでも点《とも》して下さい。私、直ぐにでも駆けつけます」

「そのような気遣《きづか》いは無用じゃ。お役目の方を大切にしなさい。じゃあ、これで失礼しよう」

「お足下《あしもと》お気を付けなさいまして」

「なに、充分な月明りじゃ」

竜之助は頷くと、同心、捕方たちからかなりの早足で離れていった。日暮坂道場の高弟でもある八屋新八郎は、恩師の背中が少し先の銀杏《いちょう》の巨木をふわりと風のように左へ折れて見えなくなるまで、身じろぎひとつせず軽く腰を曲げ見送った。

年若い同心や捕方たちも、八屋を見習った。

江戸の内外《うちそと》における芳原竜之助の剣名は、ともすれば老いの自覚を先走らせる竜之助の思いとは比較にならぬ程に高い。

皓皓《こうこう》と降り始めている月明りの下、盟友の住居が足を急がせる竜之助に次第に近付いてきた。

見なれた土堤は、直ぐ先だった。

流れの音も聞こえてくる。

竜之助は運命川に架かった橋（運命橋《さだめばし》）を渡り、その中ほどでフッと歩みを休めて左手向こうに見える亡き友の住居《すまい》を眺めた。

彼は深い溜息を吐いた。眺める左手の方角、土堤の上に平四郎と早苗の二人が仲良く手をつないで立っていた。見送ってくれる二人にこの橋の位置から頷きを返したのが、つい昨日の事のように感じられる。

「くそっ……」

竜之助は湿《しめ》り出した目尻を拭おうともせず橋を渡り低い土堤伝いに盟友《とも》の住居《すまい》へ急いだ。

「ああ……」

亡き友の傷《いた》みが目立つ古い小屋敷の前に立った竜之助の表情は、くしゃくしゃになった。この住居で平四郎と楽しく語り合ったのは、幾日前のことであったか。

閉ざされていない木戸門が、ちょっとした風が吹く度《たび》にジィジィと蟬《せみ》のように鳴いている。

木戸門が確りと閉ざされていないのは、北町奉行所の与力同心や目明かし達が調べの一環として幾度か訪れたせいか？

竜之助は木戸を押し開けて入り、玄関の式台に立った。

月明りは、いよいよ明るい。

「月見酒が似合いそうな夜だぞ平四郎」

呟いた竜之助は、式台の上がり口である三段の階段を上がり、閉ざされている重い板襖《いたぶすま》を開けた。

勝手知ったる友の住居《すまい》であった。長くはない暗い廊下を左へと廻り込み、手さぐりで雨戸二枚を開けると目に眩しい月明りが〝広縁拵え〟のゆったりとした造りの廊下に射し込んできた。サアッという音を立てるかのようにして。

目の前を運命川が悠悠と流れている。視線を左へ転じると、自分が先ほど渡った運命橋《さだめばし》が見えていた。

竜之助は背中側の障子六枚の内の四枚を開けた。

ここが早苗の言った飾り棚の備えがある、十二畳の居間であった。月明りは居間の半ばまで射し込んでいる。

竜之助は飾り棚の前に立った。

棚の一番上に、「中に仏像が入っているのでは?」と咄嗟《とっさ》に思わせる矩形《くけい》拵え
の白木の箱がのっていた。
顔を近付け気分を鎮めてよく見ると、こちら向きに二枚扉がちゃんと付いてい
る。ただ把手《とって》は無い。
だから竜之助は、二枚扉の中心を軽く指先で押してみた。
扉は奥に向かって左右に開いた。
果たして、白木の箱の奥には、早苗の言う白木彫の観世音菩薩像が納まってい
た。
「なんと、これは見事な彫りじゃ……お前にはこのような才能が隠れていたのか
平四郎」
竜之助は、目の前に平四郎がいるかのようにして、白木彫の像に語り掛けた。
彼は広縁に出て月明りのなか、堪能するほど白木彫を眺めたあと、持参した真
新しい紫の風呂敷《ふろしき》にそれを包み、胸懐に収めた。これが白木彫にとって最も安全
だろうという判断だった。矩形拵えの白木の箱のままでは、とても胸懐には入ら
ない。凶悪な辻斬りが出没したと言うから、白木の箱を持つために左右どちらか

の手を塞いでしまう訳にはいかなかった。

「白木の箱はまた必ず後で取りに来るから許せよ、平四郎」

竜之助はそう呟くと、開けてあった雨戸の一枚を閉《し》め、もう一枚をも閉めようとして手の動きを止めた。

遥か遠くで、北町奉行所の捕方たちのものと判る明りが、こちらへ近付いてくるかたちで揺れ動いていた。

(油断するでないぞ八屋君……)

胸の内でそう念じ、二枚目の雨戸を閉じかけたとき、竜之助は突如背後から襲い来る冷え切った殺気を捉えた。

身を沈めざま後ろ斜めへと飛んだ竜之助は、障子に激しくぶつかり美濃紙に右腕を突っ込んだ状態で障子もろとも居間に倒れ込んだ。

そこを真上から光るものが風切音を鳴らして、荒鷲《あらわし》の如く下りてくる。

(やられる……)

と思いながらも竜之助は自由が利く左手で、脇差を抜き放った。不利な左手抜刀である。必死であった。そして渾身の力で振る。

ガツッと硬い手応えがあって、「わっ……」と悲鳴があがった。混乱する頭で、それが己れの悲鳴ではないと辛《かろ》うじて判った竜之助は、全身を鳴動《めいどう》させ勢いよく立ち上がった。しかし、八の字状に踏ん張った両足は美濃紙を突き破り、障子窓《しょうじまど》に捉えられていた。自由が利かない。

そこへ右側から「くらえっ」と言う怒声と共に、熱い殺気が襲い掛かってきた。熱い、熱過ぎる、と竜之助はまぎれもなく瞬時に感じていた。左手にあるのは、いまだ脇差。右手で大刀を抜き放つ余裕などは皆無だった。

竜之助は、ぐわっと覆《おお》い被《かぶ》さってくるその熱い殺気に向かって、脇差を投げた。手裏剣には相当の自信がある。その自信が本能を動かしていた。

「げっ」と、鈍《にぶ》い呻《うめ》きが直ぐ眼前で生じたが、其奴の正体は混乱し動揺する竜之助の目にはいまだ全く見えていなかった。しかし、長い年月に亘《わた》る剣客としての厳しい鍛練は、あざやかな速さで竜之助に右手を走らせていた。抜き放つ大刀。

彼得意の逆袈裟居合抜刀が空気を鳴らした。

ぎゃあっと言う断末魔の叫びと同時に、其奴は床に叩きつけられたのであろう、ドスンと十二枚の畳が唸った。

倒した、と確信した竜之助は、破れ障子から鉄砲玉《てっぽうだま》の如く逃れて広縁へ飛び出すや、全身を雨戸に激突させた。雨戸一枚分はまだ殆ど開いた状態であったのに、そこから庭先へ飛び出す機転などは働かなかった。とにかく無我夢中だった。絶対に傷を負ってはならぬ、と夢中だった。自分の老い方から見て、先に傷を負えば文句無しに負けると思った。剣客として、それが判っていた。

壊れた雨戸と絡まり合うようにして庭先へ転がり落ちた竜之助は、気力を振り絞って立ち上がるや、雨戸から飛び離れて正眼に構えた。

思わず奥歯がギギッと噛み鳴る。

漸く剣客としての己れが見え始め、月明りが差し込む居間の惨状も目に映った。右膝から下を失った浪人態と、もう一人、左肩から下を斬り飛ばされた浪人態が、血泡を傷口から噴き出して転げ回っていた。

この二人の向こう薄暗がりの中で、のっそりとした動きがあって、正眼に構えた竜之助は息を殺した。

其奴は転げ回る仲間を跨《また》ぐようにして、広縁に現われた。

（お、大きい……）

と、竜之助は反射的な恐怖で、背すじを凍らせ生唾をのみ込んだ。

大男は広縁で抜刀し、悠然と庭先に下り立った。目も鼻も口も大きい其奴は、喉仏《のどぼとけ》をグフグフと鳴らしながら、斬り刻んでやる、と竜之助に告げた。双つの目は怒りで吊り上がっていたが、厚い唇はせせら笑っていた。

日暮坂道場の高弟たちの中にも五尺八寸前後の長身剣士は、幾人かいた。その彼等と積極的に乱取り稽古を積み上げてきた芳原竜之助ではあったが、いま目の前にいる巨漢は目を見張る肉体であった。身の丈だけではなく、横幅が余りにもでかい。大きいのではなく、でかいのであった。

けれども正眼に構えた剣客芳原竜之助は、次第に落ち着きを取り戻しつつあった。

日暮坂道場の長身剣士たちの共通点として、小回りな反射的変化において『速さ』がやや劣ることを、竜之助は承知している。もっともその弱点を、彼らが秀《すぐ》れた防禦で確りと埋めていることを、竜之助は高く評価してきた。

「さあ、どうした。参れ木偶《でく》の坊《ぼう》……」

竜之助は声高く放つや相手に三歩迫り、大胆にも大上段に構えた。

木偶の坊呼ばわりされた巨漢の顔に、サッと怒りが広がった。

その瞬間だった。竜之助が大上段に構えていた大刀を相手の顔めがけて投げつけたのは。

頼りの武器を自ら手放すなど、剣客として言語道断——若《も》し**柳生石舟斎宗厳**《やぎゅうせきしゅうさいむねよし》（柳生新陰流の流祖）が生きていてこれを目撃したなら、厳しい叱声《しっせい》を竜之助に向け放ったであろう。

だが竜之助は、巨漢が飛んでくる刀を叩き落とそうと身構えた刹那、矢のような速さで相手にぶつかって行《ゆ》きざま、其奴の脇差を奪い、下顎を痛烈に跳ね上げていた。

「チイイイッ……」

鋭い奇声を発して巨漢が大きくのけ反る。

竜之助の第二撃が、其奴の右肘を狙って走った。

そして、ぐいっと押し込んだ刃を、竜之助の手が思い切り右回りに捻《ひね》る。

これぞ古賀真刀流の最高奥義『**右肘斬し**《みぎひじおと》』であった。

「ぐわっ」

大男の右肘が切断され、血肉が断末魔の悲鳴をあげて飛び散った。

「くらえっ」

竜之助は、右肘から下を宙へ舞い上げた巨漢の腹を思い切り蹴り飛ばして素早く離れた。

大男が仰向けに地面に叩きつけられ、地面が唸る。

「竜之助様と一緒に江戸を離れ、小田原への旅をさせて戴きとうございます」

早苗の声が耳の奥に甦ったのは、まさにこの時であった。

その声に押され、竜之助は彼方の御用提灯の明りに向って、大声を放った。

打ち倒した三人は辻斬りの下手人だ、という確信があった。まぎれもない確信が。

第二章　夢《ゆめ》と知《し》りせば

一

この日、目に眩《まぶ》しい程の晴天で、空には浮雲の一つも無かった。

幕府小納戸《こなんど》衆の職に在《あ》って六百石を食《は》む鷹野《たかの》家は、五日前から緊張の底に置かれていた。

若年寄支配下にある小納戸衆は、将軍に近侍《きんじ》する『名誉ある高級雑事《ざつじ》係』と称され、その御役目は広い範囲にわたる。〝雑事〟と表わされてはいるが、いわゆる一般で言われているところの雑用などではない。ここで用いられている〝雑〟は〝広く且《か》つ重要な範囲〟を意味するものである。幕府権力者たちの進献披露《しんけんひろう》の御役目を担《にな》ったり、将軍の日常生活そのものを補佐申し上げたり、忍《しのび》を監理したり時には自ら忍《しのび》になったり、とその職務分掌《ぶんしょう》は両の手指だけでは数え切れない。

鷹野家の当主九郎龍之進《くろうたつのしん》（三十四歳）はその中にあって、小納戸頭取山本十郎正直《とうどりやまもとじゅうろうまさなお》の信用厚い側近として、御三家登城の際の御身辺お窺《うかが》い役という大事な御役目に就《つ》いていた。御身辺お窺い役とはつまり、身辺警護役であったが、『徳川《とくがわ》将軍家のお城』ではそのような表現は許されなかった。江戸城中では刃傷《にんじょう》・暗殺事件などは、絶対にあってはならないのである。それが当然の理《ことわり》であった。

「えいっ」

鷹野家の奥庭から、鋭い気合が聞こえてきた。そして幾人かの拍手。

その奥庭は、式台付玄関の左手へ回るかたちで、屋敷の壁沿いに走る細く長い四盤敷《しはんじき》を進むと、日当たりのよい南向きの書院と向き合っている。

黄金色《こがねいろ》の花を咲かせる山吹《やまぶき》が、庭の三方を囲っており、それはそれは見事な美しさであった。日差し全く無くとも、その黄金色の花のかがやきだけで奥庭の隅々までが明るくなるような。

その庭の中央に今、五本の巻藁棒《まきわらぼう》が立っており、三本が切り倒され、二本が残っていた。

太い青竹を藁《わら》で厚く幾重《いくえ》にも覆《おお》い、その外側を麻縄でぐるぐる巻《まき》にしたものだ。

残った二本の巻藁棒の間に今、鷹野家の当主**九郎龍之進**が真刀を手に立っていた。

書院の広縁では十幾人が座して、九郎龍之進の次の動きを見守っている。その中にひとり、白髪《しらが》が美しく調《ととの》った、若い頃はさぞやと思われる女性が、その他の者に護《まも》られるようにして中央に座していた。

九郎龍之進の生みの母、美咲《みさき》であった。つまり今は亡き先代当主の奥方である。

古田織部流《ふるたおりべりゅう》の茶人でもある九郎龍之進が二本の巻藁棒の間に立って、構えに入った。

広縁で見守る人人の表情は、真剣だった。固唾《かたず》を呑《の》む、という表現があるが、まさにそれだった。実は明明後日《しあさって》の午後、**中小の旗本家が中心**となって催される、**旗本家武徳会《ぶとくかい》**と称する二年に一度の剣術大会の決勝戦があるのだった。

前回、前前回と決勝戦に勝ち残り、立派な拵《こしら》えの『戦勝旗《せんしょうき》』という名の**白虎《びゃっこ》の旗**を手にしたのは九郎龍之進だった。二十本の吹流しが付いているこの旗には銀糸《ぎんし》で咆哮《ほうこう》する白虎《びゃっこ》が刺繡《ししゅう》されているのであったが、これは徳川幕府を開いた神《しん》君家康公《くんいえやす》（徳川家康）が虎年《とらどし》（寅年）生まれであることに因《ちな》んだものだった。むろん、旗本家武徳会の事務方は白虎刺繍について、御公儀の事前の許諾《きょだく》を得ている。

構えに入った九郎龍之進の腰が、静かにゆっくりと沈み、愛刀備前吉岡一文字《びぜんよしおかいちもんじ》が右肩端に峰《みね》を触れて静止した。

そして、そのまま動かない。

見守る人人は皆、呼吸を止めていた。九郎龍之進が一瞬の内に小野派一刀流《おのはいっとうりゅう》『水返し《みずがえし》』の業《わざ》を披露しようというのだ。彼は修行を重ねてきたその業で、決勝戦の相手を倒そうと考えていた。

旗本家武徳会に対しては、大身《たいしん》旗本家は殆《ほとん》ど関心を抱いていない。中小の旗本家が中心となった私的懇親会の性格が強いからだ。〝白虎旗《びゃっこき》〟を許諾した御公儀も、特段の支援はしていなかった。

それでもこの戦勝旗を、中小旗本家は欲《ほっ》した。なにしろ旗に銀糸で刺繍されている白虎《とら》は彼らにとって神君家康公そのものなのである。

しかし、二十本の吹流しが付いているこの戦勝旗は贈呈方式を取ってはいない。当該大会に勝利した旗本家に次回大会まで自邸で大事に預託させるのだ。預託の細則は大変厳しく、絶対に汚したり傷つけたりしてはならなかった。預託細則に抵触《ていしょく》するような事があれば、**旗本家武徳会**から除名される。

この戦勝旗の吹流しには、開催年度、開催回数、勝利者の姓名などが金糸《きんし》で刺繍されており、これが中小旗本家の憧れの的になっていた。

合戦なき平和な**のほほん時代**が長く続き、朝廷も、公卿《くぎょう》も、幕僚幕臣も、大名家の家臣も、**『危機感』**とか**『万が一』**を忘れた、怠惰《たいだ》な生活に浸《ひた》り切っている。

旗本家武徳会は、そういった**のほほん生活**から少しでも脱したいとする、中小旗本家の足掻《あが》き、と見れなくもない。

九郎龍之進の左足が、ほんの少しジリッと下がった。二本の巻藁棒は彼の左右体側《たいそく》から二尺半ほどしか離れていない。

広縁で見守る者たちは、次に訪れる電撃的な主人《あるじ》の刀法に、心の臓の動きさえも忘れていた。

瞬間。

九郎龍之進の目がキラリと光った。

「つえいっ」

闇の中を貫くような冷たく鋭い気合が、九郎龍之進の口から迸《ほとばし》った。

日差しを浴びた備前吉岡一文字が翻《ひるがえ》って、二つの弧《こ》が宙に虹《にじ》を描く。

が、それは一瞬のことだった。

家臣たちが失望の色を目立たぬようそっと面《おもて》に浮かべたとき、二つの弧を描いた虹と覚しき閃光《せんこう》は消えていた。主人《あるじ》の吉岡一文字は、いつの間にか鞘《さや》に納まっている。

九郎龍之進は、広縁に座する母美咲の方へ、軽く頭を下げた。

その我が子に対して、美咲はひとり静かに小さな拍手を送って美しく微笑《ほほえ》んだ。

その意味が判《わか》らぬ家臣たちの面に、戸惑いが漂う。

屋敷内道場で、刀法の修練を重ねる主人《あるじ》を見ることが出来るのは、いかなる場合であっても母美咲ひとりだけであった。剣にのめり込めばのめり込むほど、その剣士の刀法の秘密性は高まる。自分だけの業《わざ》なのだ。

巻藁棒の間から動く様子のない九郎龍之進が、広縁の家臣たちを端から端まで見まわして苦笑すると、吉岡一文字へ再び手を運んだ。

パキンともカチンとも聞き取れる短く鋭い音が、家臣たちの耳に届いた。鍔《つば》(正確には切羽《せっぱ》)と鯉口《こいくち》がぶつかり合って鳴ったのだ。

これを金打《きんちょう》といって、本来は武士の間での約束ごとに用いられたが、江戸期では殆ど廃《すた》れた。

と、その音が合図でもあったかのように、二本の巻藁棒がそれぞれ、二か所で切断されて地に落下した。

おお……と見守る家臣たちの間に、拍手を忘れたどよめきが生じた。

「見事でした、龍之進殿」

母美咲はそう言って立ち上がると、踏み石の上に揃《そろ》えられた真っ白な拵《こしら》えの草履《ぞうり》をはいて庭に下り、愛する我が息《そく》に歩み寄った。

広縁に座する家臣たちは、身じろぎひとつしない。

龍之進の前に佇《たたず》み、美咲は目を細めて龍之進に語りかけた。

綺麗《きれい》に澄《す》んだ、小声であった。

「父上がご存命ならば、龍之進殿の剣法の上達をどれほど喜ばれたことでしょう。天上の亡き父上に喜んでいただくためにも、明明後日《しあさって》の決勝戦は何としても勝たねばなりませぬ」

「大丈夫です母上。三回連続の勝利を飾って、『戦勝旗』の吹流しに、再び鷹野の家名を金糸の刺繍で入れてみせます」

「その意気じゃ。その精神力こそが父上から譲り受けたものです」

そう言った母の目が、ふっと翳《かげ》ったことに龍之進は気付かなかった。

美咲はその翳りを振り払うかのようにして言葉を続けながら、視線を左手の方角へと転じた。

「小納戸衆の中でも重要な御役目に就いている鷹野家の当主が立派な剣客《けんかく》であると言うのに、その奥方があれでは、いささか困りましたのう」

「母上、妻の**沙百合**《さゆり》は気立てが優し過ぎるのです。それゆえ母上……」

「判っております。いつも申しておるように、其方《そなた》にとって大切な妻を、この母が疎《おろそ》かにする筈《はず》がありませぬ。安心しなされ」

美咲は言い終えてにっこりとすると、左手の方角へ向けたままの視線に従うようにして、龍之進から離れて四盤敷の上を歩き出した。

四盤敷は青竹の植え込みに続いていた。竹林という表現には当たらない、ほんの三、四十本ばかりの植え込みだった。

その色艶《いろつや》美しい青竹の植え込みの向こう側に、鷹野家が『剣草庵《けんそうあん》』と称している茶室があった。

草庵《そうあん》とは改めて述べるまでもなく、文字通り草であみ拵えた草葺《くさぶき》屋根の質素な庵《いおり》を指している。

現在の茶道《さどう》界で欠かすことのできぬ秀《すぐ》れた茶道伝書となっている『南方録《なんぽうろく》』からは、草庵を茶屋（茶室）としたのは、千利休《せんのりきゅう》が最初とわかる。この書の基本は利休に近侍したと伝えられる堺《さかい》の南宗寺《なんしゅうじ》住職**南坊宗啓**《なんぼうそうけい》（生没年不詳）があらわした秘伝書らしく、十七世紀後期に入って黒田《くろだ》藩立花実山《たちばなじつざん》によってその内容が精緻《せいち》に調えられたとされている。

鷹野家の質素な茶室『剣草庵』には、青竹の植え込みを眺めるかたちで片流れ屋根（土庇《どびさし》または出庇《でびさし》とも）の下に**割腰掛**《わりこしかけ》が設《しつら》えてある。

割腰掛とは**古田織部**《ふるたおりべ》流の茶道で窺えるもので、要するに腰掛待合のことだ。

その割腰掛に今、小野派一刀流の剣客であり、古田織部流の茶人でもある九郎龍之進の妻**沙百合**と、嫡男《ちゃくなん》**龍三郎**《りゅうざぶろう》（十一歳）、次男**龍次郎**《りゅうじろう》（九歳）の三人が姿勢正しく座っていたのだが、美咲が青竹の植え込みに入ったと知り、三人揃って腰を上げた。

沙百合は、青竹の植え込みを潜ってこちらへと向かってくる美咲を、本当に美しい義母《はは》だと、改めて見とれた。若い頃の義母《はは》に幾多の男性《おとこ》が近付いたに相違《そうい》ない、と折りに触れて想像したりするのだが、義母《はは》の生き方の様子などからは微塵《みじん》も若い頃の〝男物語《おとこものがたり》〟などは感じ取れなかった。

「いま終わりましたよ沙百合殿。青竹の間からでも夫の頼もしさはよく見えましたでしょう」

美咲はにこやかに我が息の妻と孫の前に立って、言葉は沙百合に向け、やさしい眼差《まなざし》で二人の孫を見比べた。

「義母上《ははうえ》と並んで座り、夫の剣の舞《まい》を見届けることが出来ぬ自分の心の弱さを、本当に申し訳なく思います。どうかお許し下さい義母上《ははうえ》」

「あなたが鷹野家に嫁《とつ》いで来たときから、白刃《しらは》に対する異常な程の心の弱さについては承知していたのですから、それを負担に思うことなどありません。白刃《しらは》などというものは、誰にとっても気味のいいものではありませぬゆえ」

「義母上《ははうえ》にそう言って戴くと、気持が安まります。いつもお優しくして下さり私《わたくし》は本当に幸せでございます」

「合戦が無くなって平和が続いている今のこの世で、真剣を手にして闘う勇気のある侍がどれほどいましょうか。今の男は女より駄目かも知れませぬ。あなたは龍之進の立派な妻であり二人の子の素晴らしい母じゃ。自信を持ちなされ」

「義母上《ははうえ》……」

うなだれた沙百合の目が、思わず潤んだ。

「さ、龍三郎、龍次郎。父上の傍《そば》へ参りましょう。見ていた感想をそのまま正直に、父上にお伝えしなされ」

「はい。お祖母《ばば》様……」

頷《うなず》いた二人の孫が、美咲と沙百合の傍を離れて青竹の植え込みの方へ元気に駆けて行くのを、美咲は遠い昔の事でも思い浮かべるようなおやかな表情で見送った。

その端整に老いた義母の横顔を、チラリと眺めて沙百合は切り出した。

「それに致しましても義母様《おかあ》……」

「え？……」

二人の孫の背を追っていた美咲の視線が、嫁の方へ移った。

「茶人でもある夫の頼もしい剣の腕前が、私《わたくし》には不思議に思えてなりませぬ。確かに夫は小野派一刀流道場へ通って修行なされました。なれど、お忙しい御役目に就いていらっしゃいますゆえ、心魂を傾けたる激しい修行に没頭……とは私《わたくし》には見えてはおりませぬ。にもかかわらず夫の剣の腕はぐんぐん強くなられるばかりで……」

「おや。夫が頼もしくなってゆくのが、沙百合殿はご不満ですか」

美咲は嫁に〝殿〟を付すことを忘れない。嫁のやさしく静かな気性が気に入っていることもあるが、沙百合の生家がほぼ同格の旗本家五百六十石であることへの配慮でもあった。御役目は文官である表御祐筆《ごゆうひつ》組頭だ。

「いいえ義母《おかあ》様。今も申し上げましたように、茶人である夫の剣の強さが、不思議でならないのでございます」

「世の中には、不思議なことは山とあるものです。龍之進の古田織部流の茶道を極めた能力も、小野派一刀流の剣の強さも、それはそれは不思議な神から授かったものと思いなされ」

「それはそれは不思議な神から？……」

「そう、神から。夫殿の傍《そば》へ行ってあげなされ。明明後日《しあさって》の試合に勝つよう妻として声を掛けてあげねばなりませぬ。ご覧なさい。我が子二人に声を掛けられている夫殿の笑顔が、こちらに向けられておりますよ。さ……」

「はい、義母様《おかあ》、それでは……」

沙百合は美咲に向かって丁寧《ていねい》に頭を下げると、青竹の植え込みへと向かった。

美咲は割腰掛にそっと腰を下ろすと、青竹の枝葉の間からこぼれ落ちる木洩《こも》れ日の中で、目を閉じた。

(あなた……龍之進が明明後日《しあさって》、いよいよ白虎《びゃっこ》の旗《はた》を賭けて闘います。あなたの子ですもの。きっと勝ちます)

美咲は胸の内で確《しっか》りと呟《つぶや》いた。悲しく切ない呟きだとも思った。

「お祖母様《ばば》……」

二人の孫が元気な声を張り上げ、笑顔で戻ってきた。

「おやまあ落ち着きなされ。どうしたのじゃ」

美咲はそう応じながら、青竹の植え込みの向こうを見た。

龍之進と沙百合がにこやかに此方《こちら》を見ていた。

「父上が書院で古田織部をと申しております。『開花堂《かいかどう》』の梅桜《うめざくら》（梅と桜の香りがする銘菓《めいか》）が食せます」

「これこれ茶道というものは……」

美咲がそこまで言うか言わぬ内に、二人は元気いっぱいに両親の許《もと》へ駆け戻っていった。

その一瞬に、美咲は体の隅隅へと広がってゆく温かな幸せを感じた。

（あなた……この幸せはあなたのお蔭《かげ》でございます）

美咲は胸の内の呟きを割腰掛に残すと、ゆっくりと立ち上がった。

二

翌朝。

すがすがしい青空の下を、美咲は龍之進に声を掛け母子二人だけで屋敷を出た。

「何処《どこ》へ連れて行って下さるのですか母上……なんだか今朝の母上の表情。とても輝いていらっしゃいますよ」

「私《わたくし》にとっても龍之進にとっても大切な場所に参るのです。其方《そなた》の名、**龍之進**にとっても大切な所なのですよ」

「私の名、**龍之進**にとっても大切な所？……はて、見当もつきませぬ。私の名は亡き父上が付けて下されたのではありませぬのか母上」

「いいえ。龍之進の名は、私《わたくし》が譲らなかったのです。亡き父上は、忠之介《ただのすけ》を主張なされたのですけれども……」

「そうだったのですか。はじめて知りました。私は亡き父上が付けて下されたものとばかり思うておりました」

「龍之進の名の通り、其方《そなた》は実に逞《たくま》しい鷹野家の当主になってくれました。天に向かって上《のぼ》る竜神の如《ごと》く……明後日の試合、其方《そなた》は必ず**白虎の旗**を守り抜きましょう」

「なれど母上。剣術の試合というのは、実力が七分運が三分と申す長老も少なくありませせぬゆえ」

「ならば其方《そなた》が、剣の試合というのは実力が全てであることを、長老の諸先生がたに見せてあげなされ」

「ははは っ。そう言えば前回の試合の時も、前前回の試合の時も、母上は強気でいらっしゃいました」

「我が息《こ》の力を信じておればこそじゃ。それに其方《そなた》の体には竜神剣《りゅうじんけん》の血すじが確りと受け継がれております。今回も其方《そなた》が勝ちましょう」

「竜神剣の血すじ？……なれど母上、亡き父上は文官としては秀《すぐ》れていらっしゃいましたが、剣術はどちらかと言えば苦手でした」

「なにも亡き父上の血すじ云云《うんぬん》を申しているのではありませぬ。鷹野九郎龍之進の体内には天より授かりし類《たぐ》い希《まれ》な剣の能力が備わっておるのじゃ。そう信じなされ」

「あ、は、はい母上。そう信じます」

「ふふふっ……」

「母上は、あの、私とこうして散策いたしておりますと、いつも明るく楽しそうですな」

「これ、母をからかうものではありませぬ。愛する我が息《こ》と散策して楽しくない母親が何処《どこ》におりましょう」

前を向いたまま穏やかな口調で言った美咲の眼差《まなざし》が、何かを思い出したかのように一瞬遠くなった。しかし肩を並べて歩く母親想いの龍之進は、全くそれに気付かない。

母と息は日差《こひざ》しあふれる清流大堰川《おおいがわ》のほとりに沿った人の往き来で賑《にぎ》わう通りを、ゆったりとした足取りで進んだ。一体何処へ行こうというのか。

「おや、これは、お出掛けでいらっしゃいますか」

直《す》ぐ先の辻《つじ》から賑やかな表通りへと出てきた天秤棒《てんびんぼう》を担いだ魚屋が、美咲と龍之進に気付いて、にこやかに足を止め天秤棒を休めた。元気そうな老爺《ろうや》だ。美咲と龍之進も笑みを見せて近寄っていった。

「これはよいところで出会いましたな甚助《じんすけ》。頼みの魚《もの》がありましたのじゃ」

「御屋敷の方へこれから立ち寄るところでござんした。今日は私からお届け致したいものがございやして」

「届けたいもの？」

「へい……」

と頷いてから老爺甚助は、声を落とした。

「明後日はいよいよ若様……おっと、御殿様《おとのさま》の剣術の決勝戦でござんすからね。これを……」

と、そこで言葉を切った老爺甚助は、丸い桶《おけ》にかぶせてある清潔そうな白木の蓋《ふた》を取った。

一尺五寸はありそうな見事な鯛《たい》が二尾《び》、まだ鰓《えら》をピクピクさせて横たわっていた。新鮮だ（参考。生きている鯛は普通匹で数え、釣果《ちょうか》や水揚げの鯛は尾《び》で数える）。

「まあ、立派な鯛だこと。さすが『魚清《うおせい》』じゃな甚助」

「へい。有り難うごぜえやす大奥様。これを今から御屋敷の膳部方《ぜんぶかた》へ届けようと思っていたところでして……」

「おや、そうでしたか。では甚助、御代を……」

「冗談を仰《おっしゃ》いましてはいけやせん大奥様。子供の頃から存じあげている御殿様の大事な剣術試合が迫っているのでございやす。『魚清』の鯛を食べて貰《もら》わねえことには、御天道様《おてんとうさま》に申し訳が立ちやせん、へい」

「あらあら……ふふっ、変わりませんね甚助の龍之進贔屓《びいき》は……」

「そりゃあ、幼い頃はおんぶをさせて戴いたこともございやすから……おっと、こうしちゃあおられやせん。鯛《こいつ》の鮮度が落ちてしまいやす。そいじゃあ御殿様、大奥様、これで失礼させて戴きやす。ごめんなさいやして」

老爺甚助は小慌《こあわ》てに桶に蓋をかぶせると、年寄りとは思えぬ早足でたちまち美咲と龍之進から離れていった。

母と息《こ》も肩を並べて歩き出した。

「変わりませせぬなあ母上。甚助の商《あきな》い熱心は……」

「子供の頃に蜆売《しじみう》りから始め、苦労して苦労して一代で江戸一の魚卸し商を築き上げたのです。貧しかった天秤棒時代を支えてくれた御得意先まわりは、おそらく甚助の命が尽きるまで続きましょう」

「立派な伜《せがれ》たちが後継者となり五艘《そう》もの魚船《うおぶね》を持つまでになって、漸《ようや》く隠居《いんきょ》の立場になったというのに、楽《らく》を選ばない年寄りですなあ」

「甚助はのう。子供の頃に重い重い蜆籠《しじみかご》を担いで素足で売り歩いて得た、一枚一文《もん》の銭《ぜに》の有難さ尊さを今も胸深くで大事にしているのじゃ。俺《おれ》は偉《えら》い、私《わたくし》は気高い、などと傲慢《ごうまん》に勘違いを致しておる武家や公卿の殆どは金貨、銀貨しか知らぬ。狭い裏長屋に住む貧しい庶民の生活にとっては一枚一分《ぶ》の銭は命なのじゃ。

この理屈は、ろくな働きもせず国庫から（幕府の金蔵から）恵まれたお金を厚かましく頂戴して〝当たり前顔〟で使っている者には、到底理解できまいのう」

「は、はあ……」

「これ龍之進。其方《そなた》も私《わたくし》も甚助から多くを学ばなければならぬ身であることを、決して忘れてはなるまいぞ」

「そうですね。母上の仰る通りです。〝当たり前顔〟に陥《おちい》らぬよう、肝《きも》に銘《めい》じます」

「ほれ龍之進、その先の橋を渡りましょう」

「はい」

母と息《こ》は清流大堰川《おおいがわ》に架かった『梅橋《うめばし》』に近付いていった。橋上で人と人が漸く擦《す》れ違える程度の幅狭い木橋を渡って直ぐ右手に、古くから梅林があることから『梅橋』と名付けられているようだった。早春、満開となった花は馥郁《ふくいく》たる香りを漂わせるが、実をつけない梅だ。

母と息《こ》は、向こうから『梅橋』を渡ってきた大店《おおだな》の隠居らしい老夫婦が丁寧に腰を折って目の前を行き過ぎるのを待って、橋を渡り出した。

「ご覧なされ龍之進。清流を泳ぐ魚の群《む》れがよく見えます」

橋の中程で歩みをふっと止めた美咲が、目の下の流れを指差した。息子と連れ立って歩くのが楽しそうであった。

「あ、本当ですね。この辺りは流れが綺麗だから鯎《うぐい》でしょうか」

「さ、参りましょう」

母と息は『梅橋』を渡り切った。

そのまま美咲が梅林へ入って行こうとすると、龍之進の歩みが止まった。その視線は左手斜めの方角へ向けられていた。そうと気付いた美咲が梅林の手前で振り向いた。

「如何《いかが》致しましたか龍之進」

「母上、あの左手の彼方《かなた》に見えている高台ですが、確か彼処《あそこ》には戦勝《せんしょう》神社とかがございましたな。私はまだ一度も訪ねたことはありませぬが」

「そのようですね。この母も訪ねたことはありませぬが……さ、ついて来なされ龍之進。直ぐ其処《そこ》じゃ」

美咲はさらりと言い付けて、目の前の梅林に入っていった。

龍之進はほんの暫《しばら》く母の背中を見送って、首を小さく振ってみせた。

彼は屋敷を出た時から感じ取っていた。母の目が若い娘のようにキラキラと輝いているのを。

龍之進にとっては、自慢の母であった。おそらく娘時代はたいへんに美しかったのであろう、と思ったりしてきた。その母の目が今日ほどキラキラと輝いているのを、龍之進は見たことがない。

「母上、これより何処へ参ろうとなさっておられるのですか」

「この母にとっても、其方《そなた》にとっても、とにかく大事な所へ参るのです」

「私にとってもとにかく大事な所……でございますか？」

「はい。今日まで其方《そなた》をいつ連れて来ようかと迷い続けてきた所、と思いなさい。それほど大事な場所です」

「たとえば剣術に関係あるとかの？」

「剣術……そうかも知れませぬね。さあ、ついて御出《おいで》なさい」

美咲は愛する息《そく》を従えて、燦燦《さんさん》と日が降り注ぐ明るい梅林に入っていった。

御公儀の手でよく手入れが行き届いている梅林であったから、此処《ここ》は老人たちの憩《いこ》いの場所となっていた。俳句を楽しむ人、孫たちと老いの日日を楽しんでいる人、お酒好きな老人たち、そういった人人があちらこちらで茣蓙《ござ》などを敷いて心地良さそうに日を浴びている。武士も町民も此処では共に老いた者同士ひとつだった。

そういった人人の間を縫うようにして、母と息《こ》は梅林の奥へと進んだ。

そろそろ梅の木が少なくなり出したな、と思われる辺りで地面が緩やかに下がって、綺麗に澄んだ小さな水溜《みずたま》りが点点と散らばっている場所に出た。それらの水溜りは、すっかり丸く穏やかな形状になったかなりの大きさの石に護《と》られるようにして囲まれていた。自然の力、作用によって長い年月の間に研ぎ磨《みが》かれたのであろうか。

「へえ……我が屋敷からそれほど遠く離れていない所に、これほど落ち着いた美しい場所があったとは……ご覧なさい母上。丸石に囲まれた水溜りの底から滾《こん》滾《こん》と清水《しみず》が湧き出ているではありませぬか」

「それらは清流**大堰川**の伏流水によるものではないか、と言われているそうですよ。母は若い頃、この界隈《かいわい》をよく散策したものです」

「亡き父上とですか？」

「え？……はい、もちろん」

控えめな笑みと共に、そう応じた美咲の言葉は昔を思い出してであろうか、少し曇っていた。

やがて母と息《こ》は大堰川の支流かと思われる幅一尺とない澄んだせせらぎを渡り、見上げる程によく育った梅の巨木（剪定《せんてい》栽培をされていない梅は高さ十メートル余に達する）の脇を抜けると、白玉石を敷き詰めよく調えられた道に出て歩みを休めた。

「ご覧なさい龍之進。こちらに背を向けるかたちで建っている社《やしろ》が木立《こだち》ごしに見えましょう」

「ああ、あれ……さほど大きくはありませぬから若《も》しや稲荷《いなり》の社《やしろ》でしょうか」

「おや、よく判りましたね」

「ははっ。そうではないか、と思ったに過ぎませぬ母上」

「いいえ、其方《そなた》は幼い頃から何故《なぜ》か、正しい方角に向かって勘の鋭い子でした」

「そう言われると恐縮いたします」

「念のために確認しますが、あの社《やしろ》へは一度も訪ねたことはありませぬのですね」

「はい。登城への道とは大堰川を挟《はさ》んで反対側に位置するこの界隈へは、もともと余り立ち寄ることがありませぬゆえ」

「では心を引き締めてこの母のあとについて来なされ」

「あの社《やしろ》を訪ねるお積もりだったのですか」

「ええ……」

美咲は小さく頷くと、前《さき》に立って歩き出した。

二人はよく手入れがされて木洩れ日が無数に躍《おど》っている、明るい地蔵樺《じぞうかんば》の林へと入っていった。

「いい林ですね母上。気に入りました」

「地蔵樺の林ですよ。俗に徳川林とも呼ばれておりましてね。この界隈の商人組合の者たちが自発的に手入れを引き受けているそうです」

「徳川林……ですか」

「これから訪ねる社《やしろ》は、地蔵稲荷と申すのです。神君家康公は関ケ原《せきがはら》の戦《いくさ》の際も、大坂《おおさか》冬・夏の陣の時もお参りなされたらしいですよ」

「なんと、神君家康公がですか……」

「それゆえ、社《やしろ》の直ぐ後背に迫っている地蔵樺《じぞうかんば》の林を徳川林と称するようになったのでしょう」

二人は、さして広くはない徳川林を抜けると、社《やしろ》を取り囲んでいる青艶《あおつや》美しい竹の植え込みをまわり込むかたちで、稲荷地蔵の社《やしろ》の前に立った。

「戦勝旗を今年も我が屋敷へ止《とど》め置《お》くことをお祈り致すのです。心を込めて……宜《よろ》しいですね」

「はい母上……」

龍之進は母に言われて素直に、社《やしろ》に向かって両手を合わせた。二礼（拝）二拍（手）一礼（拝）の作法にこだわらなかった。戦勝を祈ることもしなかった。心から尊敬する自慢の母の健康と長寿だけを祈った。明後日の〝決勝戦〟は勝つ自信があった。二回連続で〝白虎の旗〟を争うことになる好敵手の面貌《めんぼう》は屋敷を出た時から、脳裏《のうり》にチラチラ浮かんでは消えを繰り返している。

その人物の名は、**信河《しながわ》和之丈《かずのじょう》 高行《たかゆき》**。

小普請組《こぶしんぐみ》旗本七百石**信河**家の三男で、赤坂富士見坂下《あかさかふじみざかした》にある無想流《むそうりゅう》兵法道場の高弟で、この道場の後継者の噂が早くからあった。また、四男の名を信河和右衛門高時と称し、この高時こそが、かつて料理屋二階の酒席で具舎平四郎と取っ組合の喧嘩をした相手だった。この高時、平四郎との争いで頭を強く打っていたのか十日後に激しい頭痛発作を起こして寝たきりの体となり、その事実は長く伏せられていたが、長い介護生活の果て、つい最近、息を引き取っていた。そしてこの事実もまた、いまだ伏せられている。

それはともかく、前回の決勝戦では、龍之進が余裕を持って和之丈高行に勝っていた。

かなり長い合掌を解いて、龍之進は面《おもて》を上げた。

「え?……」

母がいつの間にか隣にいないと気付いて、龍之進は辺りを見まわした。

すると社《やしろ》の裏側から屋根や広縁――社《やしろ》を一周する――を眺め眺め、美咲があらわれた。龍之進は母の表情に、いつもにはないものを感じた。

「きちんとお祈りを致しましたか龍之進」

「はい。母上の健康と長寿、それに明後日の勝利についてお祈りしました」

眩しいほど明るい日差しの中で、美咲はこっくりと頷いた。

その瞬間であった。龍之進は小さな衝撃を受けた。

(涙?……)

彼は母の切れ長な二重《ふたえ》の目が、涙で潤んでいるのを見逃さなかった。

(なぜ?……)

と思ったが、彼はそれを母に問わなかった。問うべきではない、という気がしたのだ。

「母上は何を祈られましたか……このようなこと、お訊《たず》ねするのは非礼ですが」

「ええ、非礼ですね……ですが当然、あなたの明後日の勝利を、お父様にお願い致しました」

「亡き父上にですか。ですが父上は生前より剣術には余り関心がなく、文官として秀《すぐ》れたお方《かた》でしたから、天上にいらっしゃっても、明後日の私の試合を応援して下さるかどうか」

そう軽い冗談のつもりで言って苦笑した龍之進であったが、美咲の反応はなかった。

じっと社《やしろ》を見つめていた。遠い昔を思い出すかのような端整な横顔を龍之進に見せて。

彼は矢張《やは》り、母の目が潤んでいるように見えたことが、気になった。

「母上、久し振りに揃っての外出《そとで》ですから、何処ぞ品のいい甘味処《かんみどころ》でも訪ねませぬか」

「そうですね。そう致しましょう」

美咲は漸く微笑みを取り戻して、龍之進と目を合わせた。

龍之進は確信した。母上は社《やしろ》に向かって祈りながら、亡き父上のことを思い出して思わず目頭《めがしら》を熱くさせたに相違ない、と。

三

中小の旗本家を中心とする**旗本家武徳会・剣術決勝戦**の日がやってきた。

雲ひとつない快晴の日だった。

場所は平川町《ひらかわちょう》（平河町）の平川天神近くにある幕府御用地（空地→のち馬場）を毎回

借りている。

いま白い天幕を張り巡らした緊迫感漂う中に、二人の剣客旗本が木刀を手に対《たい》峙《じ》していた。

一方は小納戸衆六百石**鷹野家**の当主**九郎龍之進**。もう一方は小普請組七百石**信河家**三男で無想流兵法道場の高弟**和之丈高行**であった。

見守るは中小旗本家の面面および、事前の申請で覧《み》ることを認められた諸藩の剣客たちである。

既《すで》に三本勝負のうち、二本を終えていた。

龍之進の左手首、そして和之丈高行の左手の甲がいたいたしく紫色に腫《は》れあがっている。

共に一本を取って、今のところ互角の勝負なのだ。

前回は圧倒的な余裕で和之丈高行から三本を奪った龍之進だった。

（強くなっている。それも相当に……）

龍之進は正眼《せいがん》に身構えながら、落ち着いた気持で相手を見つめていたが、手首に受けた一打の痛みが増しつつあった。

相手も矢張り正眼の構え。

打撃された痛みは相手も同じ筈であった。和之丈高行の左手の甲が紫色に腫れあがっているのが、龍之進にははっきりと見えていた。渾身《こんしん》の力を込めて刀を捻《ひね》り回す瞬間、左手は重要な機能を発揮する。それが判っていたから龍之進は和之丈の左手の甲を痛打したのだった。

まさに狙い打ちであった。が、その転瞬、〝紙一重〟の差で和之丈の切っ先（木刀の）は龍之進の左肘《ひじ》に襲いかかっていた。

龍之進はひらりと飛び退《さ》がりざま、木刀の柄《つか》を肘まで引くかたちで防いだのであったが及ばなかった。

和之丈の切っ先は、激しい勢いで龍之進の左手首に届いていた。

激打《げきだ》であった。

「同時一本……」

審判役を依嘱《いしょく》された無外《むがい》流居合兵道《りゅういあい》の長老**斎東忠次郎春信**《さいとうちゅうじろうはるのぶ》は、寸陰を置かず手にしていた鉄扇を、真っ直《ま》ぐ《す》頭上に掲げた。

空気がヒュッと鋭く唸《うな》るほど、鉄扇による**瞬速**《しゅんそく》の判定であった。

この試合では「引き分け」の判定は無い。それが試合の規則だ。固唾を呑んで見守っていた面面はどよめいたが、休息を与えられることなく向き合った二人に再び鎮《しず》まった。

和之丈が相手にジリッと詰め寄った。今日のこの日のために彼は腕力を鍛えに鍛えてきた。剣の業《わざ》に磨きをかけるよりも、ひたすら腕力の強化に努めてきた。振り回す剣の速さで相手を圧倒するためだった。相手の正確な打撃が自分の体に届くよりも〝先か〟あるいは〝同時に〟、相手を打撃する計算だった。

その鍛練《たんれん》の成果が、先ほど相手の左手首に与えた激打にあらわれていると思った。狙ったのは相手の左肘だったが、さすがに狙い通りにはいかず、左手首を打っただけだったが、それでも大きな成果であると和之丈に、気持の余裕が生まれつつあった。

（さすがに前回、前前回の勝者だけあって、龍之進の動きの速さは抜きん出ている。この速さと互角に打ち合うには、反射神経の鈍《どん》・速《そく》がどうかにかかってくる。俺はそのために腕力を鍛えたのだ……）

だから自信を持て、と己《おの》れに無言の叱咤《しった》を加えた和之丈は、今度はすすうっと足を大胆に滑らせて間を詰めた。相手を睨《ね》め付ける眦《まなじり》が吊り上がっていた。

が、龍之進は、下がらなかった。視線は相手の右手の肩を捉えていた。次に狙うはそこだった。

龍之進は正眼の構えを、静かに上段へともっていった。それは最も危険な構えの移動だった。剣を上段へと上げていくと、己《おの》れの〝両腕と切っ先を結ぶ線〟によって寸陰、相手が見えなくなる。

和之丈は矢張りその瞬間を捉え一気に踏み出そうと、胸の内で気合を放った。

(今だ……)

けれども……その声なき気合を捉えてか、それとも最初から計算されていたことなのか、龍之進の右足がザザザアッと地面を大きく鳴らして下がりつつ、腰の高さが一尺余沈んで力強い見事な上段の構え——秘伝・**沈み上段**——それも激打《げきだ》に突入する寸前を思わせる美しい構えを描いた。

今まさに獲物に襲い掛からんとしていた剛腕和之丈は、あッと声にならぬ叫びを発し小慌《こあわ》てに陥《おちい》るや、飛燕《ひえん》の如《ごと》く退がった。しかも足元を乱して、僅《わず》かによろめく。

龍之進の足が地を蹴った。蹴り跳ねられた幾つもの小石が高高と宙に躍る強い蹴りだった。

「面《め》～ん」

龍之進は咆哮した。初太刀《しょだち》だけは声高く放つ、それが龍之進の相手に対する礼法であり業《わざ》でもあった。

その初太刀を和之丈は剛腕でもって弾き返した。

弾かれた攻者《こうしゃ》龍之進の木刀が、受者《じゅしゃ》和之丈の頭上で翻るや、唸りを発して彼の左肩に襲い掛かる。

（ぬん、ぬん、ぬん……）

無言の気合で目を血走らせた龍之進の剣（木刀）が、相手の肩を連打。

和之丈が受けて下がった。また受けて下がり少しよろめく。

その凄まじい攻防に、見守る面面がどよめき、審判役長老の老顔がひきつった。

四打目を必死で受けて下がった和之丈が「やあっ」と声を振り絞るや、頰《ほお》を膨らませ両《りょう》の眼《まなこ》をくわっと見開いた。攻者龍之進への威嚇《いかく》だ。全身をぶるぶると震わせている。

傷ついた獅子《しし》が命を賭《と》して反撃に転じる様《さま》、見守る誰もがそう思った。

龍之進は静かに、だが素早く四、五歩を下がると、左足を深く引いて腰を沈め、その腰の左手後方へ切っ先（木刀の）をすうっと移動させた。

龍之進が**刃隠し**《やいばかくし》と称している、居合抜刀《いあいばっとう》の構えだった。

ただ、この試合は木刀を用いているため腰に鞘を帯びていない。**刃隠し**は、鞘が無いゆえの刀法だ。

龍之進は、やるつもりなのだ。小野派一刀流の秘伝業《ひでんわざ》『**水返し**《みずがえし》』を。本来ならば、右肩端に**真剣**の峰を触れつつ腰を沈めて身構える業《わざ》である。

だが、武徳会の試合では、木刀を用いている。

刃隠しは、真剣、木刀どちらでも応用できるよう、龍之進が編み出した刀法であった。

しかし彼は、これまでの武徳会の試合で『水返し』を使ったことがない。

まばたきをするかしない内に、相手に対し**袈裟斬り**《けさぎり》渾身の二連打を放ち、しかも**寸止め**で抑える必要があった。この試合で**実打**が認められているのは、両腕の肘から下だけだ。

若《も》し『水返し』で相手の上半身を実打すれば、木刀とは言え、皮肉は裂け飛び骨は砕け散って命を危うくする。

龍之進は、相手の胸の中央に視線を集中させていた。

彼の脳裏では、強烈な『水返し』の二連打で相手を倒した自分の姿が、すでに鮮明に浮き上がっていた。

一方の和之丈は、胸中で（稲妻打ち、稲妻打ち……）と念誦《ねんじゅ》の如く繰り返していた。

だが和之丈の剣法流儀にそのような名の業《わざ》は存在していなかった。鍛えに鍛えた腕力で目にも止まらぬ稲妻のような激打――つまり稲妻打ち――を相手に放つ……そう念じているのだった。

自信はあった。自分なりの計算もあった。どのようなかたちの勝利を摑《つか》めばよいのかも真剣に考え続けてきた。

「来い……」

龍之進が誘いをかけ、切っ先をチラリと左右に振った。

和之丈はムッとなった。下位に見られていると思った。が、感情を沸騰《ふっとう》させることだけは懸命に抑えた。何が何でも勝つことが目的なのだ、と己れに言って聞かせた。この試合で相手を倒しさえすれば、次の回、次の次の回は俺のものだという確信があった。

とにかく相手を倒さねば、と思いつつ和之丈は、相手のスキを注意深く探った。探りながら、再び威嚇の気合を放った。

「いえい……りゃあ」

和之丈は足の裏で、ドンと地面を打った。しかし、この計算は稚拙《ちせつ》に過ぎた。相手は武徳会二連覇の手練《てだれ》なのだ。子供騙《だま》しのような小手先業《こてさきわざ》が通じる筈もない。

(まずかったか……)

と思ったとき、攻者龍之進の剣(木刀)が、異様な風切音を発して眼前に迫っていた。

辛《かろ》うじて和之丈は上体を深く右へ捻り、切っ先で受けた。

切っ先と切っ先が激突し、鋼《はがね》でもないのに晴天下に青い火花が散る。

ビシンッという鈍い音が、呼吸《いき》を止めて見守る面面の耳に届いた。

双方の切っ先三寸ほどが弾き折れ、宙に高高と舞い上がる。

だが炯眼《けいがん》鋭く観察する長老審判**斎東忠次郎春信**の口からは、「待て……」の声は出なかった。

試合の継続に支障なし、と捉えたのだ。

双方は、反射的に五、六尺を飛び下《さ》がった。相手から逃《に》げ退《さ》がったのではない。構え改め、のために下《さ》がったのだ。剣法の闘法において『下《さ》がる』と『退《さ》がる』では、醜《みにく》さにおいて天と地ほどの違いが（開きが）ある。

（何たる成長……前回の対峙の時とはまるで異なる）

龍之進は**刃隠し**の構えを改めながら、和之丈が腕前を著《いちじる》しく成長させていることに驚いたが、動揺《どうよう》はなかった。

彼の視線が再び、〝敵〟の胸の中央に集中した。

と、〝敵〟は僅かな小股開きを取るや、豪快な大上段に身構えた。まるで背伸びをするような大上段だ。

今度は龍之進が、思わずムッとなった。和之丈の両腋《りょうわき》が、わざとらしくスキだらけだったからである。御出《おいで》なさい、と言わんばかりに。

（誘《さそ》い水《みず》か……こしゃくな）

そう思いはしたが、龍之進は直ぐに冷静さを取り戻した。

「倒す……」

彼は呟いた。

と、その呟きが耳に届いたのかどうか、長老審判の表情が小さく動いた。

そして長老審判の腰が微《かす》かに下がり、手にしていた鉄扇が目の高さに上がって静止。

龍之進が、ジリッと一歩を詰め、更にジリッと二歩を詰めた。

和之丈は引かない。顔は少し青ざめてはいるが引かない。それどころか、すり足で一歩を進めた。長老審判の喉仏が大きく上下し、その目がギラリと光る。

次の瞬間。

炎《ひ》の如く龍之進の肉体が跳《は》ね上がった。**刃隠し**の構えのまま相手に対して、ぐぐうっと上体が伸びてゆく。それはまさに獲物に対して、大蛇が**放たれた矢のように鎌首を**突っ込んでゆくそれそれだった。

電撃的なそれを見逃すまいと、長老審判の両眼《りょうまなこ》が鉄扇の向こうで、くわっと見開かれる。

和之丈も逃げずに踏み込んだ。ぐいっと踏み込んだ。

捻《ひね》った龍之進の腰から、竜の眼光とも取れる**水返し寸止め**の閃光打が連続して、和之丈の肉体《からだ》を**撫《な》で打《う》つ**。

空気が裂かれ、竜の怒りの如く甲高《かんだか》く鋭く咆哮《ほうこう》。

「鷹野――」

それこそ雷電《らいでん》と化した長老審判の鉄扇が、勝者龍之進を指した。**水返し寸止め**が和之丈の肉体《からだ》を**撫《な》で打《う》つ**よりも、鉄扇の翻りの方が速いほどだった。

が、このとき殆ど同時に、予期せざる戦慄《せんりつ》と衝撃が見守る面面に襲いかかった。

ゴツンという鈍《にぶ》いはっきりとした音と、「ぎやっ」という断末魔《だんまつま》の悲鳴が試合会場を覆《おお》ったのだ。

龍之進の側頭部から激しく血しぶきが舞いあがり、その体が仰向《あおむ》けに地面へと吸い込まれていく。実打、いや、激打姿勢のまま動きを止め、茫然《ぼうぜん》とする和之丈。

「手当てを……」

長老審判は大声で叫ぶや、身を翻して和之丈に歩み寄り、

「痴《し》れ者《もの》。何を致すかあ」

と和之丈を怒鳴りつけ、手にした鉄扇で二度、その肩を思い切り打《う》ち叩《たた》いた。

「お許し下さい、お許し下さい。体が……体が反射的に……反射的に動いてしまいました」

和之丈はそう言うや、長老審判の足許に崩れるように伏して、「わあっ」と肩を震わせ泣き出した。

だが……その目からは一滴の涙もこぼれていなかった。

この恐ろしい試合結果を、試合会場の片隅で目立たぬよう小さくなって捉えた者がいた。試合を見守ることを武徳会から事前に許されていた鷹野家に長く勤める老中間《ちゅうげん》の**義平**《ぎへい》であった。

（た、大変だ……）

義平《ぎへい》は顔面蒼白《そうはく》となって天幕の外へ飛び出すと、屋敷に向かって駆け出した。

見覚えのある後ろ姿の侍が、直ぐ前を走っていた。

義平は追いついて乱れた息《いき》の下から声を掛けた。

「船本《ふなもと》様……」

龍之進の供をして試合会場に来ていた、若い家臣の内の一人だった。

「お屋敷へは私が報《し》らせます。船本様は御殿様《おとのさま》のお傍に……」

老中間の義平が今にも泣き出しそうな顔で言うと、船本なる若い侍は頷いて試合会場の方へ駆け戻っていった。

四

鷹野家は和《なご》やかな雰囲気のなかにあった。誰もが御殿様（九郎龍之進）の武徳会剣術試合での勝利を信じて疑わなかった。なにしろ、御殿様は前回も前前回も圧倒的な勝利を収めているのだ。

美咲と沙百合（九郎龍之進の妻）の二人は、六枚障子《しょうじ》を開け放った日当たりの良い書院で若い侍女《じじょ》に手伝わせて花を生けていた。龍之進の勝利の宴《うたげ》を、この書院で行なう心積もりであった。

「そろそろ試合の終わる頃でございましょうか義母上《ははうえ》様」

「御殿様が一撃のもとに相手を倒せば、もう決着のつく頃でしょう。じゃが噂《うわさ》では、前回の試合で簡単に倒された相手は、今日に備えて猛稽古《もうげいこ》を重ねていたと言います」

「まさか御殿様が敗れるようなことは……」

「それはありますまい。御殿様は剣の神の血筋《ちすじ》を受け継いでいましょうから」

「え？……剣の神の血筋……でございますか」

「これこれ、そのようにキョトンとしていると、手元が乱れますよ。お花に心を集中しなされ」

「あ、はい。申し訳ありませぬ」

「山吹の花を、もう少し手前に傾けて御覧なさい」

「こう……でございますか。あ、隣の紫の花がパッと輝きました」

「ほんの少しの配慮で、花はそのように喜ぶものです」

「左様でございますこと……ほんに、綺麗《きれい》」

「武家の茶の湯にも、酒飯にも、生花《いけばな》は似合うものです。但《ただ》し生ける側の心が澄《す》み輝《かがや》いていなければなりませぬ」

「はい、義母上《ははうえ》様……」

「生花の厳《おごそ》かな様式美の**原型**と申すのは、仏前供養《くよう》の供花を心から大事とした奈良時代に生まれたことは、お教え致しましたね」

「確《しっか》りと教わりましてございます」

「生花の基本、つまり**たてはな**（立花《りっか》）の成立というものにご尽力《じんりょく》下されたのは、歴史上名高い**花の御所**を営まれた足利《あしかが》幕府（室町幕府《むろまちばくふ》）三代将軍**義満**《よしみつ》様であることを決して忘れてはなりませぬよ」

「心得てございます母上様。足利義満様の豪華にして絢爛《けんらん》たる**七夕花合**《たなばたはなあわせ》の催《もよお》しこそが、生花技術の修練を高めたものと認識してございます」

「その通りじゃ。義満様は**足利奉公衆**と称する**五部隊**から成る強力な将軍直轄部隊（総勢三〇〇〇騎）を創設なされ、盤石《ばんじゃく》の幕府体制を調《ととの》えられた**武**《ぶ》**の御方**《おかた》じゃが、豊かな芸術的教養に恵まれた御人《おひと》でもあられた」

「はい……」

「義満様の権力欲、征服欲が激しかったからこそ、**花の道**（華道）は廃《すた》れることなく今日《こんにち》まで発展し続けたと申せるかもしれませぬ」

「私《わたくし》もそう思いまする義母上《ははうえ》様。義満様は**幕府将軍としては**初めて**太政大臣**《だじょうだいじん》という高い位に昇られた御方《おかた》でございます。**武家としては**、平清盛《たいらのきよもり》様に次ぐ**お二**

人めですけれど……」

「そうですね。義満様の御正室**日野康子**《ひのやすこ》様も、幼児期に**武家伝奏**《ぶけてんそう》日野資教《ひのすけのり》邸で養育された**後小松**《ごこまつ》**天皇**の准母《じゅんぼ》として入内《じゅだい》（内裏《だいり》に入ること）なされ、准三后《じゅんさんごう》・従一位《じゅいちい》**北**《きた》**山院**《やまいん》と称されるようになられました。こうした歴史上の人事が生花の発展に深くかかわっていることを華道に勤《いそ》しむ者は見失ってはなりませぬ」

「はい。心に深くとめて忘れないように致します。血筋すぐれたる日野康子様は、物の書によりますれば、武家の間でも庶民の間でも、大層評判が宜しかったようでございますね。もっとも背後に強力な幕府将軍が控えていたからかも知れませぬが」

「いえいえ。日野康子様はお血筋はもとよりですけれど、お人柄におかれても、教養学問におかれても、人間としてのお姿におかれても、**騙り**《かた》や**詐り**《いつわ》や**口舌の徒**《こうぜつ》《と》では決してない、**真実の御方**《しんじつ》《おかた》であられたに相違《そうい》ありませぬ。だからこそ宮中《きゅうちゅう》にお入りになることが出来たのです」

「左様でございましょうね。若《も》しも万が一、黒い小さな**汚点**を宮中《きゅうちゅう》に紛《まぎ》れ込むことを許してしまえば、その黒い**汚点**がたとえどれほど小さくとも、何十年、何百年、何千年と続く宮中の歴史の中で、シミとしての波紋は確実に生き残ってゆきましょうから……醜《みにく》い波紋として」

「この私《わたくし》も沙百合殿も、よき御殿様《おとのさま》や家族、家臣に恵まれて真《まこと》に幸せじゃな。そうは思いませぬか沙百合殿」

「私《わたくし》は御殿様と巡《めぐ》り会《あ》えて妻となりましたことを誇りに思うと同時に、これ程の幸せはないと一日一日を充実して過ごさせて戴いております。また、義母上様《ははうえさま》と義理の仲とは申せ〝親子〟になれましたることを、我が人生で最も大きく大切な財産であると思い義母上《ははうえ》様を敬《うやも》うてございます」

「私《わたくし》も其方《そなた》を実の娘と思うておりますよ。これからも仲良くこの鷹野家を支えて……」

　美咲がやさしく目を細めてそこまで言った時だった。表御門の方角から只《ただ》ならぬ騒ぎが伝わってきて、それが若い侍女を含めた三人の耳に届いた。

「義母上《ははうえ》様。ひょっとすると御殿様が勝利なされて……」

　と、沙百合が立ち上がりかけると、美咲は落ち着いた表情で首を横に振った。

「この騒がしさは、御殿様の剣術試合にかかわり無き事かも知れぬ。お栄《えい》や、ちょっと玄関へ出て様子を見て来なされ」

「はい。大奥様……」

美咲に命ぜられた若い侍女が、書院から出ていった。

美咲は少しも慌てなかった。心底から愛する息《そく》の勝利を確信していたから。

だが沙百合の気持は、いやな感じに覆《おお》われ出していた。何やら不気味な影が広縁伝いにこの書院へ近付きつつあるかのような予感があった。

そしてその予感が、早足で広縁をこちらへと近付いてきた。

沙百合は呼吸《いき》を殺した。背中が痛いほど硬直していた。

「大変でございます大奥様、奥方様……」

侍女お栄が顔色を変え書院を前にしてぺたんと腰を落とした。美咲の目にも沙百合の目にも、お栄の小柄な体がぶるぶると震えているのがはっきりと窺《うかが》えた。

漸《ようや》く美咲の表情が硬くなった。

「いかが致したお栄。落ち着きなされ」

「御殿様が……御殿様が大怪我《おおけが》をなされたとただ今、中間《ちゅうげん》の義平さんが報《し》らせに戻られました」

「な、なんと……」

「御殿様は剣術の試合には勝利なされたそうでございます。なれど審判が勝利の扇子（鉄扇）を御殿様へ指し示した直後、相手が襲い掛かったそうでございます」

「おのれ卑劣《ひれつ》な。相手は確か小普請組《こぶしんぐみ》旗本七百石信河家の倅《せがれ》、和之丈高行であったな」

「は、はい。左様にございます。御殿様は間もなく当屋敷へ運ばれてくるとのことでございます」

「お栄。外科に秀《すぐ》れたる矢崎洋山《やざきようざん》先生はこの屋敷から近い。直《す》ぐに足の速い誰ぞを走らせ、急ぎ来て戴《いただ》くよう丁重《ていちょう》にお願いするのじゃ」

「畏《かしこ》まりました」

若い侍女お栄が身を翻《ひるがえ》すようにして書院の前から離れると、美咲は「沙百合殿……」と嫁を促《うなが》して静かに立ち上がった。

沙百合は、今にも泣き出しそうな青ざめた顔で腰を上げ、少しよろめいた。

「確《しっか》りしなされ。其方《そなた》は六百石鷹野家の当主の妻じゃ。武士が刀や木刀を手に試合をすれば必ずどちらかが傷つき、あるいは共に倒れよう」

「な、なれど義母上様《ははうえ》……」

「剣術の試合における負傷は、罪には問われぬ。が、明らかな違反が相手にあれば、それはまた別の話となる。審判の先生がどのように判断なさるか、冷静にそれを待ちましょうぞ」

「けれども義母上様《ははうえ》。御殿様は……御殿様は大怪我だとか」

「二人の目で確かめるまでは、うろたえてはなりませぬ。さ、玄関先で運ばれてくる御殿様を二人でお待ち致しましょう」

美咲は沙百合の肩にやさしく手を置いてやってから、ゆっくりとした歩みで書院を出た。

玄関の方角が、先程とは比較にならぬ程の騒ぎとなったのは、この時だった。

「御殿様、御殿様……」という家臣たちの取り乱した叫びや、「早く大奥様と奥方様を……」という侍女たちの悲鳴。

龍之進が運び込まれて来たのだ。

「沙百合殿、急ぎましょう」

美咲はそう言うと、広縁を『客の間』『伺候《しこう》の間』『武具の間』と過ぎて玄関へと急いだ。

運び込まれた龍之進は、大勢の家臣に取り囲まれ、六畳大の拵《こしら》えとなっている式台の上に横たわっていた。

式台の先には龍之進を運んできた戸板が、血溜りをつくって放置されている。

「どきなされ……」

美咲の一言で、龍之進を囲む家臣たちの輪が広がった。

美咲と沙百合は、輪の中に入っていった。

龍之進の〝枕元の位置〟に片膝をついていた身形《みなり》正しい老人が立ち上がって、美咲と沙百合に「試合に立ち会っていた医師の石宮雨道《いしのみやうどう》でございます」と名乗って一礼し下がった。

美咲と沙百合は、龍之進の傍《そば》に腰を下ろそうとした。

しかし、それは叶《かな》わなかった。

「きゃあっ」という甲高《かんだか》い悲鳴を、なんと沙百合ではなく美咲が発して、卒倒しかかったのだ。

それを危うく支えたのは、沙百合であった。

「義母上《ははうえ》様、義母上《ははうえ》様、気をお確かに……」

「先生……石宮《いしのみや》先生……あれは……あれは何なのです」

美咲は激しく震える指で、ぴくりとも動かぬ龍之進の血まみれの側頭部を指して、甲高く絶叫した。

石宮《いしのみや》雨道が苦《くる》し気《げ》に顔を歪《ゆが》め、ぼそりと言った。

「激しく強く打たれた側頭部が割裂《かつれつ》して、そこから頭蓋《ずがい》内部に納まっていなければならぬ軟物《なんもつ》(脳みそ)が、漏《も》れ出て……」

「ならば早く……早く元に……早く元にして下され」

石宮雨道の言葉が終わるのを待たず、美咲は沙百合を振り切って医師に摑《つか》みかかろうとした。それを背後から沙百合が懸命に抑えた。

「義母上《ははうえ》様、義母上《ははうえ》様……おさえて……おさえて下さりませ」

「ええい、放せ沙百合……」

美咲は振り向いてはったと沙百合を睨《ね》めつけるや平手打ちを放って、式台から『玄関の間』へと駆け上がった。義母《はは》の帯、袂《たもと》を摑んでいた沙百合が引きずられ、三段の階段の手前で転倒した。

髪を着物を乱しに乱して、目を血走らせ、もはや尋常《じんじょう》な美咲ではなかった。

美咲は『玄関の間』に隣接する『武具の間』へわめきながら走り込むや、鴨居《かもい》に掛かっていた薙刀《なぎなた》を摑み取り、鞘袋《さやぶくろ》を振り払って玄関へ飛び出した。

「あ、何をなされます義母上《ははうえ》様……」

薙刀を手に眦《まなじり》を吊《つ》り上げる美咲の腰に、沙百合は夢中でしがみ付いた。

「信河《しながわ》家へ討ち入るのじゃ。和之丈高行を討ち取るのじゃ」

「なりませぬ義母上《ははうえ》様。なりませぬ義母上《ははうえ》様。今はまだいけませぬ。今はまだいけませぬ」

「おのれ、邪魔を致すか」

「皆の者、何をしておる。義母上《ははうえ》様をお止めするのじゃ。義母上《ははうえ》様を抑えるのじゃ」

必死で美咲にしがみ付いて離れぬ沙百合の叫びで、漸《ようや》く家臣たちは血相を変えて美咲を抑えにかかった。

美咲の目からは、大粒の涙がこぼれ落ちていた。

五

「えいっ……」

「弱い。強く踏み込んで、もう一本」

「とおっ」

「甘い。更に踏み込んで。もっと激しく」

「とおっ」

「よし、満点。今日はこれまで」

一刀流日暮坂《ひぐれさか》道場の**芳原竜之助頼宗《よしはらたつのすけよりむね》**は竹刀《しない》を下げて、素早く後ろへ下がって軽く相手を睨《ね》めつけた。道場の端に正座をして居並びその稽古《けいこ》を見守っていた門弟たちの内の一人が立ち上がり、芳原竜之助に歩み寄って軽く一礼し白髪《はくはつ》美しい老師の手から竹刀を受け取って皆が居並ぶ所まで戻って、それを壁の竹刀掛けに横掛けした。

それを待って芳原竜之助は今まで稽古《けいこ》をつけていた相手に、ゆっくりと近寄った。その相手は、小幅に両脚を開いて立ち、竹刀を持つ手に力をこめ肩で大きく息をしていた。老師を見かえす目は綺麗《きれい》な切れ長の二重《ふたえ》で、きらきらと輝いている瞳には、まだまだ稽古不足、と言いたげな感情をはっきりと漂わせている。

女——そう、女であった。老師芳原竜之助と互角とも見える猛烈な稽古をしていたのは、きりりとした容姿の妙齢の女性だった。

「どうなされたのだ。この四、五日、稽古の最中にフッと力の抜ける瞬間が見られますぞ……」

芳原竜之助の相手——女剣士——に対する口調には、礼儀を調《ととの》えたかに見える、控えめな穏やかさがあった。

「申し訳ございませぬ先生……大変失礼いたしました」

女剣士は漸《ようや》くのこと全身から力を抜くと、右手の竹刀をやや後ろに引き深深と頭を下げた。

「体の調子が悪そうには見えぬが……」

見守る門弟たちの手前もあって、芳原竜之助の声は低くなった。彼は江戸剣術界では五傑《ごけつ》の一人に数えられている剣客である。高潔な人柄で知られ門弟たちから尊敬されており、一刀流日暮坂道場は隆盛を極めていた。

「実は先生……」

老師に応じる女剣士の声も、門弟たちに遠慮するかのように低くなった。肩を大きく波打たせていた荒い呼吸《いき》は鎮《しず》まりかけている。

「心配事があるなら打ち明けなされ。遠慮はいりませぬ。他言致しませぬゆえ」

「いいえ先生。心配事と申すよりは……」

そこで女剣士は老師との間を半歩詰め、落ち着いた表情で更に小声となった。

「そのまま然《さ》り気《げ》く私の背側の格子窓《こうしまど》を御覧ください。傷《いた》みひどい古菅笠《ふるすげがさ》を前下げ気味にかぶった背の高い町人態《てい》が、道場を覗《のぞ》いてございましょう」

「ん?……いや、そのような者は見当たらぬが」

「え?」

女剣士は振り向いた。そのような人物は、格子窓の向こうからいつの間《ま》にか消えていた。

「ま、いつの間《ま》に……」

「消えている……のかね」

「はい」

「ともかく、師弟が道場の中央で囁《ささや》き合うのは門弟たちの手前、感心しない。接見室で待っていなされ。直《す》ぐに参ります」

「承知いたしました」

女剣士は頷《うなず》いて一礼し、道場から出ていった。接見室とは壁ひとつ隔《へだ》ててある隣の畳座敷である。ここ一刀流日暮坂道場では客間とは言わず、接見室と称していた。一刀流日暮坂道場には芳原の高潔な人柄や教え方の巧《うま》さを耳にした入門希望者や他流試合を望む者が殆《ほとん》ど連日のように訪れる。

芳原竜之助は接見室でそういった相手と、人物を選ぶことなく面談した。門弟たちの相談事、悩み事なども芳原はこの接見室で聞いた。

「塚野《つかの》」

「はい」

「一班、二班に打ち返しを連続三百回させよ」

「畏《かしこ》まりました」

「倉内《くらうち》」

「三班、四班に打ち落としわざを連続三百回」

「はっ」

「五班は与御神社《あたごじんじゃ》の石組階段百五十段を三回往復」

「はい先生……」

「了解です」

「大池《おおいけ》」

「心得ました」

老師芳原は塚野、倉内、大池の三高弟に門弟たちへの鍛練を命じると、道場から静かに出ていった。

芳原の口から出た班とは、剣技に秀《すぐ》れた者別に分けられたもので、一班が最も秀《すぐ》れ、二班、三班……と続いていた。

新しい入門者は過去にどれほどの経験を積んできたとしても、必ず最下位の五班に位置付けされた。

上位の班へ上がるには年に二度ある昇班試験を潜《くぐ》らねばならず、原則として飛び班（いわゆる飛び級）は認められなかった。

これら一班から四班に対して芳原が命じた稽古、**打ち返し**および**打ち落としわざ**についていささか述べておく必要があろうか。

打ち返しとは、正面からと左右面への連続打ちという高度な業《わざ》を指し、急所を外さない正確さと抜きん出た速さを必要としている。

打ち落としわざは、小手打ち落とし面、突き打ち落とし面、胴打ち落とし面などの業《わざ》を指しており、面を最後の的《まと》とする二段連続打ちである。これも抜きん出た速さが不可欠だ。

道場を出た芳原は稽古着のまま、接見室に入っていった。日差しあふれる広い中庭に面した部屋だった。白い大きな花を咲かせた木が二本、植わっている。

正座する女剣士が畳に両手をついて軽く頭《こうべ》を下げた。芳原は床《とこ》の間《ま》を背にしてゆったりと腰を下ろした。

「で、古菅笠《ふるすげがさ》の町人態《てい》というのは？……」

座るなり芳原は、穏やかな口調で切り出した。うちの先生の白髪《はくはつ》は本当に綺麗だ、と門弟たちが自慢するその白髪が、中庭から差し込む明りを浴び、上品な輝きを放っている。

女剣士は語り出した。

「私《わたくし》がその背丈に恵まれた町人態を意識し始めましたのは、十日ほど前からでございましょうか。はじめの内は、格子窓に顔を寄せて熱心に見物する町人たちの内の一人、と思っていたのですけれど、四、五日ほど前から稽古中の私に向かって、鋭い気合を発するようになったのでございます」

「なにっ、気合を？」

それまで穏やかだった老師の顔色が少し変わった。

「すみませぬ。言葉足らずでございました。**無言の気合**を、でございます」

「どのような無言の気合なのです？……感じたままでよい、申してみなさい」

「無言の気合と受け取れますのに、それが言葉となって私《わたくし》の脳裏《のうり》に響くような気が致しました。たとえば稽古相手に面を打ち込んだ時に、粗《あら》い、とか、突きを繰り出した際に、腋《わき》、とかいった……」

「ほう、それは凄《すご》い。町人態ながらよく言い当てておる」

「え？」

「舞《まい》殿。そなたの面打ちの練度は非常に高いのだが、時として粗《あら》さが顔を出します。まだ充分以上に完成してはいないと私は見ておったのです。突き業《わざ》も同じじゃ。今の練度でもし真剣勝負をするような場合があって、もし舞《まい》殿が突きを放ったなら、まず腋《わき》を下から上に向かって斬り上げられよう」

「先生……」

「が、心配することはない。二天一流《にてんいちりゅう》の小太刀業《こだちわざ》が皆伝《かいでん》に間近な舞《まい》殿は、自分の剣法の欠点を本能的に改めてゆく力を備えておられる。焦らずに精進《しょうじん》しなさるがよい。それにしても、その古菅笠の町人態、一体何者……」

女剣士の名舞《まい》を口にした白髪美しい老師は、言葉のおわりを呟《つぶや》きとして腕組をし考え込んでしまった。

二天一流の小太刀業が皆伝に近いという舞《まい》――この凜《りん》とした若い女性は書院番頭四千石旗本**笠原加賀守房則**《かさはらかがのかみふさのり》の姫君十九歳であった。

六

「ともかく何者とも知れぬ町人態ゆえ、御屋敷と道場との間の往き来には、充分にお気を付けなさるように……今日の稽古は、もう宜《よろ》しいでしょう」

舞にそう告げたあと、接見室を出た芳原竜之助は、表通りに面した大道場と渡り廊下で結ばれている生活棟へと移動した。

道場棟の広さ拵《こしら》えの立派さに比べ、客間二室のほか三間《みま》に浴室と台所が付いただけの決して豪奢ではない**生活棟**（住居《すまい》）だった。

燦燦《さんさん》たる午後の日差しあふれる庭の展《ひろ》がりは、殆どが畑で豊かに育った青菜などで占められている。

芳原は障子が開け放たれている十畳の居間へ入る際、明るい日の下《もと》、畑で鍬《くわ》を振るっていた老夫婦がこちらへ会釈《えしゃく》をしたので、にっこりと頷《うなず》き返した。

老夫婦の**雨助**《あますけ》と**サエ**は、日暮坂の**道場棟**と**生活棟**の雑事一切《ざつじいっさい》を担《にな》ってくれている住込《すみこみ》の下働きだった。もう随分と長く芳原の日常生活を助けている実直な老夫婦だ。

居間に入った芳原は障子を閉じて稽古着を、こざっぱりとした普段着に着替えた。

そして、稽古の余韻《よいん》を残したそれまでの武人らしい表情を、どちらかと言えば冷《つめ》たく調《ととの》えて、暫く考え込むような様子を見せた。実は、無二の友平四郎の妻早苗を無事に小田原の生家へ送り届けてホッとしているのだった。江戸の寺に残したままの**夫と子**の御霊《みたま》については、彼女の心身が完全に回復するのを待って、小田原へ移すかどうかを住職を交《まじ》えて話し合うことになっている。

「よし……」

彼は頷いて帯に大小刀を差し通すと、表情を改め畳一枚ほどの床《とこ》の間《ま》の前に立った。

その床の間に一幅《いっぷく》の掛軸《かけじく》が掛かっており、さらさらと流れるような流麗な筆勢で、一首うたわれていた。掛軸そのものは自作なのだが、うたわれているのは〝**ある人が書した**〟古今集《こきんしゅう》だ。

月影にわが身を変ふるものならばつれなき人もあはれとや見む

竜之助は、身じろぎもせず熟《じ》っと掛軸の一首を見つめていたが、やがて「ふう……」と小さな溜息《ためいき》を吐《つ》き、静かな足取りで居間から出ていった。

彼は五十八歳になる今日まで、妻を娶《めと》ることもなく一人身《ひとりみ》を貫いてきた。知人友人の誰が結婚をすすめても、芳原は頑《かたく》なまでに首を縦に振ることがなかった。

その頑なさの原因が、実は一幅《いっぷく》の掛軸の中にうたわれている歌にあったのだが、それを知るのは剣客芳原自身と、ごく少数の近《ちか》しい人だけだった。

芳原は、門弟たちがまだ激しい稽古をしているなか道場を出ると、表通りに沿うかたちで東西に流れている清流大堰川《おおいがわ》に沿って、東へゆっくりと歩き出した。正午に少し前のこの刻限に道場を出て大堰川《おおいがわ》沿いに何処《どこ》やらへ向かう彼の月に三、四度ある習慣は、もう随分と長く続いており、門弟たちも然り気無しに承知していた。また大《たい》して気にもしていなかった。

その訳は、芳原の高潔な人柄と、老いてなお剣客として凜《りん》とした風格を失わぬところにあった。銀糸のように美しく豊かな白髪が、門弟たちの憧《あこが》れを誘っていることもそれに影響している。

緑ゆたかな柳並木の下を歩いていた芳原の足が、ふっと緩《ゆる》んだ。

向こうから道具箱を肩にかついだ、日暮坂道場の建設にかかわった大工の吾吉《ごきち》が小駈《こが》けにやってくる。もう古くからの顔見知りだ。今でも道場や住居《すまい》の不具合なところをいつも手際よく直してくれる。

芳原は緩んだ歩みを止めぬまま軽く手を上げてみせた。

吾吉が気付いた。

「これは先生。今日も気持の良い日和《ひより》で……」

と、双方の隔《へだ》たりを埋めるかのように、威勢のよい〝職人声〟だ。

「これから仕事かね。いつもより随分と遅いではないか」

「なあに。既に一軒めの作業を片付けやして、これから二軒めの仕事場でございますよ」

「そうか。近い内にまた私の所《すまい》へ来てくれぬか。検《み》て貰《もら》いたいところが二、三あってな」

と、双方の間が狭《せば》まって、

「承知いたしやした。そいじゃあ二、三日の内に雨助さんへ連絡を入れやす」

「うん。そうしておくれ」

芳原と吾吉は笑顔でなごやかに頷き合い、東西に擦《す》れ違った。

芳原の顔が再び穏やかな剣客の表情に戻った。

彼は四半刻《しはんとき》ばかり（三十分ほど）歩いて**大堰川**《おおいがわ》沿いから離れると、通りを右に折れて入っていった。

小屋敷が密集し向き合って建ち並んでいる通りだった。小拵《こごしら》えの長屋門や木戸門、冠木門《かぶき》などが殆ど順不同のかたちで続いている。小拵えの長屋門は小禄旗本の屋敷であろうし、木戸門は御家人の、冠木門はおそらく何処ぞの与力あたりの住居《すまい》なのであろう。

この小屋敷が建ち並ぶ通りを、江戸っ子たちは**花屋敷通り**《はなやしき》と呼んでいた。丈高いむさ苦しい印象の土塀とか板塀で敷地を囲っている住居《すまい》は少なく、古今集や万葉集などに登場する山吹《やまぶき》、躑躅《つつじ》、椿《つばき》などを人肩《ひとかた》の高さに剪定《せんてい》して生垣とする小屋敷が多かった。

また江戸初期の頃から人気の栽培種である小手毬《こでまり》の生垣もたいへん好まれていた。

この花屋敷通りを真っ直ぐに二町半ばかり（二七〇メートルほど）進んだ突き当たりに、**輪済宗幸山院**《りんさいしゅうこうさんいん》がある。

大寺院ではなかったが、**経蔵**《きょうぞう》（仏陀《ぶっだ》の教法を書きとどめた経典の収納庫）や**鐘楼**《しょうろう》および**金堂**《こんどう》（ご本尊安置堂のこと。本堂とも）や**庫裏**《くり》（寺院の日常を担《にな》う建物）などをこぢんまりと調え、広大な墓地とそれを囲む林を持っていた。

芳原家の墓は、この幸山院にある。一刀流と念流《ねんりゅう》のかなりの遣《つか》い手《て》として知られていたものの世渡り下手《べた》で大酒呑《の》みだった芳原竜之助の父**源之助頼織**《げんのすけよりおき》は今より二十年前に病没し、母**志乃**《しの》は五年前に老衰《ろうすい》で眠るようにしてこの世を去っている。

源之助頼織《よりおき》時代は貧相《ひんそう》だった一刀流日暮坂道場を今日の隆盛へと導いたのは、青年の頃より**日暮坂の小天狗**《こてんぐ》と江戸剣術界に名を売っていた、他人《ひと》に愛される性格の竜之助の努力によるところが大きい。

彼のゆっくりとした歩みは、幸山院の三門の前まで来て静かに止まった。

通りの右手角はむさ苦しい高い板塀で敷地を隠している小旗本の屋敷だった。

小旗本とはいえ直参《じきさん》旗本であるから、花の生垣などでうっかり邸内を覗かせてなるものか、という誇りでもあるのだろうか。

長屋門――小拵えの――も確《しっか》りと閉じている。まさに、むさ苦しい。

それに比べ通りの左手角は、小拵えの長屋門ゆえ小旗本とは判《わか》ったが、土塀板塀を全く持たず目に眩《まぶ》しい黄金色《こがねいろ》で敷地を囲っていた。しかも黄金色《こがねいろ》は微かな芳香を漂わせている。

山吹《やまぶき》の生垣であった。人肩《ひとかた》の高さで綺麗に剪定《せんてい》された山吹が、思わず息をのんでしまう程のあざやかさで黄色い花をびっしりと咲かせていたのだ。

剣客芳原竜之助は静まり返った花屋敷通りを見まわしたあと、黄金色《こがねいろ》の生垣に呼吸《いき》を止めたかのような表情で歩み寄ってゆき、松や藤棚《ふじだな》が丁寧に調えられている庭内を少し緊張した様子で見まわした。

松の他にも様様《さまざま》な樹木が庭に繁《しげ》っているため、建物の様子までは窺《うかが》えなかったが、庭内を見ることだけで満足だったのか、彼は黄金色《こがねいろ》の生垣から離れて歩き出した。山吹の花に負けぬ程に美しく豊かな彼の白髪《はくはつ》が、生垣から離れたとたん日を浴びてきらりと白銀色《しろがねいろ》に輝いた。

山吹の生垣を離れた彼が、目の前の幸山院に向かって歩みかけたとき、

「芳原先生……」

と、後ろから控え気味に声が掛かった。

ん？　と芳原が歩みを止め振り返ると、三、四尺もの厚みがある山吹の生垣の

向こうに、老爺《ろうや》の顔があった。小柄なのであろう。顎《あご》から下は生垣に隠れて窺えない。

「やあ、六平《ろくへい》……」

顔見知りとみえて竜之助の口元に笑みが浮かび、彼は再び山吹の傍《そば》まで戻った。六平とかの老爺にならってであろうか、控えめな声だった。

「いよいよ見事に満開だな。この調子だと今年も五月を軽くこえて六月半ばくらい迄《まで》は咲き続けそうだ」

「いいえ先生。七月に入っても咲かせてみせます」

「七月に入ってもと言うのは、少し難《むつか》しいであろう。ま、しかし六平の手入れの腕は職人以上ゆえ、ひょっとすれば……」

などと言葉交わす剣客芳原の様子は、どこか楽しそうだった。

「七月まで大丈夫と思って下さいましよ先生。はい、これ。お持ち下さい」

生垣の向こうで老爺は背伸びをし肩のあたりまで覗かせると、三、四尺もの厚みで密集して咲く黄金色《こがねいろ》の花の上に両手を乗せるようにして差し出した。右の手には小型の鎌を持ち、思い切りよく伸ばした左手には刈り取ったばかりの山吹の小枝を何本か持っている。目映《まばゆ》い花がびっしりだ。

「いつもすまぬな」

その何本かの小枝を受け取る竜之助に、

「何を仰《おっしゃ》います水臭い。私がいなくとも遠慮なく切り取ってお持ち下さいまし。この屋敷の誰もが承知なさっている事でございますから」

「そういえば御隠居様……いや、信右衛門《のぶえもん》殿の御様子などはどうかな」

「はい、先生ご存じのように、なにしろ御高齢でいらっしゃいますからねえ。昨年暮れにひどい風邪《かぜ》にやられたあとは寝たり起きたりと……食も細くていらっしゃるようです」

「それはいかぬな……ま、元気を取り戻されるように祈っていよう」

「恐れ入ります」

「それでは、山吹をすまぬな」

竜之助は柔和《にゅうわ》な笑みを見せて小さく頷き、六平に背を向けて歩き出した。

と、六平が（あ、お待ちを……）と言いたげな表情で、背伸びしていた上体を思わず前に深く傾けた。黄金色の生垣がパリパリと低い悲鳴をあげる。しかし、数え切れぬ程のよく育った幹は確《しっか》りと立ち並んで厚みを拵え、枝枝は絡《から》み合って頑丈になっていたから、小柄な老爺ひとりの重さでは潰《つぶ》れる筈《はず》もない。

何かを語り残したような六平の表情が諦《あきら》めをみせ、竜之助の後ろ姿が幸山院の三門を潜って木陰に見えなくなった。六平の老いた口から深い溜息《ためいき》が漏れる。

庭仕事や風呂まわりの雑用を長く担《にな》ってきた**加賀野**《かがの》**家**に忠実な下僕六平であったが、古女房の気立てやさしい**カネ**も奥向きの雑用を夫六平に合わせ長くこなしてきた。竜之助は、そのカネのこともよく知っている。

芳原家とだけ小さな字で彫られた古い墓碑《ぼひ》の前に、竜之助は手にする山吹の花のうち二本を供《そな》えた。そして残りの山吹の花を手にしたまま目を閉じた。両親が眠っている先祖代々の墓である。

短い胸の内での合掌《がっしょう》だった。

彼はそこから墓地の奥に向かって四半町ばかり行って右に折れた所にある墓前で立ち止まった。芳原家の墓より多少大きめで、**直参旗本家先祖代々之霊**と墓碑に彫られている。**直参**の文字が他よりひと回り大きい。**直参**であることを余程誇りとしているのであろう。家名は彫られていない。

竜之助は残りの山吹の花を家名の無い墓前に供《そな》えると、今度は合掌した。立ったまま。

やや長めの合掌を解いた彼は、浮雲の一つも見られない青青とした空を仰《あお》いで浅い溜息を吐いた。

月彰にわが身を変ふるものならばつれなき人もあはれとや見む
呟《つぶや》くように歌を漏《も》らすと、竜之助は家名の無い墓前から離れた。

この墓は、竜之助がさきほど山吹の花を貰《もら》った、老爺六平が奉公する小旗本加賀野家の墓だった。竜之助はわが家の墓に参ったあと、必ずと言ってよいほど加賀野家の墓前まで足を運んだ。

なぜなのか？……それは**月影にわが身を変ふる**……という切《せつ》ない歌と共に、やがて判ってくる。

竜之助は、次第に老いを深めてゆく身であろうとも、己《おの》れの剣には絶対の自信を抱いていた。

しかし彼が、これまでに真剣でやり合ったのは、今は亡き盟友《めいゆう》具舎平四郎宅で三人の辻斬り浪人を倒したそれだけだった。招かれた幕僚屋敷における江戸剣客懇親試合でも、大名家屋敷における御前試合でも、殆《ほとん》ど負けを知らなかったが、全て木刀による立ち合いだった。真剣での斬り合いは、これ迄の人生で、具舎平四郎宅での辻斬り浪人との凄まじい対決だけだ。

とは言え、秀《すぐ》れた剣客同士の立ち合いはたとえ木刀であっても、真剣勝負に等しい。敗者は命に関わる場合、あるいは五体のどこかに不自由を残す場合が少なくない。

加賀野家の墓に背を向けた竜之助が墓地の出入口の方へほんの七、八間ばかり引き返した時であった。

彼の歩みが不意に止まった。今流に言えば、まるで電気にでも打たれたようにして止まった、というところであろうか。

竜之助は振り返った。耳をすましている顔つきだった。

甲高《かんだか》い女の悲鳴が耳に飛び込んできたような気がしたのだ。はっきりではない。微かにだった。

彼の表情が激しく動いた。聞き間違いなどではなかった。再び聞こえた。

脱兎《だっと》の如《ごと》く竜之助は踵《きびす》を返し、墓地の奥に向かって走り出した。

美しい老いの銀髪には似合わぬ、放たれた矢のような走りだった。鍛《きた》え抜かれた剣客の走りだ。それに明らかに悲鳴が生じた方角を、的確に捉《とら》えた走り様《よう》であった。


途中、左右に分かれた三本の通りを折れることなく中央の道を走り抜けた竜之助は、間もなく現われた東へ斜めに伸びた枝道《しどう》へ風の如く突っ込んだ。

少し先の墓所の陰で仰向《あおむ》けに倒れ、万歳状態にある白い細腕が覗いていた。その白い両の腕を、毛《け》む《む》く《く》じゃらな太い腕が押さえ込んでいる。

「いや……やめて」

「静かにせい。殺されたいか」

汚れた男の濁声《だみごえ》と、悲痛な女の叫び声の中へ、

「神聖な墓所で何をしておるか」

と、野太い竜之助の声が乗り込んだ。

突如現われた竜之助に、女を押さえ込んでいた二十七、八くらいの浅黒く日焼《ひや》け《け》した乱れ髪の浪人が驚き慌てて飛び下がり、だが、その突然現われた声の主《ぬし》が、

白髪《はくはつ》が銀糸のように美しい老士《ろうし》だと判ると、ニヤリと笑って後ろを振り返った。

そこには、長めの爪楊枝《つまようじ》を口にくわえた仲間らしい浪人——三十半ばくらいに見える——がもう一人、松の木にもたれていた。

その爪楊枝浪人と目を合わせた竜之助は、思わず背すじに悪寒《おかん》を覚えた。

(此奴《こやつ》……相当に使える)

と、彼は思った。これ迄に幾度となく幕僚屋敷や大名家屋敷での懇親試合や御前試合を経験してきた竜之助は、いつの間《ま》にか相手の目を見ただけで実力の程度が判るようになっていた。これぞまさに**年の功**《としのこう》でもあった。

倒され、あられもない姿になりかけていた女が、「お助け下さい」と這《は》うようにして竜之助の背後へ回り込んだ。

「ここは私に任せて行きなさい」

竜之助が静かな口調で告げると、乱れた胸元を合わせながら立ち上がった女は、よろめくようにして駈け出した。

「ヒヒヒ……へなちょこ爺さん侍が、ここは私に任せなさい、だとよ」

浅黒く日焼した乱れ髪の浪人が、鼻先で笑って竜之助との間を詰めた。

継《つ》ぎ接《は》ぎだらけの着物は汚れ、プンとした臭いが竜之助の鼻を打った。

余りの臭さに、竜之助は一歩下がって言った。

「ここは死者の安らぎの場ではないか。お主《ぬし》らは何用あってこの墓地へ参られた」

「何用あって参られた、だと?……人すくないこのだだっ広い墓地に女の甘い化粧の香りを求めてやってきたのでございますよ。上品なお侍様」

日焼した浪人はそう言って、さもおかしそうにケケケッと喉《のど》を鳴らし肩を波打たせた。

が、松の木にもたれている爪楊枝浪人は、竜之助の存在に飽《あ》きたかのように笑わず空を熟《じ》っと仰《あお》ぎ見ていた。

「では、お前たちを今日見逃せば、再び同じことを繰り返すという訳ですな」

「勿論《もちろん》、そういう訳でございますよ、はい」

そう返して日焼浪人が大口を開けて笑いかけたとき、竜之助の手元で日の光が下から上へと一瞬やわらかく走った。

七

日焼浪人は何が生じたのか判らなかった。判ったのは目の前が一瞬まぶしく光ったことだけだった。自分と向き合っている相手の大小刀とも鞘《さや》に納まっているし、その表情にもとくべつな変化はない。

だが日焼浪人は、自分の目の前に空から蝶《ちょう》のようなものがひらひらと降ってきて地面に落ちたのを見て「わあっ」と叫び飛び退がった。右の耳に、いや、右の耳があったところに激痛を覚えたのは、それと殆ど同時だ。

竜之助の得意業《とくいわざ》の一つ居合抜刀《ばっとう》が、始まって終わった瞬間である。

「い、痛え……」

日焼浪人は噴き出す血を掌《て》で抑《おさ》えながら、松の木の浪人のところまで下がり蹲《うずくま》った。

松の木にもたれて空を熟《じ》っと仰いでいた爪楊枝浪人が、それをペッと吹き飛ばすや、松の木から離れて竜之助と再び目を合わせた。

（間違いない。此奴は凄い……）

竜之助は確信的に、そう思った。

爪楊枝浪人がゆっくりと竜之助との間を、二歩、三歩と詰め出した。

相手の歩幅に合わせるようにして、竜之助が二歩、三歩と下がる。べつに恐れて下がっている訳ではなかった。間近い位置に大きめな墓碑が何基《なんき》も立ち並んでいたから、万が一に備えたのだった。双方が振り回すことになるかも知れない刃《やいば》が、墓碑を傷つけるようなことになってはならぬ、と。

そして竜之助の足が、爪楊枝浪人よりも先に止まった。

「斬れ、**澤野**《さわの》……其奴《そやつ》を斬り刻んでくれ」

噴き出す血を止めようと傷口を押さえた掌《てのひら》を真っ赤に染めながら、浅黒い日焼
浪人が金切《かなき》り声を張り上げた。

「うるさいぞ。すこし黙っとれ」

と、**澤野**とかの爪楊枝浪人が返す。しかし、竜之助に注ぐ視線は外さなかった。

陰険そうな目つきだ。

「仕方がないか……」

と呟いて、竜之助の眦《まなじり》が漸《ようや》く吊《つ》り上がった。

「仕方がないか？……一体何の事だ」

相手が動きを止め、左の手で大刀の鞘を少しばかり迫《せ》り上《あ》げながら、怪訝《けげん》な目つきで竜之助を見た。

「お前様たちのような下劣なクズ野郎を野放しにしておくと、いつまた力ない者に対し牙《きば》を剝《む》くかも知れませんのでな」

「だから？」

「斬ります」

「白髪頭《しらがあたま》の老侍《ろうざむらい》のお前が、この儂《わし》をか？……無理だ。それは無理」

ワハハハッと爪楊枝浪人澤野とかが大口をあけて笑った。腹の底から面白《おもしろ》そうだった。

それを見て竜之助の右足が——正確に言えば履《は》いている雪駄《せった》の裏が——地面を叩いた。

ダンッという意外なほど大きな音。まるで板床を打ち叩いたような。

大口をあけて笑っていた相手が、撥条《ばね》仕掛けのように一間《けん》近くをひらりと飛び退《さ》がりざま閃光《せんこう》の如く抜刀した。既に狂暴な獣の目つきになっている。

（神聖なる墓前で申し訳ないが……）

竜之助は墓地を血で汚すことになるのを天の御霊《みたま》に心中で詫《わ》びながら、サリサリサリと微かに鞘を鳴らし、およそ二尺三寸三分の大刀**出羽大掾藤原来國路**《でわのだいじょうふじわらのらいくにみち》を抜き放った。芳原家に古くから伝わる名刀だ。

相手が大上段に構えたとき、まるでそれを待っていたかのように、仲間の日焼浪人が掌で傷口を抑えながら脱兎《だっと》の如く走り出した。

竜之助の左手が、右手で大刀を支えた状態のまま、目にもとまらぬ速さで脇差《わきざし》を抜き放って投げつけた。

明るい日差しのなか光の尾を引いて飛んだ脇差は、仲間を置いて逃げ出そうとする其奴の脹《ふく》ら脛《はぎ》に深深と刺さり、切っ先は臑《すね》を突《つ》き貫《ぬ》けた。

「わっ」

と短い悲鳴をあげて其奴が地面に這《は》い蹲《つくば》る。

その寸陰に生じた竜之助の小さなスキを狙って、澤野が激しく地を蹴り飛燕《ひえん》の速業《はやわざ》で斬り込んだ。

散る。
双方の刃が十文字に激突して、甲高い音を立てた。日差しの中、青白い火花が

「死ね皺侍《しわざむらい》」

澤野は全く下がらなかった。老いた竜之助を圧倒する激烈な速さで、面、面と続け、竜之助が柳の小枝のようにやわらかく耐えると次に胴、胴と休まない。剛《ごう》と速さの攻めであった。袖《そで》から露《あらわ》になった澤野の太い両腕は一体どう鍛えたのか、まるで巨木の根だ。

「おのれ、こしゃくな皺侍《しわざむらい》」

打っても攻めても竜之助が懸命に耐え続けるので、澤野は悪口《あっこう》を吐きざま激しく飛び下がって右下段に構え直した。

右下から左上へと跳ね上げるように襲ってくる、と読んだ竜之助は、相手を見習って俊敏《しゅんびん》に下がった。蝶が舞うような優《やさ》しく軽い下がりようだった。これが竜之助なのだ。決して剛の剣客ではなかった。

相手の顔に漸く「くそっ」という焦りの色が広がった。

それを竜之助は見逃さなかった。

やはり澤野は右下から左上へと跳ね上げる計算であったのだろう。

竜之助の右足が、左足の真後ろに並ぶかのようにそろりと下がり、それに従って右の肩も自然と半弧を描くかたちで右後ろへ。ただ顔は真っ直ぐ相手に向け、しかも刃は青空を突くかのような大上段構えであった。けれども凄みは全くない。むしろ美しい大上段構えだった。

「一刀流奥伝……**月影**《つきかげ》」

呟く澤野の表情が歪《ゆが》んだ。迫力なき老剣士、と見た相手の身構えが、大地に根を張った直立不動の**一本の大木**にしか見えぬことに、澤野は思わず生唾《なまつば》をのみ込んだ。枝葉の全てを剝《そ》ぎ落とした幹一本だけの巨木。その凄みのない流麗な相手の**月影**の構えに、澤野の背にたちまち熱い汗が噴き出していた。それは、彼にとって予想外の事であった。長い無頼生活の中で、真剣を手に幾多の争いを経験してきたが、負けたことがない。

その予想外の背中の熱い汗を必死で忿怒《ふんぬ》と化し、「やあっ」と、裂帛《れっぱく》の気合を澤野は放った。

ギラリと日の光を反射した凶刃《きょうじん》が、唸りを発して竜之助の腋《わき》を狙い撃った。

まさに剛の攻め。

竜之助が上体だけを柳の枝の如くやわらかく捻《ひね》った。足元も大上段構えも全く動かない。上体だけが動いた。小鳥が舞うように。

腕をはずされ宙に走った凶刃が、竜之助の頭上で反転し、大上段構えにある彼の両手首へ走る。ヒヨッと空気が鳴った。

竜之助の両手首が切断され、名刀出羽大掾藤原来國路もろとも血しぶきを撒《ま》き散らし高高と舞い上がった。

それがくるくると円を描いてドサリと地面に音立てて落下したとき、その落下した物を見た澤野が「え？」という表情を見せ、次に「ぎゃあっ」と叫んで転倒した。


月影にわが身を変ふるものならばつれなき人もあはれとや見む

空を仰ぎなんとも悲し気に声低く呟いて溜息を吐き、パチンと鞘を鳴らしたのは竜之助だった。肩の付け根から右腕を失った澤野は、呻《うめ》き騒いで地面を転げまわった挙げ句、仲間の日焼浪人――やはりウンウン呻いている――にぶつかって、まるで蛭《ひる》のようにしがみついた。

「院主様に謝らねば……」

力なく漏らした竜之助は、脹《ふく》ら脛《はぎ》に深深と食い込んだ脇差を抜こうともせず、ただ醜《みにく》く呻きまくっている日焼浪人に近付いていった。

そして自分の脇差の柄《つか》に手をやると、力を込めてぐいっと二度捻《ひね》り回《まわ》して、思い切り引き抜いた。ぶあっと噴き上がる鮮血。

「わあああっ」

己れの欲望のまま汚れた〝獣力《じゅうりょく》〟で、か弱い女性《おなご》に襲い掛かった男の、それが絶望的な最期《さいご》の悲鳴だった。

八

竜之助が暗い表情で墓地の出入口まで戻ってみると、人ふたりが不安気《げ》に立っていた。

一人は幸山院の院主《いんじゅ》（住職）照念《しょうねん》和尚《おしょう》……どこか竜之助に似た、やさしい面立《おもだ》ちの小柄な老僧だ。七十を超えているかに窺える。

もう一人は、竜之助が救った先程の女性だった。

その女性を救ったとき竜之助は、〝獣〟に対し意識を集中させていたので、彼女の姿形《すがたかたち》をよく見ていなかった。
二十三、四かと思えるその女性と彼はいま間近に顔を合わせ、（アッ……）と動揺した。しかし、その動揺を懸命に抑えて、竜之助は照念和尚に深く頭を下げた。が、このとき女性はふっと動いていた。竜之助の動揺に気付いたのか？
「申し訳ありません。幸山院の神聖なる墓地を、〝獣〟の血で汚してしまいました。お許し下され院主様」

「顔に返り血を浴びておられるが芳原竜之助《よしはらたつのすけ》先生。著名な大道場の主人《あるじ》としての大事なお体は、大丈夫でございましたかな」

顔を曇《くも》らせて問う照念和尚に、顔を上げ竜之助は首を小さく横に振った。

「私は大丈夫でございますが、〝二頭の醜い獣〟にかなりの深手を負わせました。墓地でいま血まみれで転げ回っております」

「芳原先生が御無事なら、それで宜しいのじゃ。手水《ちょうず》で顔を清め、あとはこの私と寺社奉行所に任せておきなさるがよい」

「そう言って戴《いただ》けますと、肩の荷を下ろしたような気分になります」

「詳細の大凡《おおよそ》については此処《ここ》に控えていなさる老舗《しにせ》の茶問屋『山城屋《やましろや》』の若女将《おかみ》……いやお内儀《ないぎ》雪乃《ゆきの》さんより伺ったので、すぐさま小僧二人を寺社奉行所と町奉行所へ走らせました。あとの事は案じなさるな」

院主照念和尚がそう言うと、少し後ろに控えていた雪乃が前に進み出て、丁寧《ていねい》に腰を折った。既に髪や身繕《みづくろ》いは一点の乱れもなく調《とと》え了《お》えてはいるが、襲われた恐怖は身の内から消えていないのだろう。顔の色はまだ真っ青だ。

「有り難うございました。おかげ様で危ういところを助かりました。芳原竜之助先生の御高名はかねがね伺ってございます」

雪乃はそう言ったが、か細い声にもまだ怯《おび》えがあった。

「茶問屋の『山城屋』さんなら私の道場がある日暮坂から近い、市谷梅町《いちがやうめまち》通りでしたね。確か別棟《べつむね》の菓子・ぜんざいの店が大変な人気とか。手水《ちょうず》で顔を清めてから、お送り致しましょう」

竜之助が言うと、照念和尚は頷《うなず》いて、「それが宜しい雪乃さん。この江戸も浪人が増えてすっかり物騒になってしまった。芳原先生に送って貰いなされ」

言葉強く言い、もう一度頷いてみせた。

その和尚に向かって竜之助は、念を押すような口調で告げた。

「深手を負って呻いている浪人二人ですが院主様。もはや刀を振り回す力は残っていないと思いますが、近付く時は一応ご用心なさって下さい」

「奉行所の役人が来てから近付くのがいいじゃろう。それまでは、体格のよい若い修行僧も幾人か幸山院にはいることゆえ、皆で遠目に監視することにしましょう」

「はい。そうなさって下さい。それでは雪乃さん、お送りします」

穏やかな口調で竜之助は雪乃を促《うなが》し、和尚に丁重《ていちょう》に一礼してから歩き出した。

入れ替わるようにして、数人の若い僧たちが息急《せ》き切って和尚のもとに駆けつけた。なるほど皆、大柄だった。

竜之助は安心して、雪乃をしたがえ歩みをいくらか速めた。

「雪乃さんは、今日はどなたかの墓へお参りに？」

半歩ばかり遅れてしたがっている雪乃に、竜之助はまっすぐ前を向いたまま訊《たず》ねた。

「左様でございます。幸山院は『山城屋』の菩提寺《ぼだいじ》でして、今日は同じ月に亡くなりました両親の祥月《しょうつき》命日でございまして……」

「そうでしたか。両親、と仰ったが実《じつ》の?」

「はい。私は『山城屋』のひとり娘でして、商いの方はもと三番番頭で『山城屋』へ婿《むこ》入りしてくれた私の夫が継いでくれております」

「なるほど、それなら商いの方は盤石《ばんじゃく》この上もありませぬな」

「幸い商いに長《た》けた大番頭や二番番頭も老齢ですが健在ですし、御蔭様《おかげさま》で順調以上に繁盛《はんじょう》させて戴いています。有り難いことだと思ってございます」

「なによりですな」

「いずれ、改めまして父親代わりの大番頭と共に、お礼に道場の方へ、おうかがい致します」

「なに、礼などはいりませぬよ」

「それから、あのう、芳原先生……」

三門を出たところで、雪乃が歩みを休めた。

「ん?……どうなされた」

竜之助も立ち止まり、僅《わず》かに左の肩を振って半歩下がっていた雪乃と顔を合わせた。

人妻雪乃は、またしても剣客として知られた相手の目に動揺の色がチラリと走ったのを認めた。

「御高名な先生に、言葉を飾らず無作法なことをお訊ね致します非礼をお許し下さいますでしょうか」

「ほう……何でしょう。構いませぬ、遠慮なく申してみなさい」

「先生はもしや、私のことを御存じだったのではございませぬか」

「えっ」

「さきほど墓地の出入口にて先生とはじめてお会い致しましたとき、先生は私の顔を見て明らかにハッとなさいました」

「こ、これは恐れ入った。いや、初対面です。……大店《おおだな》のお内儀には相応《ふさわ》しくない剣客のように鋭い感性をお持ちだな。ひとの顔色を読みなさるとは」

そう言って竜之助は口元で微かに笑った。しかしこの瞬間、竜之助の脳裏にはある女性《ひと》の面影が甦《よみがえ》っていた。

（なんだか、とてもお寂《さみ》しそう……）

雪乃は竜之助の消え入りそうな笑みを、人妻となって久しい二十四歳の円熟した女の情感《じょうかん》でそう捉えた。

彼女の父親の**喜重次郎**《きえじろう》は、商《あきな》い仕事《しごと》だけが趣味《しゅみ》であるような、真面目《まじめ》で誠実な人柄だった。ゆえに取引先の信頼は厚く、大名や大身《たいしん》旗本家への出入りも少なくなかった。

母親の雪絵《ゆきえ》も多忙な夫をよく支える妻であったが、茶道、書道をよくやり同業の夫人たちの間で評判がよかった。

その両親も、今はない雪乃だ。もと三番番頭で婿養子の夫は、**二代目**喜重次郎《きえじろう》として、**初代**喜重次郎をこえる仕事熱心である。酒も呑《の》まない。

雪乃と夫との間に、子はまだなかった。

「大変失礼なことをお訊《き》きしてしまいました……申し訳ございません」

と、彼女は竜之助に詫び、

「若《も》しや過去に何処かでお会いしたことがあるのでは、と思ってしまったものですから」

と、付け加えて控えめにそっと頭を下げた。大店の円熟した内儀らしい自然な美しい作法だった。

「謝ることはありません。勘違いというのは、誰にでもあることです……顔色が少し良くなりましたね。さ、行きましょう」

竜之助はすっかり親しくなった口調で促すと、ゆっくりと歩き出した。

九

書院番頭四千石の大身旗本**笠原加賀守房則**《かさはらかがのかみふさのり》の姫**舞**（十九歳）は、清流**大堰川**《おおいがわ》に沿った道を日暮坂の芳原一刀流道場へと奥付の女中と共に向かっていた。二天一流兵法を極める父より、早くから小太刀剣法を教えられてきた舞は、すでに目録の域に達し、小太刀業《わざ》では父の房則からさえも五本のうち四本は確実にとる。
それほどの域に達しているにもかかわらず、舞はなぜ日暮坂の一刀流道場へ通うのか？　それは女《おなご》の腕には重すぎるとも言える鍛造《たんぞう》すぐれた長い大刀を手にして、男の皆伝《かいでん》級剣士と互角に渡り合いたい、という野心を抱き始めたからだ。いや、抱き始めた、ではなく、抱いている、と改めるのが正しいだろう。

舞の母藤江《ふじえ》ははじめのうち、娘が剣術に余り強くなることに賛成していなかった。

だが武官である父房則は、「これからの女《おなご》は自分の身は自分で護《まも》るという意識を持たねば駄目じゃ」と、藤江の心配に全く取り合わなかった。

舞が日暮坂一刀流道場へ必ず奥付の女中と共に通うのは、月の内に七、八回である。書道にいそしみ、茶道、歌道にも打ち込んで、学問も疎《おろそ》かには出来ぬ身だから大変に忙しい。母藤江も書道、茶道、歌道にすぐれる女《ひと》であったから、舞の感性が何事についても輝いていると判ってきたので、最近は剣術に打ち込むことを心配しなくなってきた。

人の往き来で賑《にぎ》わう通りを行く舞を、すれ違う男たちは思わず「お……」と振り返る。一刀流道場へ通うときの舞は、四千石大身旗本家の未婚の姫にふさわしい髪型——元禄島田《げんろくしまだ》に近いもの——を舞風《ふう》に結《ゆ》い、白綸子《りんず》地に四季の草花を散らし染めた、付下げ小紋を上品に着こなしていた。胸帯には長めの懐剣《かいけん》——小さな鍔《つば》付の——が目立たぬよう差し通されている。その胸下で抱えている大きくはない包みは道着だ。

道場へ通う舞に従っている奥付女中は、その名を与志《よし》といって、稽古を了《お》えた舞の着付けや、乱れた髪の直しを手伝う。

「与志や、今日は帰りに**市谷梅町通り**《いちがやうめまち》の『山城屋』別棟の、ぜんざいでも楽しみましょうか」

舞が前を向いたまま言った。

「はい。喜んでお供させて戴きます。『山城屋』さんへは久し振りでございますね」

「激しい稽古のあとは、気のせいか特に甘いものを求めたくなります」

「私は甘いものが大好きでございます」

「与志は剣術をしないから、甘いものを食べ過ぎると太りますよ」

「ふふっ……注意します」

「あら？……与志や、あの人だかりは何でしょうね」

「ほんと。よく育った川岸の糸柳《いとやなぎ》を取り囲むようにして、大勢の人が集まっておりますこと」

った。

「ちょっと見てみましょうか」

「はい、お嬢様……」

二人は清流**大堰川**に沿った道を、川岸に立っている大きな糸柳へと近付いていった。

糸柳とは俗称で正しくは枝垂柳《しだれやなぎ》と言い、奈良時代のほんの少し前に日本の外《そと》から伝わってきた落葉高木で、地が良ければ二十五メートル以上にも伸びる。しかし川岸に並木として用いた場合は、うまく剪定《せんてい》などしてそこまでは伸ばさない。

『……不気味な朧月《おぼろづき》が霞《かす》む湿った薄明りのもとびっしりと垂《た》れ繁《しげ》った柳の枝を背負《せお》うようにしてあらわれた血まみれの白い寝着の人妻お悠《ゆう》の真っ青な顔はうらめし気《げ》で……こちらへおいでおいでと』などという怪談江戸物語に出てくる柳は、たいていこの糸柳（枝垂柳）である。

舞と与志は三、四十人が柳を囲むようにして集まっている中へ、すき間《ま》を見つけ控えめにうまく体を滑らせ前に出た。

一人の男が舞と与志に背中を向けるかたちで腰を下ろし、柳と向き合っていた。

両膝に支えられるようにして置いた大きめな画版の上に画紙を広げ、墨絵《すみえ》ではなく彩色画を描いている。

明るい日差しの中、充分以上に芽吹いたあざやかな浅緑色の柳の枝枝が、なんと画紙の上でそよ風に吹かれ揺れていた。

男の背中の向こうにある画紙は、端の方しか窺えない舞と与志であったが、それでも柳の枝が画紙の中で揺れているのを二人ははっきりと〝目撃〟した。

驚いて二人は思わず顔を見合わせた。

（いま、動いたわね）

（はい、動きました）

主従は目で囁《ささや》き合い、頷き合った。こうなると、せめて男の横顔ぐらいは確かめたくなってくる。

人の輪は絵筆を持つ男の邪魔にならぬようにか、申し合わせたように、あるいは近付き過ぎるのは恐れ多いといった雰囲気で、一間《けん》以上も空けていた。しかも皆、固唾《かたず》をのんだように静かだ。

舞は人の輪の邪魔にならぬようにと考えてだろう、与志の袖口を軽く下へ引きながら腰を下げると、目立たぬ動きでそっと左へ回り出した。

画紙の全体が、次第に舞と与志の視野に入り始めた。いや、画紙だけではなかった。絵筆をとっている男の端整《たんせい》な横顔も、その彼の視線が注意深く何に注がれているかも、舞と与志には理解できた。それは予期せざる〝驚きの〟理解だった。

まわりの人の輪と同じように、舞も与志も固唾をのみ、呼吸《いき》を抑《おさ》えた。

絵筆をとる男の視線の先にいたのは、亀の親子だった。子亀は親亀の背に微笑《ほほえ》ましくしがみついていた。しかも親子そろって首をのばし熟《じ》っと、絵筆の男を見上げている。双方、目を合わせていたのだ。

画紙の中では、親子亀も柳も殆ど完成していた。その精緻《せいち》な余りの美しさに、舞と与志は自分の存在を忘れた。それ程の感動だった。かつて味わったことのない烈しい感動だった。

絵筆の男が、画紙の親子亀に筆の先で軽くちょんと目を入れた。〝完璧《かんぺき》な〟完成となった。

男は絵筆を置いた。そして眩《まぶ》しそうに空を仰いだ。

この時だった。舞と与志は再び〝目撃〟した。間違いなく〝目撃〟した。

そして、人の輪もどよめいた。

画紙の中で、子亀を背負ったままの親亀が、甲羅《こうら》の中へいきなり首を引っ込めたのだ。

確かに引っ込めた。つまり絵が動いた！

舞は人の輪のどよめきの中に、

「さすがに宗次《そうじ》先生の絵だ。親亀の首が動いたぜ。凄いや……」

「やはり天下一よねえ。宗次先生の絵は……」

などと男女の囁きを捉えた。

（えっ。この御方《おかた》が京の御所様（天皇・上皇）からお声が掛かったという、あの高名な浮世絵師の宗次先生？）

ずきんと胸に疼《うず》くものを覚えて、舞の視線は宗次の整った横顔に釘付《くぎづ》けとなった。

これが二天一流の小太刀剣法に秀《すぐ》れる大身旗本家の姫舞と、浮世絵師宗次のはじめての『間近な出会い』だった。そう、はじめての『間近な出会い』、ということを強調しておかなければならない。

この時の舞はまだ二つのことに気付いていなかった。小太刀を手に取れば父の笠原加賀守さえも圧倒する自分が、激しく浮世絵師宗次に惹《ひ》きつけられてゆくことを。そして、その宗次先生が、道場の格子窓から覗《のぞ》き検《み》していた〝町人態《てい》〟と同じ人物であったということを。

十

一刀流日暮坂道場の月に二日の『教養の休日』の日が訪れた。この二日間は稽古は休みであったが、門人たちは芳原竜之助頼宗より『**剣士としての教養を高めるには**』という課題（宿題）を与えられていた。その課題についての具体的目標は一人一人に対し与えられている訳ではない。『剣士としての教養を高めるには』そのものが門人たちに与えられた共通の課題、つまり休日のたび与えられる宿題だった。この課題はここ一年半の間変わっていない。それほど竜之助は『剣士の教養』というものを、重視していた。

その課題への回答が、稽古に表われているかどうかで竜之助は評価する。

「さてと……」

居間で書物に目を通していた竜之助はそれを静かに閉じて、腰を上げた。

書物に集中していた時は聞こえなかった金槌《かなづち》の音が、聞こえてきた。

馴染《なじ》みの大工吾吉《ごきち》が、今朝の早くから台所の傷《いた》んだところを修繕してくれていた。

竜之助は広縁から踏み石の上に下りると、目の前に広がっている青青とした畑に向かって「雨助《あますけ》や……」と声を掛けた。

百姓経験が豊富で今は住込の下働きをしてくれている老爺が「へえ……」と、引き抜いた牛蒡《ごぼう》と一緒に立ち上がった。

「二刻ばかり鮒《ふな》釣りを楽しんでくるよ。どっさりと釣ってくるぞ」

「ではいま竿《さお》とミミズの用意を致しますで」

「いや、自分でやるよ。サエ（雨助の女房）と共に楽しみに待っていてくれ」

「じゃあ、あれ《いい》（女房）がまた得意の甘辛の煮つけをつくりますじゃろ」

「うん、鮒の甘辛の煮つけは酒のつまみに、たまらなく合うからな」

「いつもの蛍ケ池《ほたるがいけ》でございますね」

「そうだ……」

「お気を付けなさいまして」

にっこりとした雨助の老いた笑顔が、丁寧に一礼をしてまた畑の中に沈んだ。朝の早くから日暮近くまで、日暮坂の**道場棟**と**生活棟**のよく働いてくれる雨助だった。手広くはないが自分の畑を持っているので、収穫期には夫婦共に日が沈むまで畑仕事に打ち込んでいる日がある。別に確《しっか》り者の長男夫婦が百姓仕事で立派に一家を成しており、二十歳《はたち》に近付いてきた孫たちもよく手伝っているから、雨助もサエも竜之助の下《もと》で忙しいが精神的には楽をさせて貰っていた。だから時には、竜之助と三人思い切り酒を楽しんで夜更かしすることがあると、三人とも台所の板間《いたのま》で朝を迎えたりする。もっとも雨助もサエも高齢だから朝を迎えるのは、たいてい竜之助ひとりだ。

竜之助と雨助・サエは、お互いの年を余り気にしないし、また年齢《とし》を話題にすることも殆どなかった。その意味では家族のように気軽に付き合っているのだ。堅苦しい主従の意識は極めて薄い。だからこそであろう。雨助・サエは竜之助に対する礼儀をわきまえ、かえってよく尽くしている。ただ、人柄やさしい竜之助は若い頃から剣術で肉体を鍛《きた》えている。細身《ほそみ》ではあるが、骨格は確《しっか》りとしていた。そのぶん当然、雨助・サエよりは遥かに若く元気に見えて凛《りん》とした印象だ。

竜之助は釣りの道具を手に、明る過ぎる秋の日差しの中を、**蛍ケ池**《ほたるがいけ》へと足を向けた。

彼は四つ辻まで来て立ち止まり、左手方向を見た。

彼方の正面に芳原家の菩提寺、輪済宗幸山院が見えていた。三門の手前左手角に見えている敷地が山吹の生垣に囲まれた小屋敷、二百俵取り旗本**加賀野**家である。

小禄旗本家の拝領敷地は、狭くて三百坪前後、広くて五百坪前後と幅があるのが普通だが、二百俵取り加賀野家は狭い方に入っていた。それに敷地も真四角ではなく矩形《くけい》だ。

竜之助は人の往き来の多いなか、彼方の幸山院に向けてさり気なく頭を下げると、そのまま真っ直ぐに進み、細い横道一本を過ぎて次の角を左へと曲がった。

ゆるやかな坂道の大通りだった。市谷梅町通り《いちがやうめまちどお》である。

通りの左右にはさまざまな大店《おおだな》が並んでおり、どの店も通りに面した三坪ばかりの店庭《たなにわ》に梅を一本植えていた。大店組合《おおだなくみあい》の申し合わせで「通りの名にふさわしく美しくしましょう」となり、それで各店に店庭《たなにわ》が設けられ梅が植わっているのであった。つまり梅町通りの名の方が古いのである。

竜之助は賑わっているゆるやかな明るい坂道をゆったりと進んだ。梅の花が開く早春（二、三月頃）この通りは馥郁《ふくいく》たる香りにつつまれ、往き交《か》う人人の顔に笑みが広がる。

竜之助は、ゆるやかな坂道の頂《いただき》――少し大袈裟《おおげさ》な表現を用いれば――で立ち止まった。

ここから梅町通りはやや勾配《こうばい》を急にして、彼方の梅町神社の森に向けて下りてゆく。

方角からして、輪済宗幸山院の墓地を囲む広大な林に隣接するかたちで、梅町神社はある。

竜之助は、坂道の頂に立ち止まって動かぬ自分に、思わず苦笑した。

理由は判っていた。今の自分の直《す》ぐ右手に、老舗の**茶問屋『山城屋』**と、直営の菓子・ぜんざいの店が間口をこちらに向け並んで建っているのだ。

（それにしても似ていた。過ぎたる昔が不意に目の前に甦《よみがえ》ったように……うり二つという訳では決してないのだが……似ていたな。うん……内儀のそよとしたところなどがな）

竜之助は胸の内で呟いてひとり頷き、漸く下り坂を歩み出した。脳裏《のうり》に浮かんでなかなか消えようとしないのは『山城屋』の内儀《ないぎ》雪乃の顔だった。円熟の年頃の上品な顔立ちだ。控えめな妖しさもあった。

その内儀が客らしい、年老いた女二人を見送るためであろう、にこやかに店前に現われた。

何やら言いながら頭を下げた年老いた女二人を相手に、雪乃もしとやかに腰を折っている。

そうとは気付かずにゆるやかな下り坂を、のんびりとした足運びで下る竜之助の脳裏が、やっと雪乃の顔から蛍ケ池《ほたるがいけ》の光景に入れ替わった。

この池をのんびりとした気分で訪ねるのが、竜之助の大きな楽しみの一つだった。大道場の主人《あるじ》として日頃の緊張が緩み、心が安らぐのである。その池までは、間《ま》もなくだ。

池底から滾滾《こんこん》と清水が湧き出ている池だった。透《す》き通《とお》った池水《ちすい》というほどの水質ではなかったから、それがかえって幸いして鮒も鯉《こい》も泥鰌《どじょう》も棲《す》んでいる。

竜之助が下りていく方角とは逆の方へ客の見送りを済ませた雪乃が、店に入ろうとしてふっと動きを止めた。

「あの後ろ姿は……」

と呟いた雪乃の視線は、ゆっくりと離れていく竜之助の背中を捉えていた。

彼女は店前を竹箒《たけぼうき》で掃《は》き清めていた小僧に何事かを告げると、離れてゆく竜之助の後を足早に追い始めた。内儀から何やら告げられた小僧の方は竹箒を手にしたまま小慌《こあわ》ての様子で、店に飛び込んだ。

竜之助は六十に近付きつつある細身な体格の人間とはいえ、厳しい修行に耐えてきた江戸市中では知られた剣客だ。若い頃から**日暮坂の小天狗**と称されるほど、剣の達者だった。その竜之助が、後ろから次第に近付いてくる急ぎ足の気配に気付かぬ筈《はず》はない。

竜之助は我が鼓動《こどう》の一瞬の高まりにとまどうことなく、振り向いた。振り向く寸前には、表情をやさしく和《やわ》らげる配慮を忘れなかった。

「もし、芳原竜之助《よしはらたつのすけ》先生……」

「やあ、雪乃さん……」

二人の言葉が殆ど同時に交差して、たちまち二人の隔《へだ》たりが狭まった。

「直ぐにでも大番頭と共に、道場の方へ御礼に参らねばと思いつつ、大番頭が風邪《かぜ》で床《とこ》につき動けませんでした。無作法お許し下さい」

「礼など御無用。もう、お忘れなさい。それよりも大番頭さんは大丈夫ですか」

「はい、幸《さいわ》い軽い風邪で済みましたので、今朝はいつもの大番頭らしく元気に床上げを致しました」

「それはよかった。風邪はこじらせると、まずいですからね」

「先生、これから釣りに参られるのでございますか？」

「はい。蛍ヶ池の**東池**の方へ……今日は月に二日ある道場の休日なもので」

「まあ、蛍ヶ池とは素敵《すてき》でございますこと。**西池**の周辺ではそろそろ自然の野**牡**《のぼ》**丹**《たん》が色とりどりの花を咲かせる頃でございましょう」

「仰《おっしゃ》る通りです。その西池の野**牡丹**《のぼたん》を横目で眺めながらのんびりと釣り糸を垂れたくなりましてね」

と、竜之助は目を細めた。胸がどうしようもなく熱くなり出していた。いささかの息苦しささえ覚えた。忘れることが出来ぬあの女性《ひと》と矢張り似ている、そう思った。

雪乃が店の方を振り返った。頃合《ころあい》を計って、とも取れる振り向き様《よう》だった。

竜之助の視線も、雪乃の視線のあとを追った。

店前に身形《みなり》のきちんとした若くはない男二人が立っていた。

竜之助と視線が合ったと判断したのであろう、番頭格の他には見えぬ二人が丁重に深深と腰を折った。

竜之助も軽く頭を下げた。

「大番頭の新左衛門《しんざえもん》と二番番頭の時三郎《ときさぶろう》です。先生、四半刻ほどで結構でございます。店にお立ち寄り戴けませんでしょうか。店の事実上の責任者でもある大番頭と二番番頭がきちんと先生に御礼を申し上げなければ、と大変気にしておりますので」

「いやいや。御礼などは忘れて下さい。日頃多忙な私にとって、今日は月に二度しかない自由の日。野牡丹《のぼたん》の中でひとりのんびりと釣り糸を垂れさせて下され

「……では」

竜之助はそう言うと踵《きびす》を返して歩き出したが、五、六歩と行かぬ所で歩みを止め振り向いた。

「雪乃さん……」

「はい」

「多忙を極めている剣客として、**牡丹の花**のような貴女《あなた》と出会えてよかった」

「え……**牡丹の花**？」

「私の前に現われてくれて、本当に有り難う」

「まあ……」

雪乃が怪訝《けげん》な表情になるよりも先に、竜之助は背中を見せ足早に歩き出していた。

「**牡丹の花**のような……」

雪乃は呟いて、次第に遠ざかってゆく竜之助の後ろ姿を、熟《じ》っと目で追った。

奈良時代の天平《てんぴょう》七年（七三五）に唐《とう》から帰国の**吉備真備**《きびのまきび》が在唐中に得た政治・軍事・仏教・文化などにかかわる『文・物・知識』を朝廷にもたらし、その功績で外従五位下（天平八年）→右京大夫（天平十九年）→正三位・中納言・大納言（天平神護《じんご》二年）へと昇進、そして最高位叙任**正二位右大臣兼中衛大将**《ちゅうえのだいしょう》**勲二等**の地位まで上《のぼ》り詰めるのだが、**牡丹**はこの吉備真備が帰国の際に持ち帰ったものである。その根皮は牡丹皮《ぼたんぴ》と称されて、古くから解熱鎮痛や消炎に特効ある漢方薬とされてきたことから、江戸時代に入ると次第次第に百数十種にも及ぶ牡丹が栽培されるようになっていった。五月から六月頃にかけて枝の先に差し渡し（直径）が大きいもので七寸近くにもなる白い花、淡紅色《あわべにいろ》の花を咲かせ、植木職人の手で巧みに改良された品種は黄、紫、紅と咲かせてそれはそれは美しい。

菊や**葵**《あおい》に並ぶ権威ある紋章としての地位をも占めている。

それにしても剣客竜之助は一体なにゆえに、雪乃に向けて「**牡丹の花**のような貴女《あなた》……」と告げたのか？

老いに向かっているというのに若しや、我が年齢《とし》を忘れて人の妻に心を熱くさせたのではあるまいか……。いやいや竜之助はそのように軽薄な剣客ではない。道を踏み外すような人物ではない。

前年　名を題する処《ところ》　今日　牡丹《ぼたん》の花を看《み》に来《きた》る
一たび芸香《うんこう》の吏と作《な》りてより　三たび牡丹の花開《ひら》くを見る
豈《あ》に独《ひと》り花を惜しむに　堪うるのみにあらんや
方《まさ》に老《お》いの暗《あん》に催《もよお》すを知る
何《なん》ぞ況《いわ》んや　花を尋《たず》ぬるの伴《とも》　東都に去って未《いま》だ廻《かえ》らず
詎《なん》すれぞ知らん　紅芳《こうほう》の側《かたわら》　春尽きて思い悠《ゆう》なる哉《かな》

竜之助は視線を真っ直ぐに向けて歩みつつ、ほんの少し悲し気な表情で、大好きな**白居易**《はくきょい》の詩を低い声であったが滔滔《とうとう》とうたった。

白居易《はくきょい》（白楽天とも）。現在の中国の政治体質とは似ても似つかない**唐**《とう》の時代中頃の**山西省**《さんせいしょう》の大詩人である。叙事《じょじ》的な恋愛詩に鋭敏《えいびん》な才能を発揮して大衆を酔わせ、我が国へは早くから伝わって、とりわけ平安期の文学——枕草子《まくらのそうし》など——に大きな影響を与えた。白居易はまた政庁にも籍を置いた有能な官吏《かんり》としても知られ、官僚の最高位である**刑部尚書**《ぎょうぶしょうしょ》（法務大臣相当）にまで上りつめている。

十一

竜之助は蛍ヶ池に釣り糸を垂れた。池は東池と西池が〝**二つ巴状**《ともえじょう》〟となってほぼつながっていた。ほぼということは、水の往き来があるつながりではないということである。池の周囲《まわり》に野牡丹《のぼたん》が咲き乱れているのは**西池**の方で、竜之助は**東池**で釣り糸を垂れた。

〝二つ巴状《ともえじょう》〟にそれぞれが独立している東池、西池ともに蛍ヶ池と呼ばれている。

ただ、夏になって蛍が舞うのは**西池**の方で、東池では見られない。そのかわりと言うか西池では鯉《こい》、鮒、泥鰌などのさかな類は全く獲れないときている。

竜之助は釣り糸を垂れながらも、浮子《うき》へは殆ど注意を払わず、対岸を眺めることに刻《とき》を費やした。はじめからそれが、目的であったかのようにだ。

だから浮子《うき》がピクリと反応を見せてせわしく浮き沈みしても、気に留めなかった。下働きの雨助に対し「……どっさりと釣ってくるぞ」と、言ってしまっているというのに。

彼は対岸の、目に眩しい山吹の生垣を、熟《じ》っと憑《つ》かれたように眺めているのだった。

その黄色く染まった美しい生垣は、旗本二百俵取り**加賀野**家の矩形《くけい》の敷地を囲っているものだった。竜之助が輪済宗幸山院へ墓参りに出掛けた途中で、加賀野家の**下働き六平**から山吹を手渡されたあの位置の、ちょうど反対側つまり西側に当たる。

東池の対岸の畔《ほとり》まで——小道一本を隔《へだ》てて——迫っている加賀野家西側の山吹の生垣を、こうして眺めるのを竜之助は大切にしてきた。たとえ山吹の花が咲かない季節であっても。

〝二つ巴状《ともえじょう》〟に結ばれているかに見える東池、西池の二つの池は、静まり返っていた。界隈《かいわい》の有力な寺院や神社それに寺社奉行所が加わった申し合わせによって蛍ヶ池（西池）の牡丹を護るため、観賞できる日に制限が加えられているからだ。曾《かつ》ては、いつでも自由であったのだが、花を持ち帰る不埒《ふらち》な奴が次次に現われるなどで高札が立ち、観賞日に制限が加えられることになったのである。

夜は目明《めあか》しや町内会の役員や有志が、拍子木《ひょうしぎ》を鳴らして交替で検《み》てまわっている。

一刻《とき》半ほどが、またたく間に過ぎたときであった。

対岸の山吹から水面の浮子《うき》へ何気なく視線を落とした竜之助の表情が、ふっと僅かに動いた。明らかに自分の方へと向かってくる、ひっそりとした足音を捉えたのだ。

不穏《ふおん》な気配では全くない。

竜之助は釣り竿を引いて脇へ寝かせ、ゆっくりと腰を上げてから振り返った。

雪乃が笑顔で、もう直ぐ其処《そこ》にまで近付いていた。

紫の風呂敷包みを、胸元で抱えるようにしている。

「これは一体……」

と、竜之助も微笑みはしたが、うまく言葉が見つからずに困惑《こんわく》した。

「大番頭に言われまして、お昼のお弁当に御重《おじゅう》をお持ち致しました」

「こ、これはまた……御重とは豪勢《ごうせい》な」

と、竜之助は更に困惑した。しかし、次には真顔を拵えて、やや強い口調で告げた。年の功であった。

「しかし、いけませせぬな、一人でこのような所へ……不快な目に先日遭ったばかりではありませんか。若《も》し私が此処《ここ》にいなければ、ご覧のようにこの池の界隈は静まり返っています。人気《ひとけ》がありません。美しい女性の一人歩きには物騒すぎる。素姓あやし気な浪人が増えている江戸なんですぞ」

「はい。そう心得まして元気な手代二人を供《とも》にして参りました」

「え……」

雪乃が体を横に開いて半歩下がった向こう、表通りから東池に至る小路の中程に、なるほど若い手代風ふたりが立ってこちらを見ていた。

竜之助が表情を緩めて頷いてみせるよりも先に、手代風ふたりが揃《そろ》って頭を下げた。

「先生。釣果《ちょうか》はいかがでございますか」

「あ、うーん。今日はどうも調子が悪いですな。まだ小鮒《こぶな》の一匹も……」

「まあ……それでは一休みして、そろそろ時分時《じぶんどき》に致しませんか。私にお付き合いさせて下さいませ。大番頭からきつく言われて参りましたゆえ」

「困りましたなあ。いや、本当に困った」

苦笑まじりの竜之助と雪乃の小声での会話が始まると、手代二人は自分たちの役目は済んだと判断したのだろう、丁重に一礼して引き揚げていった。

「雪乃さん。ではこう致しましょう。御重は有り難く戴きます。しかし、貴女《あなた》はこのまま店へお帰りなさい。年老いた白髪頭の侍とは言え、私はまだまだ元気な独り身です。雪乃さんは名の知れた茶問屋のお内儀だ。このように静かな池の畔で、夫婦でもない二人が弁当などを開けるものではありません」

「でも先生……」

「後日に御重は綺麗に洗って返しに参りましょう。さ、この場で見守っていますから表通りに出て早くお帰りなさい。その方がよい」

「判りました。先生がそこまで仰いますなら」

雪乃が案外にあっさりと帰っていったので、竜之助は暫《しばら》くの間その場に佇《たたず》んで、彼女が消えていった方角をぼんやりと眺めていた。

「それにしても……似ている」

竜之助は己《おの》れのその呟きで、我に戻ってまた釣りを始めたが、心はまだ波立っていた。女女《めめ》しいことよ我《われ》は**男の和泉式部《いずみしきぶ》**か、と思って視線を牡丹咲き乱れる西池へ流した竜之助だった。

いつの頃からかはっきりしないが、この蛍ヶ池の畔——東池、西池を問わず——には満月の夜になるとそれはそれは艶麗《えんれい》なる**和泉式部の亡霊**がしくしくと泣きながらボウッと現われる、と真《まこと》しやかに囁《ささや》かれるようになっていた。蛍ヶ池ではなく『式部池』と言う人もいる程だ。

和泉式部については改めて述べるまでもないだろうが、要点だけを簡略に綴《つづ》っておきたい。

秀《すぐ》れた情熱的抒情《じょじょう》歌人として知られた平安朝《へいあんちょう》中期の女流歌人和泉式部は、『恋の遍歴《へんれき》歌人』として高位の男たちから愛され、そして自身の情熱を赤裸裸《せきらら》に男たちへ捧《ささ》げた女性《ひと》でもあった。

歴史上はっきりとしている高位の男たちの一部はこの後に述べる人人であるが、その他にまだ数人はいたであろうと推量されているから、式部はまさに炎の女性《ひと》と言えるのかも知れない。けれども太皇太后宮**昌子《しょうし》内親王に両親が仕《つか》えていた**〝貴麗《きれい》な環境《かんきょう》〟の中に幼い頃からあった式部は、自身も高位の人人の生活に接してきている。だから炎《ひ》の恋《こい》の相手として、自分が身を置く〝貴麗な環境〟に害を及ぼすかも知れぬ下俗な男——人間形成のかたちから見て——には決して近付くまいと厳しく己れを戒《いまし》めてきたと推量される。

ここで式部の情熱の一部を急ぎ繙《ひもと》いてみよう。

最初の夫は太皇太后宮・権大進**橘《たちばな》和泉守道貞《みちさだ》**（和泉式部の和泉は夫の官位より）、↓つぎに冷泉《れいぜい》天皇の皇子**為尊《ためたか》親王**との恋（しかし道貞を愛していた）↓**為尊《ためたか》親王**二十六歳で死去し、その実弟で情熱家で知られた**敦道《あつみち》親王**との恋（しかし道貞への想いはあった）↓**敦道《あつみち》親王**二十七歳で死去↓**この世をば我が世とぞ思ふ望月《もちづき》の欠けたることもなしと思へば**、と藤原《ふじわら》氏全盛を傲然《ごうぜん》とうたった時の最高権力者で権謀《けんぼう》家の**藤原道長《ふじわらのみちなが》**の家司で、従四位下左馬頭《さまのかみ》**藤原保昌《ふじわらのやすまさ》**が近付いてきて妻となる（が、やはり前の夫**道貞**が忘れられない）……。

以上、多感に過ぎた艶麗なる美女、和泉式部の情熱の一部に触れた訳だが、ほぼ生涯にわたって彼女は前の夫和泉守**道貞**のことが忘れられなかった、と幾つかの文献に目を通すうちに判ってくる。くるおしい恋に身を焦がしつつも……。

だから自分（式部）の道ならぬ激しい恋に怒って夫**道貞**が去ってゆくと、彼女は京の貴船神社《きぶねじんじゃ》に赴き嗚咽《おえつ》を堪《こら》え、神に次の一首を捧げて懸命に祈った。どうか去っていった夫に戻ってきてほしいと。

もの思へば沢のほたるも我が身よりあくがれ出づる玉（魂《たま》）かとぞみる

蛍ヶ池に艶麗なる和泉式部の亡霊が現われるとか、蛍ヶ池ではなく式部池だという噂や囁きはどうやら右の貴船《きぶね》神社の一首に端を発しているらしかった。

「べつに蛍ヶ池が式部池でもこの芳原竜之助はかまわぬが……」

と呟いた竜之助は、「では遠慮なく戴くか……」と御重の包みを膝《ひざ》の上にのせて開いた。

十二

雪乃の弁当を大変おいしく食してすっかり空《から》にした御重を紫の風呂敷に包んで脇へ置いた竜之助は、釣り竿への関心を無くして、対岸の山吹の生垣をぼんやりと眺めた。甘酸《あまず》っぱいようないい気分だった。月の内の殆どを有能な門弟たちを相手に道場で激しく鍛えることを今も忘れていない己れの姿が、こういう解放感を味わえるときまるで別人のように思えるのだった。

「現在《いま》の私は恵まれているのであろうか……」

竜之助が甘酸《あまず》っぱい気分のなか、ぽつりと漏らしたとき、対岸で横に美しく広がっている旗本二百俵**加賀野**家の黄金色《こがねいろ》の生垣から、下男六平の横顔が現われた。

ただ、横向きの姿勢で現われたから、竜之助に見られたとは気付いていない。

六平の老いた皺深い横顔が、二度、三度と生垣の向こうで浮き沈みした。

どうやら剪定して地面に散らばった枝葉などを、掻《か》き集めている様子だった。

竜之助は六平の老いた顔が、こちらを向くのを待った。

何度目かに現われた六平が空を仰ぎ、疲れたように大きな溜息を吐いて手の甲で額《ひたい》の汗を拭《ぬぐ》った。

給金が安い小旗本家の下男の仕事は大変であろうな、と竜之助は思った。

加賀野家は、将軍直属親衛隊として知られる『五番勢力』二千数百名、つまり**大番**、**書院番**、**小姓組番**、**新番**、**小十人**の中で、最も恵まれていない**小十人**番士の職にあった。

各班（番）の勢力・力量は、各班の統括者（番頭《ばんがしら》）の家禄《かろく》（知行高《ちぎょうだか》）を検《み》れば、一目《いちもく》瞭然《りょうぜん》だ。
大番頭の知行高はその陣容の約七割が、**五千石以上**という目を見張るような大身家である。次いで**書院番頭**もほぼ大番頭に並び、この二番勢力が五番勢力の中では飛び抜けていた。
小姓組番頭はその陣容の約五割が**三千石以下**で、右の二番勢力とは知行高でかなりの差が見られるものの、それでも**大身家集団**の一翼を確《しっか》りと担っている。したがって大番、書院番、小姓組番のことを併《あわ》せて幕僚たちは『**番方三番勢力**』と称していた。
次に**新番頭**だが、その知行高は**千石**から**二千石**の間に集まっており、これとても四百石や五百石の旗本家から眺むれば大変な大身家であった。
問題は、生活の面での苦しさが目立つ**小十人**番士（平番士）だ。
驚いたことに、**小十人**の番士（平《ひら》番士）を命じられて先《ま》ず明示されるのが**十人扶**《ぶ》**持**《ち》である。えっ、とびっくりする読者のために再度述べるが、間違いなく先ず十人扶持が給されて、のち**百俵**が付与されるのだ。この百俵十人扶持が**小十人**番士（平番士）の**基準高**であると理解して（覚えておいて）差《さ》し支《つか》えない。但《ただ》し、薄給ではあっても**小十人**番士は将軍直属の親衛隊であって〝御目見《おめみえ》以上〟だから立場は**旗本**であるという判断になる。

この**旗本**の下に、**御家人**《ごけにん》という〝御目見以下〟の下級武士が位置付けされている。しかし、上層御家人《じょうそうごけにん》（そのような位置付けはないのだが）の中には百六十俵、百七十俵取りが実在したから、旗本・御家人両者の俸禄の境界は極めて曖昧《あいまい》という他ない。一応、二百石が旗本・御家人両者の俸禄の境界、という説があるらしいのだが、それだと旗本である筈の**小十人**番士（平番士）の処遇は余りにもひど過ぎる。江戸の富裕な商・町人が武士を指して、**百俵六人泣き暮らし**、と嘲き笑うことがあるのだが、その**泣き暮らし武士**は、右の**小十人**番士（平番士）のことを言っていた。**十組構成の小十人**の組頭は三百俵前後、統率者である**小十人**頭《かしら》になると漸く千石をこえる者が現われてくる。

他の四番勢力に比べ、余りにも苦苦しい差別であったが、これが動かすことの出来ぬ現実だった。

二百俵取りの旗本**加賀野**家は**小十人**の平番士ではあったが、組頭を補佐する立場、つまり**中堅**《ちゅうけん》**の上**《うえ》に位置付けされていた。副《ふく》組頭という職位は存在しなかったから、そのあたりの立場だったと言えるだろう。

加賀野家の下男六平がなかなかこちらに気付いてくれないので、芳原竜之助は自分の方から声を抑え気味にして掛けた。

「これ、六平……」

声が届き、漸く六平が振り向いた。

「あ、これは芳原先生……」

六平の顔に笑みが広がったが、それは一瞬のことで、あとは硬い表情となって黄金色《こがねいろ》に輝く山吹の生垣の僅かな隙間《すきま》に、老いた体を横にして差し入れた。

山吹の枝をパキピキと小さく鳴らして、こちら側に出た六平は、池の畔に沿って竜之助の許《もと》へ小駈けにやって来た。

その表情にいつもの明るさがないと判って、竜之助はフッと嫌な予感を覚えた。

加賀野家では前《さき》の当主で隠居《いんきょ》の**信右衛門**が、風邪《かぜ》をこじらせ体調を崩して容態《ようだい》が余り良くないことを、竜之助は六平から告げられている。

「どうしたのだ。顔色が少し冴《さ》えないが……」

竜之助は釣《つ》り竿《ざお》を休めて、近寄ってきた六平の方へ姿勢を改めた。

「は、はあ……釣果《ちょうか》はいかがでございますか先生」

「釣籠《つりかご》の中は、まだ空っぽだよ。それよりも……これ、六平。御隠居様の信右衛門殿の体調、もしや宜しくないのではないか」

「はい。その通りなのではございますが……実はそれよりも……」

そこで六平は言葉に詰まったかのように、ぐっと息を呑《の》み込んだ。

「実はそれよりも?……どうしたというのだ」

「昨日の午後、美咲《みさき》様が嫁《とつ》ぎ先の鷹野《たかの》家より、**突然**お戻りになられました」

「なに、美咲殿が**突然**に?……体調でも崩されてか?」

「それが……」

「どうしたのだ六平……申せ」

「加賀野家の下男に過ぎない私からは……矢張《やは》り申し上げられません」

「長く加賀野家に奉公して信頼されている六平ではないか。差し支えない部分だけでも言えぬのか」

「先生、美咲様がなぜお戻りになったか、その内にお判りになりましょう。私の口からは、お戻りになった、という事実だけをお伝えさせて戴きます」

「なれど六平……」

「それではこれで失礼いたします。先生、非礼をお許し下さい」

六平は深深と頭を下げると、逃げるように小駈けで離れていった。

竜之助は、六平の後ろ姿が黄金色《こがねいろ》の山吹の向こうへ消え去るのを、茫然《ぼうぜん》と見送った。

六平が言った美咲《みさき》とは加賀野家の一人娘で、若い頃は茶道、書道、歌道（短歌）に秀《すぐ》れ今小町《いまこまち》と評判の女性《ひと》だった。小旗本にすぎぬ家柄のことなどいささかも気にせず、凛《りん》とした気性とやさし気な美しさで、大身・中堅旗本家の長男、次男あたりから引手《ひくて》数多《あまた》だった。

今の年齢《とし》は竜之助よりも二歳下（五十六歳）である。

（なぜ美咲殿は鷹野《たかの》家から戻ってきたのだろう……六平の口ぶりは、体調宜しくない高齢の父親（隠居・信右衛門）の見舞に訪れた印象ではなかった……それに、突然お戻りに、とわざわざ突然を付した表現の仕方がいつもの六平らしくない）

と、休まらぬ胸騒ぎで剣客らしくない苛立ちに襲われながら、竜之助は釣り具を手早く片付けた。

美咲が嫁いだ鷹野《たかの》家は、旗本小納戸《こなんど》衆六百石の家柄で、**将軍に近侍**《きんじ》する役職だけに、六百石という石高に似つかわしくない程の威勢があった。旗本二百俵取り**小十人番士**である加賀野家から眺むれば、少し大袈裟な表現になるが、将軍に近侍する旗本小納戸衆六百石の鷹野《たかの》家は〝雲の上の存在〟だった。つまり美咲は〝玉《たま》の輿《こし》に乗った〟のである。しかしながら見る人が見れば、つまり更に高位の幕臣から見おろせば、〝小納戸衆は将軍身辺の雑事係に過ぎない〟と見えてくる。

竜之助は、落ち着かぬ気持で家路《いえじ》についた。

余程のことがない限り、美咲が生家（加賀野家）へ戻らぬことを、竜之助はよく知っていた。

加賀野家は、**先代当主であった信右衛門**が若い賄《まかな》い女中**節**《せつ》に手を付けて生ませた**信侍郎**《のぶじろう》が、現在《いま》の当主となっていた。

美咲の母親は彼女に弟、つまり加賀野家の後継者を生んでくれたのであったが、不運にも産後間《ま》もなく母子ともに亡くなっていた。

したがって加賀野家の現当主**信侍郎**《のぶじろう》は美咲にとって異母弟であり、その生みの母親で気性の確りした**節**《せつ》（もと賄い女中）は〝他人〟だった。

とは言え現当主信侍郎の実の母であり、また先代当主であった信右衛門が家族構成として認め公儀への手続きも問題なく終えているのであるから、加賀野家は信侍郎・節によってまぎれもなく成立しているのだった。

その加賀野家へ美咲は、父信右衛門の病気見舞のためだけでは何となく帰り難い。

その美咲が突然戻ったと六平は言う。

（おそらく普通でない何事かがあったのだ……鷹野家で）

胸の内で呟き、竜之助は人の往き来で賑わう市谷梅町通《いちがやうめまちどお》りの茶問屋『山城屋』の前を過ぎ、次の石畳小路を左へ折れた。

急ぎ住居《すまい》へ戻りたい気分であったのに、その気分が変わっていた。住居《すまい》とは逆の方角だった。

十三

人の往き来すくない石畳小路は一町《ちょう》半ばかり行くと、よく手入れされた明るい

地蔵樺《じぞうかんば》の林へと吸い込まれていく。

市谷梅町通りの商人組合の者たちが俗に**徳川林**《とくがわばやし》とも呼んで、組合として自発的な手入れを欠かさず大事にしている林だった。

この地蔵樺《じぞうかんば》の林はさほど広くはなかった。林を抜けたところに青竹に囲まれた**地蔵稲荷**《じぞういなり》の古い社《やしろ》があって、中に三尺丈ほどの石地蔵が一体と木彫の母子狐《ぎつね》の像が祀《まつ》られている。菩薩《ぼさつ》様が直ぐに思い浮かぶ**地蔵**と、キツネの印象が強い**稲荷**とがくっ付いて**地蔵稲荷**とはまた珍しい。しかし神君家康《いえやす》公が関ヶ原《せきがはら》の戦《いくさ》（慶長《けいちょう》五年・一六〇〇）および大坂《おおさか》冬・夏の陣（慶長十九〜二十年・一六一四〜一六一五）の際に深く頭《こうべ》を垂れて祈願したという真しやかな言い伝えがあって、商人組合の人人からは「御利益《ごりやく》大なり……」と敬《うやま》われ信心されていた。**徳川林**の俗称はそのあたりから来ているのであろうが、誰が言い出したのかは判っていない。

芳原竜之助は、地蔵樺《じぞうかんば》の林の手前で立ち止まると、晴れた青い空を仰いで溜息を吐いた。眉間《みけん》に皺を刻んでいる。

地蔵樺《じぞうかんば》は日当たりのよい明るいさわやかな場所を好み、大和国《やまとのくに》（日本）自生の樺の仲間では最大級の樹木で、大きいのは軽く高さ七丈（約二十一メートル）をこえる。

竜之助は表情を少し改めると、明るい林の中へ入っていった。

石畳小路は綺麗に掃き清められている。大きな木洩れ日《こもび》が絵模様のように奥まで続き、その木洩れ日の中に時おり、飛び去る小鳥が影を落としたりした。

「なつかしい……」

竜之助の口から呟きが漏れた。この林は住居《すまい》から全く遠くはない位置にあるというのに「なつかしい……」とは、一体どういうことなのであろうか。眉間に刻んだ皺がいっそう深くなって、彼の表情はどこか苦し気であった。実は彼は、出来る限りこの地蔵樺の林へは近付かぬようにしていた。

彼は林を抜けると、目の前、南北に走っている美しい白玉石《しらたまいし》の敷き詰められた通りの手前で動きを休めた。

そしてその場で、魚釣りの道具を足下に置いた。竜之助の表情が、南北の彼方にまで敷き詰められている白玉石の美しさに思わず、「ほう……」と緩んだ。

彼が知っているのは、強い雨が降るとぬかるみとなる砂利道だった。〝徳川林〟や地蔵稲荷が地域の人人によって余りにも大事にされていると知った公儀が、半年以上も前にそれまでの砂利道に、白玉石を敷き詰めたのだ。どうやら寺社奉行所が動いてくれたらしい。

地蔵稲荷は、その白玉石《しらたまいし》の通りの直ぐ向こうに、すっと伸びた青竹に囲まれて在《あ》った。青竹の林などではない。一本一本数えられる程度の、よく育った茎の太い青竹だ。つまり青竹に囲まれ守られている珍しい地蔵稲荷だった。

「許して下され。若さゆえに……若さゆえに」

名だたる剣術家である竜之助がなんと呻くように呟いて両の掌を合わせ、地蔵稲荷に向かって頭《こうべ》を垂れたではないか。白玉石の通りを向こうへ渡ろうともせずに。

長い合掌《がっしょう》を終えて漸く白玉石の通りを渡った竜之助は、青竹の囲みの手前で再び、地蔵稲荷に向かって更に掌を合わせ、苦し気な真剣な表情で「お許しを……」と呟いた。彼は何を地蔵稲荷に対して詫びているのか? 江戸では高名な剣客であるというのに、なんとまあ、その目にはうっすらと涙さえ浮かべているではないか。

竜之助は合掌を解き、青竹の囲みの中へ入った。地面すれすれに刈り取られた青竹の茎が、そこら辺りに数多く目立っている。矢張り人の手が入って成育する青竹の本数は抑えられていたのだ。それだけに地蔵稲荷を囲む青竹は一本一本がよく育ち、茎はがっしりと太く瑞瑞《みずみず》しい青さだった。

竜之助は社《やしろ》の三段の階段を上がって広縁に立つや一礼し、花狭間戸《はなざまど》に手をかけ、そっと奥へ押した。

拵えの大きくない社《やしろ》であったから、薄暗い屋内に祀《まつ》られている石地蔵と母子狐の像は直ぐさま竜之助の目に入った。

竜之助は社の中へは入らずに広縁に姿勢正しく正座をすると静かに平伏した。

彼はそのまま、微動さえもしなかった。

それもそのはず。目の前の石地蔵と母子狐の像に詫びつつ、遠い昔の出来事を思い出す余り、既に己れを見失いかけていた。剣客としてあるまじき、自己喪失に陥《おちい》りつつあったということだ。その現実のなさけない姿さえ、今の竜之助にはもはやよく見えていなかった。

社《やしろ》の中で犯した遠い昔の〝事《こと》〟による自己喪失だった。許されざるその〝事〟に、心が乱れ、呼吸《いき》さえも乱れ出していた。

いま脳裏を占めているのは、やわらかくふくよかな若い女体であった。その若い女体の肌の上で竜之助の青年としての手が激しくやさしく狂おしく躍《おど》っていた。喘《あえ》ぎと喘ぎがぶつかり合う、炎《ひ》のような若い二人の悶《もだ》えだった。気と力みなぎる青年剣士竜之助は一度では終わらず、二度目を噴いて呻き、三度目の痙攣《けいれん》に見舞われて背中を反らせた。

竜之助を受けて泣き出してしがみついてきたその女《ひと》の頬《ほお》に、やはり大粒の涙で濡《ぬ》れた我が頬を彼は押し当てた。

その女《ひと》の名を、加賀野美咲と言った。石地蔵と母子狐の像を前にしての、それが竜之助と美咲の初めてにして最後の〝罰《ばち》当たりな〟悲憤《ひふん》のまじわりだった。

「お許し下され……愚《おろ》かであった若かりし頃のこの私を」

そう呟いて長い平伏を解いた竜之助は、社《やしろ》の花狭間戸《はなざまど》を閉じて広縁から下りた。

孫らしい幼子の手を引いた老人とその妻らしい身形《みなり》のよい三人が熟《じ》っとこちらを見ていたが、竜之助は気にしなかった。どことなく大店の隠居らしい印象だ。

竜之助は自分の足下に視線を落として、美咲との最後の別れは確かこの足下辺《あしもと》りで向き合っていた、と思い出した。

「さらばだ。嫁《とつ》がれても体を労《いたわ》ることを怠《おこた》ってはならぬ。私にとっては生涯、そなた只《ただ》ひとりと約束しよう」

竜之助は美咲に告げた自分の別れの言葉を、今でも覚えている。そしてその言葉を堅く守り、今もひとり身であった。

嫁ぐ美咲が竜之助の手に愛の形見として残したものは、一本の掛け軸に書された歌であった。

月影にわが身を変ふるものならばつれなき人もあはれとや見む

書を得意とする美咲が流麗な筆勢《ひっせい》で揮毫《きごう》したものである。

古今集『**恋の歌**』で**壬生忠岑**《みぶのただみね》が詠《よ》んだこのうた〈短歌〈和歌〉〉を、美咲は大変好んでいたのであろう。あるいは別れる人に贈るうたとしては、最もふさわしいと悲しく思い込んでいたのかも知れない。

短歌が**和歌の本質**であることは改めて述べるまでもない。

万葉集では恋の歌というのは『**相聞**《そうもん》』という**部**でうたわれている。たとえば**額**《ぬか》**田王**《たのおおきみ》が**近江天皇**《おうみのすめらみこと》に恋をして――**君待つと我**《あ》**が恋ひをればわが屋戸**《やど》**のすだれ動かし秋の風吹く**――と詠んだのが『**相聞**《そうもん》』に編まれている。

しかし**古今集**では、女と男の間で揺れ動く慕情《ぼじょう》・恋心のうたは『**恋の歌**』という部で、独立して編まれている点に大きな特徴があると言えよう。

因《ちなみ》に、関白《かんぱく》・藤原頼忠《ふじわらのよりただ》の子、藤原公任《ふじわらのきんとう》が柱となって（中心となって）平安朝後期に編まれた秀歌三十六人撰――**三十六歌仙**――というのがあるが、その代表歌人のひとりが、**壬生忠岑**《みぶのただみね》であることを付け加えておきたい。但《ただ》し彼は、三十六歌仙の中における立場・位《くらい》は極めて微官《びかん》（階級低い官僚の意）とされていた。左近衛将監《さこんえのしょうげん》や摂津権大目《せっつのごんのだいさかん》など庶民の目には偉い人と映る地位に就いていたと推量されているが、はっきりとはしていないようだ。

竜之助は釣り具を手にすると、老夫婦に軽く会釈《えしゃく》をし家路《いえじ》についた。

今から三十年以上も昔のこと。

美咲の父親信右衛門は、美しいひとり娘が貧乏道場の息子（竜之助）と付き合っていることを、はじめから快《こころよ》く思っていなかった。道場主である芳原源之助頼熾（竜之助の父親）について耳に入ってくる情報もすこぶる宜しくない。けれどもかわいい娘が、日暮坂の小天狗とかへ想いを強めていく様子に対し、制止など思い切った強い手を打てないでいた。娘に大きな心の傷を与えてしまうのではないか、と。それほど信右衛門は娘を心底大事に思ってきた。また大事に思ってきたからこそ、日暮坂の小天狗とかが気に入らなかった。

そのような時であった。将軍に近侍《きんじ》する旗本小納戸衆六百石鷹野家から、美咲に是非《ぜひ》にとの縁談が舞い込んだのは。しかも、小納戸頭取《とうどり》・従五位下《じゅごいのげ》千七百石の**原松三郎兵衛高頼**《はらまつさぶろべえたかより》が間に立った縁談だった。将軍に近侍する幕臣も、たとえ職務内容が何であれ、さすがにこれくらいの地位にまで上り詰めると、好むと好まざるとにかかわらず強力な『権威』が付いてまわる。

原松三郎兵衛高頼は、美咲の父親信右衛門の一段階《だんかい》上の上司（いわば大上司《おおじょうし》）である小十人頭《がしら》千二百石の**福林聡之進**《ふくばやしそうのしん》とは馬庭念流《まにわねんりゅう》神田《かんだ》道場で腕を鍛え合った、いわば〝念流の同期・同志〟という親しい間柄だった。

この縁談は、竜之助を快く思っていなかった美咲の父親信右衛門にとっては、まさに〝渡りに舟〟だった。

小納戸頭取・従五位下千七百石の**原松三郎兵衛高頼**の縁談の進め方は、剣友である小十人頭千二百石の**福林聡之進**を動かしての、圧倒的に重重しいものだった。

それゆえ美咲は小十人組の平《ひら》番士である父、信右衛門の御役目上の立場を思うと、頑《かたく》なに鷹野家の縁談を拒《こば》むことが出来なかった。愛し合っていた若い美咲と竜之助にとっては、それこそ足下が激震に見舞われたかのような人生の一大事であった。けれども封建《ほうけん》社会のこの世においては彼方《あちら》の武家、此方《こちら》の公家《くげ》などでよく見られたことであって、とくべつに珍しい出来事ではなかった。

だから美咲は激しい想いで決意した。愛するひとに全てを捧げてから嫁ごう……と。

これこそ彼方《あちら》の武家、此方《こちら》の公家などでよく見られたことでは、**決してなかった。**

その燃えあがった悲しい別れから既に三十余年が経《た》っている。

十四

竜之助は住居《すまい》へ戻って庭の片隅にある納屋《なや》に釣り具を片付けると、「どっさりと釣ってくるぞ……」と約束した通《かよ》いの下働き雨助の顔を見ないようにして、再び日差し明るい外に出た。月に二日間しかない『教養の休日』を有意義に使いたいという気持が、いつになく強かった。

何処へ行くのか彼は足を速めて目指した。かつて日暮坂の小天狗と称され、今や江戸では五傑の一人に数えられる大剣客にして大道場の主人《あるじ》らしくない強張《こわば》った表情だった。

彼が辿《たど》り着いた所は、矢張り黄金色に山吹が咲き満ちている〝其処《そこ》〟であった。

加賀野家の黄金色に眩しい生垣が、竜之助の目の前にあった。

彼は生垣に沿ってゆっくりと歩き、端まで行って引き返し、これを三度繰り返した。

しかしながら……「昨日の午後、美咲様が嫁ぎ先の鷹野家より、突然お戻りになられました」と六平が言った美咲の姿は、現われなかった。六平の姿も見つからない。

もっとも樹木を大事に育てている加賀野家の庭であったから、生垣のこちら側から庭内の隅隅までがよく見渡せる訳でもない。

竜之助は「あと一度……」と決めて、黄金色の生垣に沿って、ゆっくりと歩んだ。三十余年もの間、一度も会わずして忘れられなかった美咲の姿を求めて。

だが木立《こだち》ゆたかな加賀野家の庭は、静まり返っていた。

竜之助は生垣の端まで来て、「駄目か……」と絶望に陥りかけながら、力なく戻った。

と、生垣に間近い、豊かに垂れ下がる藤の花に覆《おお》われた藤棚の下で、何かがチラリと動いたような気がして竜之助は動きを止めた。

彼は一気に躍《おど》り始める我が心の臓を思った。三十余年ぶりに会えるかも知れぬ愛《いと》しい人の面影《おもかげ》は、胸の内で若い時のままだった。

竜之助は辺りを見まわしてから、誰にも見られていないと判って、「もし……」と藤棚に向かって声を掛けた。

なんという事か。「はい……」と直ぐに涼《すず》やかな澄《す》んだ美しい声の返事があった。ああ……と竜之助の顔に喜びの色が広がった。忘れもしない愛《いと》しい女《ひと》、美咲の声であった。間違いない、と思った。

竜之助は抑え気味な声で、藤棚に向かって告げた。

「私です。竜之助……一刀流日暮坂道場の芳原竜之助頼宗です」

美咲に決して忘れられてはいない、という確信はあったが、竜之助は念のため〝一刀流日暮坂道場〟を付け加えて名乗った。

「まあ、竜之助様……」

澄んだ声の主が〝藤の花の扉〟をそっと押し開くようにして、藤棚の外に現われた。

竜之助は思わず前へ、二、三歩進んだ。見紛《みまご》うことなき美咲であった。髪はすっかり白くなり目もとの皺は目立っていたが、娘の頃の美咲そのままの美しい姿が、竜之助の目の前にあった。

竜之助は時の流れが逆流し始めたような錯覚《さっかく》に襲われ、自分がみるみる若返ってゆくような気がした。

「変わっておられない。お元気であられたか……」

「はい。元気に致しております」

「三十余年ぶりです。お幸せでしたかな……」

「はい、幸せでございました」

美咲は藤棚の所からは近寄って来ようとはせず、ひっそりと微笑んだ。

幸せだった、と返ってきた言葉に竜之助は失望を感じる余裕もない程に、高揚《こうよう》していた。

「この三十余年の間、私はそなたのことを忘れたことがなかった。私は今もひとり身です」

「私も忘れたことがございませんでした」

「真《まこと》ですか」

「ええ、真《まこと》でございます」

「私のことを、ずっと想い続けていた……そう言うことですね」

「はい。ずっと想い続けておりました」

「だから幸せだった、と先ほど申されたのか」

美咲は再びひっそりと微笑んで頷いた。竜之助の胸は高鳴った。

「突然に鷹野家より戻って来られたようだが、何か事情があってのことですか？」

「え？……」

小首を傾《かし》げた美咲の表情からそれまでの笑みがスッと消え、眉間《みけん》に不快そうな皺《しわ》が刻まれた。

竜之助は少し慌てた。

「あ、いや、これは失礼。他家の事に口を挟むべきではありませぬな。お許し下され」

「ええ。他家の事に口を挟むべきではありませぬ」

「仰る通りです。あの……積もる話をゆっくりと交わしたい。最後の別れの場所であった地蔵稲荷へ、明朝《みょうちょう》の五ツ半頃（午前九時頃）に来て下され。是非にも」

「五ツ半頃……」

「はい。五ツ半頃……この竜之助、来られるまでお待ちしている。宜しいですね」

美咲はちょっと思案するかのように豊かに美しく垂れ下がっている藤の花へ視線を移したが、それはほんの短い間のことで、こっくりと頷くと藤棚の奥へ消えていった。

竜之助の胸は喜びに打ち震えた。自分でも、まるで幼子のようだ、と思った。夢のようであった。

三十余年も想い続けてきた美咲《ひと》なのだ。寂しさと虚《むな》しさに打ちのめされそうになりながらも、剣の修行に激しく打ち込んできた三十余年であった。

若し剣の修行というものがなかったならば、自分は遠《とお》の昔に朽《く》ち果て地中に埋もれていただろうと思うのだった。美咲を炎《ひ》の如く想い続けることで、**昔の剣《つるぎ》今の菜刀《ながたな》**、に陥ることがなかったのだと信じている。

いた。

竜之助は、喜び騒ぐ落ち着かぬ気分で、日暮坂の住居《すまい》へ戻った。
下働きである雨助とサエの老夫婦が、広い道場の床を乾いた雑巾《ぞうきん》で乾拭《からぶ》きして
床を清めるというよりは、床板の光沢《こうたく》を深めるための乾拭きだった。
素足で猛稽古に打ち込む大勢の門弟の足裏の脂は、長い年月の間に木の脂質と
微妙に混じり合う。
その床を丹念に乾拭《からぶ》きし磨き上げることで、はじめ白木の床だったのが次第次
第に渋い光沢を放つようになり、今や一刀流日暮坂道場の床板は、黒に近い褐《かっ》
色《しょく》の光沢を放っていた。
むろん門弟たちも稽古が終れば、時に床板を乾拭きする。旗本家の子息であろ
うとなかろうと。
「あ、先生。お帰りなさいませ」
道場入口の前を通り過ぎて居間へ向かおうとした竜之助に、雨助が広い道場の
奥の方から声を掛けた。夫の雨助と肩を並べていた女房のサエもこちらを見て顔
いっぱいに笑みを広げている。

「お、床磨《ゆかみが》きをしてくれていたのか。二人とも年齢《とし》だから余り無理をせぬようにな」

竜之助は道場へは踏み入らず、雨助とサエに笑顔を返した。

「先生、お湯（風呂）を沸かしてございますよ」

サエが笑みを消さぬ表情で言った。

「そうか。それは有り難い……」

竜之助は華やいだ気分に陥っている自分が、よく見えていた。見えていることが満足だった。ひとり身に耐えて、ずっと想い続けてきた愛《いと》しい女《ひと》と、言葉が交わせたのだ。これが喜ばずにおれようか、と思った。江戸で名だたる剣客であることなどは、忘れていた。女女《めめ》しい自分であることよ、とも思わなかった。正直に喜ぶことが、美咲に対する己れの慕情《ぼじょう》が、不動であることの証なのだ、と信じた。

彼は居間へ行かずに二刀を帯びたまま、浴室へ行った。

湯船に入り、そのまま丹念に手拭いで体を洗った。三十余年の間、湯船に浸《つか》って手拭いで体を洗うという行儀の悪いことは一度たりともしてこなかった竜之助だった。

明日《あす》、自分と美咲の間にはきっと何事かが生じる……最後の別れの刻《とき》のようなことが。

竜之助はそう思って、湯の中から出した両の掌《て》を見た。美咲と共に激しく狂おしく燃えあがって結ばれたときの感触の全てが、己れの掌《てのひら》に今もはっきりと残っているように思った。

そして……夢のような激しいそのときの悶《もだ》えが、瑞瑞しいかたちできっと再現するような気がしたのだが……。

十五

翌朝。

竜之助が地蔵稲荷を訪れたのは、美咲に告げた五ツ半頃（午前九時頃）よりもかなり早い、辰《たつ》ノ刻過ぎ（午前八時過ぎ）であった。

さすがに殆ど一睡もせずに今朝を迎えた竜之助だったが、気分は爽《さわ》やかだった。

彼は社《やしろ》の裏手に回った。そこに畳を七、八枚敷き詰めた程度の、丸《まあ》い小さな池がある。

　水は透明で深さは人の膝くらいまでであろうか。池の底の何か所から滾滾《こんこん》と清水《しみず》の湧き出ているのがよく見える。

　池の名前はもともと無いのだが、人人は清水ヶ池《しみずがいけ》などと呼んだりしている。鮒《ふな》も目高《めだか》も棲《す》んでいない平和で静かな池だが、なぜか体が綺麗に透《す》き通《とお》った体長一寸にも満たない小蝦《こえび》だけが群れている。地蔵稲荷の直ぐそばにある池だから、その小蝦をとって甘辛く煮つけたり、油で揚げて酒の肴《つまみ》にしようなどと不埒《ふらち》なことを考える者はいない。

　竜之助はその小蝦が池の底でやさしく這《は》いまわっているのを、腰を下ろし身じろぎもせず熟《じ》っと眺め、刻《とき》が次第に五ツ半に近付いてゆくのを待った。

　剣客としての磨き抜かれた鋭い五感は、絶えず社《やしろ》の反対側に向かって放たれていた。足音、呼吸《いき》づかい、着物の袂《たもと》の振れる音、それらを捉《とら》え逃《のが》してはならぬ、と真剣だった。

　今日の竜之助は、大刀を帯びてこなかった。腰にあるのは切れ味が秀《すぐ》れる実戦刀で知られた美濃《みの》伝和泉守兼定《いずみのかみかねさだ》の脇差一本だけだった。実戦刀の最右翼にあると言っても許される脇差の名刀だ。美咲を三十余年振りに間近《まぢか》としたとき感きわまって思わず抱き寄せてしまうかも知れない、そのとき大刀の柄《つか》は邪魔となる、そこまで考えて彼は大刀を帯びてこなかった。

「そろそろかな……」

竜之助が呟いて腰を上げたとき、彼の表情が動いた。

足音を捉えたのだ。

しかも、急ぎ近付いて来る、小駈けの足音だった。

竜之助は着物の裾前《すそまえ》の乱れを手で押さえながら小駈けに急ぐ美咲の姿を想像し、社《やしろ》の表側へ回った。

「あ……」

竜之助は思わず茫然となった。

なんという事か。息急《せ》き切って駈け寄って来たのは美咲ならぬ、加賀野家の奥向きの雑用を担《にな》っているカネだった。加賀野家の忠実な下僕六平の女房で、竜之助もよく知るカネである。

「よ、芳原先生……」

カネは竜之助の前まで来ると、乱れた呼吸《いき》を鎮《しず》めようと、異常なほど強張っている表情を尚歪《なおゆが》めて、二度三度と大きく胸を膨らませた。そして、そのあと激しく咳《せ》き込む。

「どうしたのだカネ。落ち着きなさい。落ち着いて話しなさい」

「先生……お嬢様は……美咲様は此処《ここ》へはとても来られないのでございます」

長いこと加賀野家と共に人生を歩んできた六平とカネは、若い頃からの美咲のことをよく知っていた。とくにカネは、下女奉公を勤めながら、美咲が屋敷から出かける際には、付き人としての役目もしてきた。だから彼女にとっては、年を重ねた美咲ではあったが、今でも〝お嬢様〟なのだ。生活が楽ではない薄給の下級旗本加賀野家である。下男にしても下女にしても、余裕をもって幾人も雇える家格ではなかったから、カネは若い頃の美咲の〝お側付《そばつき》〟のような存在だった。したがって美咲と竜之助との若い時分の激しかった交際については、よく弁《わきま》えている。

「此処へはとても来られないとは、どういう意味なのだカネ」

「実はお嬢様は……美咲様はご病気なのでございます」

「病気?……カネは病気だと言う美咲から、私がこの地蔵稲荷で待っていることを聞いたのか」

「いいえ先生。昨日お嬢様と先生が山吹の生垣越しに話を交わしておられましたとき、私は藤棚の奥に控えていたのでございます」

「なに、では私と美咲の会話は全てお前の耳に入っていたのか」

「どうかお許し下さい。何も盗み聞きを致した訳ではありません。どうか……」

「謝らなくともよい。若い頃の美咲に、目立たぬよう忠実に付き添ってきたカネなのだ。したがって昨日、あの場にお前が目立たぬように控えていたことは、少しも不自然ではない。気にしなくてよい」

「ありがとうございます先生……本当に申し訳ありません」

「それにしても、昨日の美咲は元気に見えたが……一体どのような病《やまい》なのだ」

「それはあの……あの……私の立場では申し上げることが出来ないのでございます」

「うむ。ま、その気持、判らぬでもないが……どのような病《やまい》なのか知ってはいるのだな」

「はい先生……」

「症状は重いのか？　もう一度言わせて貰《もら》うが、昨日《きのう》の美咲は大変元気そうに見えたのだ」

「………」

「そうか判った。お前に問うてこれ以上苦しめてはいかぬな。帰ってよいぞ。美咲の傍《そば》にいてやってくれ」

「先生」

「ん？」

「お嬢様は今も決して芳原先生のことを忘れてはいらっしゃいません。私は、そう確信してございます」

カネはそう言うと、両の目からはらはらと大粒の涙を流し、一礼して逃げるように竜之助の前から離れていった。

（何事かがあったのだ。重大な何事かが……）

次第に離れてゆくカネの老いた背中を見守りながら、竜之助はそう思った。

十六

翌朝から一刀流日暮坂道場は、二日間の休日『教養の日《てい》』を取り戻そうとでもするかのように、門弟たちの猛稽古で再び活況を呈し始めた。

日暮坂の四天王と称されている高弟の**塚野文三郎**《つかのぶんざぶろう》、**倉内庄兵**《くらうちしょうへい》、**大池吾朗**《おおいけごろう》の男剣士《けんし》三名、そして二天一流小太刀剣法の皆伝《かいでん》に近い女剣士《おんなけんし》の**笠原舞**の四名が、師の兵法思想に沿って道場をよく監理統制していた。

したがって竜之助が道場へ顔を出して指導するのは原則として、午前中の半刻（一時間）あるいは午後の半刻のどちらかであった。**四天王**による規則正しい監理統制を評価し尊重してやっているのだった。

この朝、竜之助は居間の広縁に座したまま、黙然《もくねん》として動かなかった。カネの言葉を繰り返し思い出しながら、その中から美咲の病《やまい》とかを探り出そうとした。

だが、判らなかった。見当もつかない。

竜之助が最も衝撃を受けたのは、カネがはらはらと流した大粒のその涙であった。

尋常《じんじょう》ならざる涙、竜之助はそう捉えて心を暗くした。

「どうすればよいのか……」

竜之助は悶悶《もんもん》として、考え続けた。美咲と三十余年ぶりに、手が届く間近で会いたかった。

庭には日差しが降り注ぎ、道場からは稽古熱心な早出の門弟たちの鋭い気合が聞こえてくる。

こういった〝生活の光景〟を竜之助は大変好んできた。心身が充実するのを覚えるのだ。

ところが今朝は、明る過ぎる日差しも、道場から聞こえてくる門弟たちの力強い気合も、負担に感じた。もっと、そっとしておいてくれ、という気分だった。

（此処で腕組をして考え込んでいても仕方がないな……）

竜之助は腰を上げた。熟《じ》っとしておれなかった。カネが言った「お嬢様は今も決して芳原先生のことを忘れてはいらっしゃいません。私は、そう確信してございます」という言葉が、今頃になってジワリと胸深くに食い込んでくる。

竜之助は床《とこ》の間《ま》の大小刀を腰に帯びた。

このとき「先生お早うございます……」という声が広縁の道場の方角から聞こえてきた。庭に面しているゆったりとした拵えの明るく長い広縁は、途中短い渡り廊下でつながれるかたちで、道場まで真っ直ぐに続いている。だが門弟たちは、**接見室**から先の竜之助の〝居宅の部分〟へは無断で立ち入ることが出来ない。**接見室**を過ぎた所にきちんと正座をして、声を掛けるのが作法となっている。

竜之助が居間から広縁に出てみると、当道場四天王のひとり**笠原舞**が着物姿のまま姿勢正しく正座をしてこちらを見ていた。書院番頭四千石旗本**笠原加賀守房則**の息女（十九歳）であることについては、既に述べてきた。

原則として下位の門弟たちに開放されている『**朝稽古**』だったが、時に四天王たちが始める朝稽古は特に早い。ただ舞については、大身旗本家の姫としての茶道、華道、香道、そして学問などの習い事があることから、朝稽古は〝自由な刻〟で、とされていた。

「や、お早う。まだ稽古衣に着替えておらぬが、どうなされた。今朝の稽古はお休みかな」

竜之助は舞に近付いて接見室へと促し、向き合って座った。

舞に対する竜之助の口調はいつもやわらかだった。舞が名の知られた大身旗本家の姫ということもあるが、弱冠十九歳の女性《おなご》にして二天一流剣法の小太刀業を見事に極めようとしているということに対する尊敬に近い驚きが手伝っている。

「はい、今朝はこれから父の供をして、二、三の大身旗本家を回ることになってございます。直ぐに屋敷へ戻らねばなりませぬ」

「左様か。お父上の御用はよく勤めてさしあげることじゃ。なにしろ高位の幕僚であられるのじゃ。毎日がお忙しいことであろう……しかし、そのことをこの私に告げるためにわざわざ道場へ出向いて参られたのか」

「父は芳原先生にも、是非にも早い内に御挨拶《ごあいさつ》申し上げたいという気持を持っておりまする。それで今朝、先生の御都合を急ぎ聞いて参るようにと……」

「ん？　この私に挨拶を？……舞殿、お父上に何ぞあられたのかな」

「実は、父は一昨日《おととい》、城中にて老中会議を経《へ》るかたちで千石ご加増の内示を受けたのでございます」

「おお、千石ものご加増とは、めでたい。大変めでたい。それ程のご加増ならば、御役目上の責任も重くなられたのでは？」

「はい。ご加増の内示を受けました後、**若年寄**《わかどしより》**心得**《こころえ》であり**番衆総督**《ばんしゅうそうとく》でもある**西**《さい》**条山城守貞頼**《じょうやましろのかみさだより》様の部屋（『総督の間』）に召され、これまでの書院番頭から**番衆総督心得**への陞進《しょうしん》内示を受けましてございます」

「これはまた何たる栄誉であることか。二天一流剣法を極めたるお父上だからこそだ。うん、めでたい。番衆総督心得への陞進とは番衆総督の地位が約束されたようなもの。非常にめでたい」

「ありがとうございます。父のこの人事の内示にともないまして西条山城守貞頼様は、**正式に若年寄の地位に**登り詰められまして一万石を許されなさいました」

「江戸庶民に知らぬ者とてない西条山城守様じゃ。〝**一万石大名**〟に上がられたことで、市井《しせい》の人人より一層のこと尊敬されることであろうな」

「それが、山城守様は〝**一万石大名**〟の拝命を固辞なされまして、〝旗本一万石〟ならば有り難く嬉しく拝受すると申されたそうでございます」

「ふむ。さすが武官《ぶかん》この上《うえ》もない人《ひと》、と言われているだけの事はあるのう舞殿。山城守様は、将軍家をお護りする旗本の立場に背を向ける積もりはない、と態度で主張なされたのであろう」

「先生の仰る通りでございます。まさに武官の中の武官。山城守様のこの主張に上様は目を細めてお喜びになられたそうで、**旗本一万石西条家**が実現いたしました」

「若《も》しかすると、旗本二万石西条家、旗本三万石西条家、と続くかも知れぬのう舞殿」

「いえ、先生。さすがにそこまでは……」

「ははっ……いずれにしろ、お父上、笠原加賀守様のお申し出、この芳原竜之助頼宗、恐縮の上にも恐縮して嬉しく承《うけたまわ》りましたと、お伝え下さい。日時のご都合はむろん、お父上にお合わせ致します」

「有り難うございます。では、これより急ぎ屋敷へ戻り、父に伝えまする」

「ときに舞殿……」

「はい？」

「書院番頭という重職にあられる笠原加賀守様のご息女である舞殿は、たとえば中小旗本家の出来事とか噂《うわさ》などを耳にされたりなされますかな？」

「それは殆どありません。父とは剣法談義なら時に致しますけれど、日常の父は口が重く私《わたくし》に対して中小旗本家の事に限らず、御役目に関しては殆ど話してはくれませぬ……」

「責任あるお立場だけに、そうでしょうな。いや、これは失礼な事をお訊《たず》ねした。許されよ」

「ただ、仲の良い母とは色色と話を交わしているようです。その母が、私《わたくし》に対しポツリと情報を漏らすことはありましても、それは極めて稀《まれ》と申せましょう」

「最近、中小旗本家に関し、なにか母上から聞かされたことは？」

「先生、若しや何処その旗本家に絡む何かで、ご心配を抱えておられるのではありませぬか」

「いや、なに。ある旗本家の病弱なご子息を、私の道場で鍛えてほしい、という依頼が親しい友から持ち込まれてな。その病弱なご子息の父親は、立派な**武の人**《ぶひと》らしいのだが」

申し訳ない、と胸の内で舞に詫びながら、苦し気に言い做《な》す竜之助だった。

「左様でございましたか。**武の人**《ぶひと》で先生、母からチラリと聞かされたのを思い出しました。半月ほど前に旗本家武徳会《ぶとくかい》という催《もよお》しがございまして……」

「旗本家武徳会？……はて、余り耳にせぬ名の催しだが」

「中小旗本家が中心となって威武《いぶ》の高揚《こうよう》と懇親《こんしん》目的で二年に一度、催される剣術大会でございます」

「ほう、そのような剣術大会があるとは知らなんだな……」

「とくに権威のある大会ではございません。規模も表彰もささやかなもので、二年に一度の催しのため、大身旗本家では全く関心を持ってはおりませぬ」

「それで？……」

「半月ほど前に催されたその剣術大会で、はじめて死者を出す騒ぎがございました」

「真剣ではなく、当然木刀による大会なのであろうな」

「勿論《もちろん》でございます」

「なぜ死者が？」

「一方が相手の胴へ寸止めの有効打を放って、審判が一本を告げた瞬間、敗者が勝者の眉間《みけん》と横面《よこめん》を連打したのでございます」

「なんと無茶な。**寸止め**業《わざ》は、受ける側の安全のために、打ち込む側は切っ先へ全気力を集中させる。そのために全身はある意味でスキだらけとなるのじゃ。それを捉えて敗者が攻めるとは剣士にあるまじき卑怯者《ひきょうもの》。許せぬな」

「その卑怯者は**小普請組**旗本七百石信河《しながわ》家の三男**和之丈《かずのじょう》高行《たかゆき》**と申し、赤坂《あかさか》富士《ふじ》見坂《みざか》下にあります**無《む》想流《そうりゅう》兵法道場**の高弟で、その剣の腕は相当なものと評判のようでございます」

　小普請組とは**無役の旗本・御家人**を集めた組織で、**『小普請支配』**の監理下に置かれる。

「無想流兵法道場とな。主要流派で構成されている**江戸剣法懇話会**には、その名は無い。確か三、四年前に京《みやこ》より江戸入りしたと噂の道場ではないかな。いや、間違いない。確かそうであった」

「はい。京《みやこ》より江戸入りした剣法であることは間違いありません。なんでも昇段免許制を〝売り〟にするとかの道場で、かなりの隆盛ぶりのようです。今や我が一刀流日暮坂道場に劣らぬ規模の立派な道場を構えているようで……」

「ふ……昇段免許制で大繁盛という訳か。どうせ昇段免許を交付の度《たび》に、高額の段位登録料などを徴収しているのであろう」

「ええ。そのようでございます。ですが剣の業《わざ》においては、非常に秀《すぐ》れたものが見られるとの評価もありますようで、決してハッタリ剣法ではないとのことでございます」

「ほほう、それは初耳だな。真《まこと》か？」

「つい先頃の父との剣法談義で聞かされた事です。私が何とはなしに無想流兵法を話題として持ち出しますと、父はさして関心の無い様子ながら、無想法の原点は**居開大三郎信頼**にまで遡る、と申しました」

なにっ、と吐きかけた驚きを、竜之助は喉仏のあたりで辛うじて押し止めた。

しかし、自分の顔色がみるみる変わってゆくのが判った。

幸い、舞の視線は庭の花壇の方へ流れていた。

竜之助は、サラリとした口調を装って言った。

「居開大三郎信頼と言うと確か、居開流剣法の開祖で、**鎌倉殿**（源頼朝）の御盾役として知られた……」

「先生、矢張り凄うございます。ご存知でいらっしゃったのですね。私は父から教えられるまで知りませんでした」

「ま、無想流の話はこの辺でよかろう。話を戻したい」

冷静を装った口調で、竜之助は言葉を続けた。胸の内では「ついに摑めたぞ……」という興奮が、感情を軋ませ始めていた。

「で、旗本家武徳会の試合の勝者でありながら、敗者から卑劣な攻めを受けた御《ご》仁《じん》は、その後どうなったのじゃ」

「暫く意識なく寝たきりであったようですが、ついに亡くなられたようでございます。母の話では、ほんの三、四日前のこととか……」

「気の毒に。が、剣術試合での事故は、余程のことでない限り罪にはならぬからのう」

「信河和之丈高行《しながわかずのじょうたかゆき》は、そうと判っていて非道に走ったのではないか。そのように囁く旗本たちが少なくないようでございまして……」

「二人の仲は日頃から悪かったのか」

「仲が良い悪いよりも先生。亡くなった旗本氏《はたもとうじ》はここ二回連続して大会第一位の座を手にしていたらしく、和之丈高行《かずのじょうたかゆき》は決勝でどうしても勝てず、第二位に甘んじていたと申します」

「悔しさの余りの非道……そう言うことだな。で、亡くなられた旗本氏《はたもとうじ》の名は、何と仰る？」

「先生、それだけは申し上げられませぬ。どうかご容赦《ようしゃ》下さいませ。騒動が自然と鎮《しず》まるように、と大会関係者は皆、胸を痛めていると申しますゆえ」

「そうか……そうだな、出過ぎた問いだった。許せ」

「では先生。私は屋敷へ戻ります」

「うむ。思わぬ長話で足を止めてしまったのう。すまぬ」

「いいえ。それではこれで……」

舞が出てゆき接見室が静かになると、竜之助は妙な胸騒ぎに襲われ出した。

十七

白髪美しい五十八歳の竜之助が、眩暈《めまい》を覚える程の大衝撃を受けるのは、舞が屋敷へ戻るため接見室を出てから間も無くのことであった。

暫く接見室で腕組をして考え込んでいた竜之助のもとへ、「先生、失礼いたします……」と、稽古着《けいこぎ》の高弟の塚野文三郎が顔を見せた。

竜之助が「ん？　どうした……」と腕組を解いた。

「ただいま玄関先に旗本加賀野家の六平が、先生に大事な御用がある、と見えておりますが」

一刀流日暮坂道場で長く修行を続け、竜之助の代稽古《だいげいこ》まで務める立場にある塚野文三郎は、ときに道場を訪れることがある六平とは顔見知りである。

とは申せ、もう長いこと道場へは姿を見せていない六平だった。

「六平が？……よし、私が出よう。門弟たちの指導、頼んだぞ」

「畏《かしこ》まりました」

塚本は鋭い気合が放たれている道場へと、下がっていった。

若しや六平は女房カネの昨日の話に絡む用で訪れたのではあるまいか、と思った竜之助は、玄関へ急いだ。剣客のなせる業なのであろう。無意識の内に腰の大小刀をやや腹前へと調《ととの》えていた。竜之助得意の『居合斬上《いあいきりあげ》』抜刀の位置だ。

竜之助が玄関へ行ってみると、式台の向こう明るい日の下に、六平が真っ青な顔で立っていた。

その六平が竜之助の顔を見るなり、履いていた草鞋《わらじ》を脱ぎ飛ばして式台にあがった。

「せ、先生。お嬢様を、美咲様を、どうかお救い下さいまし。美咲様が……美咲様が自害を……」

「なにっ。自害とは一体どういう事だ六平」

聞いて大衝撃を受けた竜之助の顔から、血の気が失《う》せていった。

「美咲様のご子息が……美咲様のご子息が亡くなられたのでございます。それで……」

「ご子息？……それは旗本小納戸《こなんど》衆六百石鷹野《たかの》家の御当主ということだな」

「はい」

「ご病気でか」

「いいえ……いいえ、無念の死でございます」

そう言うと、六平はワッと泣き伏し、肩を激しく震わせた。

「しっかり致せ六平。ここではまずい。こちらへ来なさい」

泣き伏す六平の腕《かいな》を摑《つか》んで立たせ、脱ぎ飛ばした草鞋《わらじ》を足下に揃えてやった竜之助は、自分の雪駄《せった》を小慌て気味に履き、六平を促《うなが》して庭の方へ急いだ。

「落ち着いて話をしてくれ六平。大事な部分を抜いて話されると、私の方がうろたえてしまうではないか。自害した美咲はどうなのだ。亡くなったのか」

血の気が失せた顔色で訊《たず》ねる竜之助の唇は、わなわなと震えていた。

「いいえ。傍《そば》に付いておりましたカネが気付いて一瞬早く飛び掛かり、美咲様が手にしておりました懐剣を夢中で奪い取りました」

「と言うことは、美咲は無事なのだな」

「は、はい……」

六平が頷き、竜之助は思わず空を仰ぎ、安堵《あんど》の息を吐き出した。

「よかった。懐剣を夢中で奪い取ったカネに、怪我《けが》はなかったか」

「掌《てのひら》に小さな切り傷を拵《こしら》えましたが、大事はありません。平気でございます」

涙を流して話しながらも、次第に落ち着いてゆく忠義者の六平だった。

「美咲のご子息……つまり旗本六百石**鷹野**家の御当主というのは……」

「四年前に鷹野家を継がれました今年三十四歳になられます**九郎龍之進**《くろうたつのしん》様でござ

いますと」

「九郎……龍之進とな」

「はい」

六平は涙でくしゃくしゃの自分の顔の前に、指先でたどたどしく九郎龍之進と書いてみせてから、付け加えた。

「剣術に長《た》け、凛《りん》たる風格のそれはそれは立派な御当主様でした」

「その若き御当主が、無念の死を遂げたとはどういうことなのだ。まさか、御家《おいえ》騒動《そうどう》でも？……」

「お家騒動など、とんでもございません。すでに亡くなられました先代様には御側室があられ一男一女をもうけられましたが、今は神田橋《かんだばし》の小さな別邸にて倹《つま》しくひっそりとお暮らしでいらっしゃいます」

「では、九郎龍之進様の無念の死というのは？」

「剣術大会で勝利したにもかかわらず、相手の、つまり敗者の卑劣極まる打ち返しを眉間と横面……」

「待て六平……」

竜之助は、険しい表情で六平の言葉を途中で折った。

「その剣術大会というのは若しや、中小旗本家が中心となって威武《いぶ》の高揚《こうよう》と懇親目的で催された**旗本家武徳会**ではあるまいな」

「先生、その旗本家武徳会でございます。旗本家武徳会でございます」

思わず弾《はず》んだ声となった六平の目から、新たな涙がこぼれ落ちた。

「確認するぞ六平。試合に敗れたにもかかわらず、卑怯な打ち込みを勝者の眉間と横面に加えたのは、小普請組旗本七百石**信河**《しながわ》家の三男**和之丈**《かずのじょう》**高行**《たかゆき》……そうなのだな」

「おお、先生、ご存じでございましたか。ご存じでございましたか……」

涙をこらえることが出来ず、両手で顔を覆い、肩を震わせる六平だった。

「あと一つ念押しだ六平。その**信河**《しながわ》**和之丈高行**は、三、四年前に京《みやこ》より江戸入りしたとかの赤坂富士見坂下にある**無想流兵法道場**の高弟にして大変なる強者《つわもの》……それに相違ないな」

「ございません。其奴《そやつ》でございます。其奴の非道なる剣が九郎龍之進《くろうたつのしん》様を……」

「よし判った六平。よく知らせてくれた。お前は加賀野家へ戻り、美咲の身傍《みそば》にいるであろうカネを助け、暫《しばら》くの間は美咲から目をはなさぬようにしてやってくれ」

「勿論《もちろん》でございます先生。ですが先生、まだ大切な大切なお話が残ってございます」

「うむ、聞こう。申せ」

「あの……あの……無念の死を遂げられました九郎龍之進様は……」

六平はそこまで言うと再び両手で顔を覆ってしゃくりあげ、しゃがみ込んでしまった。

竜之助も腰を下ろし、六平の両の肩を、両手で確《しっか》りと摑んだ。

「六平や、よく聞きなさい。お前がそのように心を乱してしまう気持、判らぬではない。しかし、それ程に苦しみを深めてしまうお前を見ると、私はどうすればよいのか困り果ててしまうではないか。語ることが息が止まるほどに苦しければ、話の結論だけでもよい。飾り言葉などは無用ぞ。さ、言いなさい」

六平が涙でぐしゃぐしゃの顔を上げた。

「は、はい、先生。申し訳ありません。三十余年もの昔、先生と美咲様は苦しみながら、お別れなさいました。そして、婚儀の準備・手筈《てはず》が調《ととの》うた一月半《ひとつきはん》の後、美咲様は悲しみの涙をこらえて、鷹野家へ向けて生家を発《た》たれました」

「うむ、その通りだ……お前もカネも、そのへんの事はよく承知している、と私は心得ておる」

「けれど先生のご存じないことがございます。生家をお発《た》ちになるほんの少し前、お嬢様は私とカネを身辺《そば》にそっと招いて、こう囁かれたのでございます。神様が私に大事な御方《おかた》のややをお授《さず》け下された……と」

「なにっ」

「このことを知るのは、〝今の今〟に至るまで私とカネだけでございます。先生……先生……九郎龍之進様は先生の……」

竜之助は大きく目を見開いて六平に顔を近付けた。

「私の子……であると言うのか。そうなのか」

「まぎれもなく、九郎龍之進様は、先生のお子でございます」

「六平。直ぐにもそのことを美咲の口から直接に聞きたい。美咲と会う手筈を調えてくれぬか」

「更《さら》に悲しく悔《くや》しい事実をお伝えしなければなりません。美咲様は……お嬢様は、九郎龍之進様が面相が潰《つぶ》れた酷《ひど》いお姿のまま意識を失って亡くなる迄《まで》の間に、深い悲しみに打ちのめされ、精神《こころ》を失っておしまいになり、ご自分が誰かさえも判《わか》っておいでにはなりません」

「それでは理解できぬ。もそっと具体的に詳しく言ってくれ」

竜之助はもう頭の中が真っ白となり、顔色も無かった。

「はい。面と向かっている相手を見分けることも、すじの通った会話をすることも美咲様は出来ないのでございます。相手の言ったことをただ、真似《まね》るかたちで言葉を返すことしか出来ないのです先生」

竜之助は、ハッとなった。

そう言えば、藤棚の所で話を交わしたとき、返ってくる美咲の言葉に不自然さがあったと気付いた。

「何という事だ六平。それは余りにも認めたくない悲劇《ひげき》以上の悲劇ぞ。あの美しく聡明《そうめい》であった美咲が、蟬《せみ》の脱《ぬ》け殻《がら》のようになってしまい、尚《なお》かつ我《わ》が身のことさえも判《わか》らぬ女性《ひと》と化してしまったというのか……ひど過ぎる」

竜之助は唇を震わせながら振り絞るような掠《かす》れた声で言うと、よろっと立ち上がり、目にいっぱい涙をためて歩き出した。力ないその足もとはとても、江戸剣術界にその名を知られた剣客のものではなかった。ふらふらと弱弱しく、打《う》ち萎《しお》れた後ろ姿は、白髪だけが美し過ぎるただの老いた一人の男にしか見えない。

立ち上がった六平は、表通りへ出て行こうとする竜之助のあとを「先生……」と追いかけようとしたが、剣客らしからぬ竜之助のよろめく足もとに気付いて茫《ぼう》然《ぜん》と立ち竦《すく》んだ。目に大粒の涙を浮かべながら茫然と。

十八

六日が過ぎた。

芳原竜之助頼宗はその間《かん》、「どうやら風邪《かぜ》をひいたらしい……」を理由に、道場の差配《さはい》を高弟の塚野文三郎に任せ、自分はひたすら内に閉じ籠《こ》もった。内に閉じ籠もる、とは言っても居間に座り込んで悶悶《もんもん》としていた訳ではない。住込の下働きである老夫婦、雨助とサエとはいつも通り話を交わしたし、サエが調えてくれる食事には必ず箸《はし》をつけた。

ただ、この六日の間の夕餉《ゆうげ》は、外食に頼ってきた竜之助だった。つまり道場屋敷にいるのは午前中と午後の八ツ半（三時）頃までだったという事である。

この日も竜之助は、午後の八ツ半過ぎに目立たぬよう道場屋敷を出ると、道場東側の格子窓《こうしまど》が表通りに面している、その格子窓にそっと近付いて、見物する十数人の町衆の後ろから道場を覗き込んだ。鋭い気合を発して打ち合っている大勢の門弟たちの間を縫うようにして、高弟の塚野文三郎が力強い声で指導をしている。

（私も老いた。いずれこの道場は、塚野に譲ってやらねばな……）

竜之助は胸の内で呟き、格子窓から離れ足を急がせた。

いつも身綺麗な彼らしくなく、白い不精髭《ぶしょうひげ》が目立ち始めていた。

この六日の間、彼が先ず足を向けるのは、件《くだん》の山吹の花が見事な黄金色《こがねいろ》の生垣だった。

ひと目、我が精神《こころ》を失《な》くしたという美咲に会いたいためだったが、叶《かな》わなかった。

竜之助は、山吹の生垣を訪ねるのは、今日を最後にするつもりだった。それなりの理由があった。

今日もいい天気である。浮雲ひとつ無い吸い込まれそうな青空が広がっている。

竜之助は足を急がせながら、腰の業物《わざもの》、**出羽大掾藤原来國路**《でわのだいじょうふじわらのらいくにみち》を帯の上からひと撫《な》でした。

大堰川に沿った通りを右へ折れて旗本・御家人の小屋敷が建ち並ぶ**花屋敷通り**に入ると、山吹の生垣がそう遠くない左手先に見えてきた。正面の突き当たりは輪済宗幸山院である。芳原家の菩提寺だ。

竜之助は立ち止まり、幸山院に向かって深深と頭を下げると、再び歩みを速めた。

山吹の生垣に近付くにしたがって、竜之助の顔に失望の色がひろがった。

美咲が生垣の向こうに、いる様子はなかった。

藤棚を眺めて「駄目だ……」とこぼし、竜之助は肩を落とした。庭へ出られぬほどに美咲の精神《こころ》の状態は悪化しているのだろう、と想像して竜之助は長居を諦めた。老いた胸が悲しく軋《きし》み鳴ったような気がした。

踵《きびす》を返して次に目指す場所へ、と竜之助の足が何歩か前へ動いた時だった。

「もし……」

と、背後から澄んだ声が掛かって、竜之助は反射的に振り返った。

いた。藤棚から出た所に佇《たたず》む美咲が、こちらを見て明るく微笑んでいた。絶望と悲しみに打ち拉《ひし》がれた女性《ひと》の笑みではなかった。そのこと自体が深刻な状態を表わしている、と解した竜之助は、力なく肩を落として山吹の生垣に歩み寄った。

彼は辺りを憚《はばか》るようにして、低い声で告げた。

「美咲、私だ。竜之助だ。芳原竜之助頼宗だ」

すると美咲は、明るい笑みを一層華やかにし、丁寧に御辞儀をした。まるで少女のような御辞儀だった。

竜之助は目の前が霞《かす》むのに耐え、夢中で訴えた。

「月影にわが身を変ふるものならばつれなき人もあはれとや見む」

すると……何ということか、美咲の顔から笑みが消え、硬い表情になったではないか。

反応があった、と解した竜之助は、更に、月影に……と繰り返した。

だが美咲は、気分を害したかのように、ぷいと藤棚の奥へ姿を消してしまった。

それきりだった。

竜之助は青ざめた顔で山吹の生垣を、あとにした。予想していたより重い美咲の症状であると思った。

竜之助は重く暗い気分で、次の行き先へと足を向けた。余りの悲劇に、悲しみの感情はむしろ薄らいでいた。それよりも息苦しいほど体の隅隅が重く、そして闇色と化していた。

竜之助は、赤坂富士見坂下の無想流兵法道場へと急いだ。

気分が透き通りそうな青天ではあったが、すでに西日は濃さを増していた。

無想流兵法道場の位置は、承知している竜之助だった。拵《こしら》え殊《こと》の外《ほか》古い戦勝《せんしょう》神社《じんじゃ》を背後にした堂堂たる大道場だ。

この近くに分社を持つ戦勝神社は、**鎌倉殿**（源頼朝《みなもとのよりとも》）の有力御家人として知られた江戸太郎重長《えどたろうしげなが》が、合戦に次ぐ合戦の勝利を祈念して建てたと伝えられているが、それを証する史的文献等は見つかっておらず言い伝えにもあやふやな点が少なくない。しかし、江戸太郎重長が源頼朝の有力御家人として近侍したことは確かで、彼の一族郎等（郎党とも）はこれによってよく栄えた。因《ちなみ》に、この時代（平安・鎌倉期）の御家人とは、上級貴族や武門の家臣、もしくは将軍に直属する武官を指して言い、江戸期の貧窮《ひんきゅう》武家を代表する御家人とは直接には比べられない。

竜之助は戦勝神社の広くもない境内《けいだい》の裏手から入って表に出ると、無想流兵法道場の塀に沿って狭い石畳小路を進み、広い通りへと出た。

空の片隅には夕焼けが現われ出していた。

竜之助は見物人ひとりいない無想流兵法道場の格子窓から、片目だけを使ってそっと覗いた。どうやら今日の稽古は終ったようで、当番らしい十数人が雑巾《ぞうきん》で広広とした道場の床や柱を拭《ふ》いている。

竜之助はこの道場の稽古時間を事前に調べあげて承知していた。だから稽古が終った頃を見計らって、やって来たのだ。

竜之助は道場と向き合う位置にある『上方《かみがた》饂飩《うどん》の店』という小綺麗な店に入った。

いつものように、店内は賑わっていた。

饂飩《うどん》の店、となってはいるが、要するに飯屋だった。

竜之助が腰を下ろした小上がりはこの六日の間、彼が饂飩《うどん》を食してきた席だった。広い通りに面して明かり取りのための、小さな格子窓があって、外を往き来する人人がよく見えた。

竜之助はいつものように、玉子とじ饂飩《うどん》と小碗の飯を食しながら、小窓から外の様子を窺《うかが》った。

この店で腹に入れる量は、この六日の間、加減してきた竜之助だった。剣客として『過食』と『気力』のかかわりを、よく心得ているからだ。年を取るにしたがって、そのかかわりが極めて顕著《けんちょ》となりつつあることを感じている近頃の彼だった。

すでに見なれた十三、四の小女《こおんな》がにこにこしながら、「どうぞ……」と白い湯気を立てている茶を運んできた。

「ありがとう」

「お侍さん今日は体の具合がお悪いのですか。饂飩《うどん》がいつものように減っていませんね」

小女は笑みを絶やさずに、囁いた。

「いや、なに。年齢《とし》を取ると、このような日もあるのさ」

「白い不精髭がないお侍さんの方が、私すきですす……ふふっ」

「はは……すまぬ、剃《そ》るのが、ちょと面倒でな」

竜之助も笑みを拵えて囁き返したが、視野の端では外の様子を窺っていた。

ごゆっくり、と小女が離れていった途端、竜之助の表情が硬化した。視野の端で待ち構えていた奴を捉えたのだ。小普請組七百石信河《しながわ》家の三男、**和《かず》之丈《のじょう》高行《たかゆき》**である。

竜之助は小卓の上に音を立てぬよう小銭を置くと、小女が調理場に消えたのを幸《さいわ》いそっと外に出た。

少し先を、蜜柑色《みかんいろ》の夕陽を背に浴びながら、背丈五尺八寸はあろうかと思える和之丈高行が頑丈そうな上体を僅《わず》がに左右に揺らせて歩いている。

自信たっぷりな歩き様《よう》に見える。

鷹野九郎龍之進を、剣客としてあるまじき卑劣さで倒した和之丈高行ではあったが、彼は確かに無想流兵法道場の高弟であった。強いのだ。年齢《とし》は亡くなった三十四歳の九郎龍之進よりは二歳上の三十六歳。激しい鍛練を経《へ》てきた武の者としては、強力な気力・熱力が肉体の内側で燃え続けている年代である。

「それに引き換え……」

竜之助は、がっしりとした和之丈高行の背中を見ながら尾行しつつ、力なく呟いた。

江戸剣術界で五傑の一人に数えられている己れの剣術、人格、教養に決して自信を失ってはいない竜之助ではあったが、その一方で、津波のように烈《はげ》しく押し寄せてくる〝老いの音〟に苛《さいな》まれていた。

『何事にも自信あり』と言いたげな後ろ姿を見せて、和之丈高行は両手を懐手《ふところで》にして、やや足早だった。その理由《わけ》をこの六日間で、竜之助は摑《つか》んでいる。

一日の仕事を終えて家路につく人人の往き来が目立つ通りを、三町ばかり進んだところで和之丈高行は立ち止まった。この辺りで必ず足を止め、後ろを気にしてか然《さ》り気《げ》無く振り返る彼の〝習性〟を、竜之助は既に承知していた。だから彼は小間物屋の前に聳《そび》える銀杏《いちょう》の古木の陰に、すうっと隠れた。このあとの和之丈高行の動きまで竜之助は把握《はあく》している。剣士にとって最も神聖な場である道場での稽古で汗を流したあとの、小普請組旗本家三男の行き先は、**女の所**であった。

竜之助が銀杏《いちょう》の木陰から出ると、和之丈高行の姿は消えていた。

が、竜之助は慌てなかった。和之丈高行は後ろを振り返った場所から左へ折れた筈であったから。

竜之助がその場所に用心深く佇《たたず》むと、果たして件《くだん》の人物の後ろ姿は、そこから急勾配《こうばい》で続いている八十五段の切り石組の階段をあがっていた。急勾配の八十五段の石段だから、殆ど利用する者はいない。しかも階段の左右は密生する雑木《ぞうき》の林だからこの刻限には、かなり薄暗くなる。

竜之助も静かに石段を上がり出した。先を行く豪の者、和之丈高行とはかなりの隔《へだ》たりがあった。ひどく強張《こわば》っている竜之助の表情ではあったが、彼は袂《たもと》から細紐《ほそひも》を取り出して襷掛《たすきがけ》をした。

いや、実際は襷掛をしようとした、であった。細紐を取り落としてしまったのだ。微かな、ぱさりという音。気付かれたか、と体を硬直させた竜之助は息を殺して、豪の者の後ろ姿を怯えたように見つめた。老いを意識することから来る怯えであると、判っていた。しかし相手は、確《しっか》りとした足取りを変えることなく、悠《ゆう》悠《ゆう》の態で石段を上がってゆく。

竜之助は、ほっとして己れの両の手を見た。十本の指が小さく震えていると判って、唇を歪めた彼は足もとに落ちた細紐を力なく取り上げ、ゆっくりと襷掛を済ませた。

先を上がる和之丈高行が、石段を上がり切って、その後ろ姿がたちまちの内に消え去った。

石段を上がり切った所には、戦勝神社の分社の社《やしろ》があり、そう広くない平坦な境内《けいだい》は木立《こだち》が綺麗に刈り取られて天気の良い日には日差しがあふれ、見晴らしがよい。

竜之助も、足音を忍ばせるようにして、石段を上がり切って境内に立った。和之丈高行が社《やしろ》に対して手を合わせていることは、すでに計算済みだ。その社《やしろ》の裏側に緩やかに蛇行《だこう》する下り道があって、下り切った所に界隈《かいわい》では人気の小料理屋『小梅《こうめ》』の裏木戸がある。

この『小梅』の若く美しい女将梅《うめ》が、和之丈高行の情婦だった。よく出来た女《ひと》だと常連客の評判はいいらしい。

竜之助は、和之丈高行が祈りを終えるのを待った。何を祈っているのか、竜之助に判る筈もない。また、関心もなかった。

和之丈高行の祈りが終って、両手が下がった。

社《やしろ》の裏側へ回ろうとして体位を横にした彼が、左目の視野の端に竜之助を捉えて、反射的に身構えたのはさすがだった。

が、次に、竜之助の襷掛《たすきがけ》に気付いて、ギョッとなった。

「なんだ貴様は……」

威圧感を言葉に詰めて放った和之丈高行の態度は、竜之助が耳にした噂《うわさ》どおりの傲岸《ごうがん》さであった。白髪美しい竜之助を、江戸剣術界の五傑のひとり、と知らないのであろう。胸を張ってのっそりと、三、四歩、竜之助に詰め寄った。見下した態度だ。

「後悔するぞ白髪爺《しらがじじい》。似合っていないその襷掛が何の目的かは知らんが、俺が何処《どこ》の誰か知らんようだな」

「………」

「名乗れ。それとも名無《なな》し爺《じじい》なのか」

口許《くちもと》にせせら笑いを浮かべる相手の態度に、思わず噴き上がってくる怒りを、竜之助は飲み込んだ。このような男に、ひと目会う事すら叶《かな》わなかった我が息子が殺《や》られたのかと思うと、怒りや悲しみよりも、悔《くや》しかった。名乗る気もしない。

「地獄に落ちるか爺《じじい》。無言のまま俺の前に突っ立っているなら、やむを得ん」

和之丈高行が笑みを消し、抜刀した。鼻腔《びこう》が広がっている。

それを待って竜之助も抜刀した。真剣勝負の怖さは、道場における木刀稽古の怖さの比ではない。その怖さを竜之助は、既に経験してきた。

真剣勝負は、切っ先で掠《かす》め斬られただけでも、致命傷になりかねない。とくに頸部《けいぶ》や手首は。その事を、今や判り過ぎるほど判っている彼だ。

竜之助はそろりと四、五歩ばかりを進んで相手との間を詰め、姿勢正しく正眼に構えた。

傲岸《ごうがん》剣客は、刀を手にしてだらりと下げたままだ。竜之助の襷掛《たすきがけ》が何を意味しているのか、考える様子すら見せていない。不快そうに鼻腔を広げている若い表情は、その一方で自信満満であると竜之助は読み取っていた。

竜之助は用心深く静かに腰を下げつつ正眼の構えを解いて、出羽大掾藤原来《でわのだいじょうふじわらのらい》國路《くにみち》を鞘《さや》に戻した。その鞘に戻した刀の柄《つか》から、竜之助の手は離れなかった。腰を低く下げた姿勢のまま、仁王立《におうだ》ちに近い相手の目を、下から熟《じ》っと睨《ね》めつける。

竜之助得意の『居合斬上《いあいきりあげ》』の〝呼吸〟に入っていた。もう三十年以上にも亘《わた》ってこの刀法の修練と研究に打ち込んできた。

その〝呼吸構え〟を見て和之丈高行の表情が、漸《ようや》く硬くなった。

「金に困った白髪爺の単なる辻強盗か……と思ったが、お前一体何者じゃ」

二十歳以上も年上の竜之助に対して、お前、を当たり前の〝教養〟とする和之丈高行であった。

竜之助は答えなかった。目の前の男と会話を交わすつもりは、はじめから無い。

何としても討《う》つ。それだけだった。

和之丈高行が眼を光らせて、下段に構えた。構えながら彼は、雪駄《せった》を脱ぎ飛ばして白足袋《しろたび》となった。

教養無き〝狼《おおかみ》〟が本気になった証《あかし》だ。それまでとは目つきが、ガラリと違った。

竜之助の上体が、前傾を深めて〝くの字〟となる。相手に向けた上目遣いが険しさを増し、狙う一点に集中していた。相手への恐怖はあった。なにしろ相手は若い。それに堂堂たる体躯《たいく》だ。全身が筋肉で引《ひ》き締《し》まっているのがひと目で判る。

「おのれえ……」

和之丈は和之丈で、目の前の老侍の構えに異様な圧迫感を覚えたのか、苛立《いらだ》ちの余り歯をギリッと噛《か》み鳴らした。ふうふうと鼻で呼吸《いき》をしている。

このように粗雑《そざつ》な気性の武弁《ぶべん》でも大道場の高弟なのか、と竜之助は今の江戸の剣術界に失望を深くした。何処其処《どこそこ》の道場は金《かね》で免許を与える、という噂があちらこちらにある昨今の剣術界だ。

目の前の粗雑極まりない獣のような剣客に、一目《ひとめ》も会えなかった我が息《そく》が殺《や》られたのかと思うと、悲しみは倍に膨らんだ。

「さあ、来やがれ、よぼよぼ爺《じじい》……」

憤怒《ふんぬ》を下品に撒《ま》き散らしながらも、いま一歩を踏み出せないでいる自分の闘志の〝苛立《いらだち》〟の原因にまだ気付いていない和之丈高行だった。己れの脳裏の片隅で、小さな黒い点がチラチラと蠢《うごめ》いているのは感じたが、それが何かは判らなかった。

粗雑な豪剣客ゆえに判らなかった。

それは爺《じじい》に対する怯《おび》えだった。相手に対する〝殆《ほとん》ど感情化していない奇妙な〟怯えだった。背丈も体格も相手を圧倒し過ぎているがゆえに、自信と確信が膨らみ過ぎていた。

その自信と確信の粗雑な豪剣客が、構えを下段から上段へと移した。

実力さすがにあるだけに、スキの無い見事にして美しい上段構えだった。

青ざめた顔の竜之助が、すすっと再び相手との隔《へだ》たりを詰めた。しかし、まだ『居合斬上《いあいきりあげ》』が届く距離ではなかった。あと一歩と少し相手に迫らねばならない。だが、そうすれば相手の剛剣が唸《うな》りを発して頭上から降ってくる。

自分の頭が割られるか、出羽大掾藤原来國路《でわのだいじょうふじわらのらいくにみち》の切っ先が相手に届くか、まさに寸陰《すんいん》の差の勝負になる、と竜之助は覚悟せねばならなかった。丸太ん棒のような相手の腕が振り下ろす剣は、稲妻よりも速いと思わねばならない。

竜之助の両足の指十本が、それまで脱がなかった雪駄を、相手に気付かれぬようそっと後ろへ脱ぎ下げた。竜之助は素足、相手は白足袋《しろたび》。こうなると足の裏で小石が音を立てることすら無い。が、相手は白足袋でも、その足指の動《うご》き様《よう》は、竜之助には充分に読める。

竜之助がジリッと進み、和之丈高行の白足袋に隠された指十本が地面を噛んだ。白足袋の中で彼の十本の足指がくの字に曲がったのを、竜之助は読み取った。

（来るっ）

と、竜之助は右の肩を地に向かって深めに下げた。老いた心《しん》の臓《ぞう》が激しく躍《おど》っていた。殺《や》られるかも、という恐怖が膝頭《ひざがしら》を震わせている。それを鎮《しず》めようと、竜之助は大きく呼吸《いき》を吸い込んだ。

相手の目が光った。竜之助の今の呼吸に気付いたのだ。

「いやあっ」

裂帛《れっぱく》の気合で押《お》し放《はな》たれた和之丈の剛剣が、姿勢低い竜之助の後頭部へ打ち下ろされた。

ビィンという風切音。

竜之助は恐れの余り、両の目を閉じた。老いが恐れさせ目を閉じさせた。

真っ暗な中で、竜之助は渾身《こんしん》の祈りと共に、腰の愛刀を滑らせた。

『居合斬上』で鞘から放たれた**来國路**が、凄《すさ》まじい遠心力に引かれて跳ね上がる。

その跳ね上がった大刀の凄まじい勢いで、竜之助の上体が上向きにねじれた。

彼は**来國路**の切っ先に、手応《てごた》えを覚えた。硬いものを捉《とら》えた手応えだった。

だが、その刹那《せつな》。竜之助は左の耳に痛みを覚えた。激痛と言うよりは、冷痛といった表現が当たるような、冷たく鋭い痛みだった。

(耳を落とされた……)

と捉えた竜之助は、胸の内に一気に恐怖が拡大して逃げるが如《ごと》く大きく跳び退《さ》がった。首すじに生温《なまあたた》かなものがすうっと伝い落ちるのが判った。しかし、耳を失ったかどうかを確かめる余裕などはなかった。目の前の巨大な敵は、顎《あご》から鮮血をしたたり落としながら、尚《なお》も大上段の構えで躙《にじ》り寄ってくる。爛爛《らんらん》たる眼光だ。

来國路は相手の下顎を割っていた、と知った竜之助であったが、その成果で力づけられるよりも、全身から怒りを噴出する相手への恐れの方が大きかった。

「斬り刻んでくれる……」

嗄《しわが》れた怒声を放った和之丈の裂けた下顎が、ぱくぱくと口を開けたり閉じたりし、その度に血玉が地面に吹き飛んだ。

竜之助は、来國路を鞘に戻して、落ち着こうと焦った。躙り寄ってくる相手の足指は白足袋に隠されているが、竜之助には充分に読める。江戸剣術界五傑の一人、は伊達《だて》ではない。

相手の足指が、確《しっか》りと地面を嚙み、怒りを放ちながら竜之助に躙り寄った。

竜之助は、腰を沈めて右肩を下げ、相手を睨《ね》めつけた。剣客として自分の面相や気性がやさし過ぎることを、竜之助は自覚している。いわゆる、ドスの利かない面相であり気性であると。

だから必死の思いで相手を睨《にら》みつけ、『居合斬上』第二撃目の呼吸を調《ととの》えようと急いだ。

それには、絶対に退がり過ぎぬことだった。退がり過ぎれば心理的に必ず動揺に見舞われることを竜之助は長い修行によって思い知らされている。

すでに喉がカラカラの彼は相手を睨みつけながら、はっきりとした動きで一歩前に進んだ。わざと大胆に動いた。

これは利いた。

下顎を割られている和之丈が、なんと二歩も退がった。

竜之助は視線を相手の血まみれの下顎に集中させ、更に隔《へだ》たりを縮めた。

来國路の柄《つか》を握る掌《てのひら》は、噴き出る緊張の汗で濡れていた。しめり、を通りこして。

竜之助の視線が自分の下顎に集中していると知って、和之丈は無想流兵法『正眼高位の構え』を取った。正眼の構えを、やや高く上げたものだ。これによって体格に勝《まさ》る和之丈の血まみれの下顎は、彼の剣の鍔、柄および両腕の向こうに確りと隠され、背丈五尺七寸余の竜之助の身構えからは殆ど見えなくなった。だが和之丈自身も己《おの》れの鍔、柄、両腕が邪魔となって、低い身構えの竜之助が見えにくくなる。

この一瞬を、竜之助は待っていた。絶対に見逃してはならぬ一瞬だった。支《ささ》え足《あし》（前傾姿勢の全体重を乗せている右前足）に渾身の力を込めて地を蹴るや、閃光《せんこう》のように相手にぶつかっていきざま**来國路**を撃ち放った。そう、まさに撃ち放ったの表現にふさわしい激烈な居合抜刀《ばっとう》だった。

来國路の切っ先が、相手の右膝頭《ひざがしら》をまともに強撃《きょうげき》。

ガシッという鈍《にぶ》い音。

「うおおおっ……」

膝蓋骨《しつがいこつ》（膝の皿《さら》）を割裂《かつれつ》され巨体をぐらりと傾けた和之丈が、喉《のど》を鳴らし獣のような咆哮《ほうこう》を発した。

頭の中を引っ掻き回されるような激痛が、膝頭から駆け上がってくる。

だが和之丈は無想流兵法道場の高弟である。

ぐらりと大きく崩れた姿をそのまま、和之丈は打撃力へとつなげた。それは豪、たる剣客の本能だった。反射的な本能だった。激憤《げきふん》に押された本能だった。

「面《めん》、面、面、面……」

和之丈は大声を発して打ち込んだ。狙いどころを言葉にして発するのは、剣客として**下《げ》の下《げ》**である。けれども膝頭から這《は》い上がってくる耐え難《がた》い痛みは、剣客に求められる冷静さを彼から奪い取っていた。それほどの痛みだった。

「おのれ、おのれ……」

片足を引《ひ》き摺《ず》りながら和之丈は打った、攻めた、わめいた。

竜之助も恐怖で頭の中は、真っ白になっていた。相手の刃を必死で受け止めたが、燃え盛る炎《ひ》のような凄まじい相手の乱打だった。刀法も糞《くそ》もなかった。乱打であり連打であった。そして振り下ろす半狂乱の腕力が物凄かった。

竜之助は幾度もよろめいた。倒れたなら一巻の終わりだ。寸刻みにされる。だから耐えた。

耐えながら反撃の機会を探った。余りに激しく速過《はやす》ぎる相手の動きの中から探ろうとした。

と、相手が、予想だにしていなかった突然の異変、に見舞われた。

竜之助が相手の狂打《くるいうち》を避けようと三尺以上も跳び退がった途端、和之丈が頼っていた片脚を折るようにして前かがみに大きく崩れたのだ。地を這《は》うが如《ごと》く両肘両膝を折った赤子のようなかたちで。

竜之助は反射的に来國路を振り上げたが、ぐっと歯嚙みして動きを止めた。

「立て……」

竜之助の囁《ささや》くような呻《うめ》き声だった。老いた彼の五体も、疲れ果てていた。

「立たぬか……剣客らしく構えよ」

「お、おのれ……」

和之丈は剣を杖《つえ》として立ち上がろうとしたが、沈んだ。沈んで再び這《は》い蹲《つくば》った。

「く、くそっ……」

彼はギリギリと歯を嚙み鳴らし、鬼面の形相《ぎょうそう》で悔し気《げ》に左手で地面を引っ掻き回した。おのれ、おのれ、と地団太《じだんだ》踏む思いなのであろう。そして再び剣を杖として立ち上がろうと試みた。

竜之助は、待ってやった。このあたりが秀《すぐ》れた剣客としての、彼の〝怒りの弱さ〟と言えば弱さだった。人の善《よ》さそのものだった。

和之丈が下顎から胸にかけて真っ赤に染め、剣を頼りに必死で立ち上がってよろめいた。さすが豪の者であった。くわっとした目付きで両脚を突っ張っている。

「刀を構えよ。さあ、構えよ」

竜之助が、ぐいっと眦《まなじり》を吊り上げて告げ、和之丈との間を詰めた。

転瞬！

和之丈の左手が、竜之助の顔面を狙って、下から力強く振られた。

左手に隠し摑《つか》んでいた砂が、まともに竜之助の目、鼻、口を叩いた。

「あっ」

と声低く叫んだ竜之助であったが、目にも止まらぬ速さで刀を裏返し——峰《みね》とし——それこそ全力を肩に集中させて振った。

視界を真《ま》っ暗《くら》にされたなか、ゴッという鈍《にぶ》い音と手応えを、耳と両腕が捉えた。

けれども竜之助は、左の頰《ほお》に痛みを覚えて、がくんと膝を折った。やられたと思った。

目を瞬《しばたた》くと、砂で覆《おお》われた眼球の向こうに、空を仰《あお》いでのけ反《ぞ》らんとする相手が見えた。

側頭部が凹《へこ》んでいる。

来國路がまともに撃打していたのだ。

竜之助はくの字に折れかかった両脚を奪い起《ふる》たせ《た》、和之丈に飛び掛かった。思い切り、**来國路**を振った。もはや剣術でも刀法でもなかった。怒り、それだけだった。

来國路の峰が正確に、豪の者和之丈の側頭部へ吸い込まれてゆく。

またしても鈍い音がして、鮮血が孔雀《くじゃく》の羽《はね》状に宙へと飛び散った。

その赤い扇状の中へ、竜之助は最後の渾身の一撃を放った。今は亡き具舎平四郎が得意とした『**右肘斬《おと》し**』であった。渾身《こんしん》の『**右肘斬《おと》し**』だ。和之丈の、剣を摑んだままの右腕半分が、血泡と共に高高と宙に舞う。

地に引き込まれるようにして、和之丈の巨体が悲鳴も無くゆっくりと沈んでいく。

竜之助は肩を波打たせて呼吸《いき》をしながら、はらはらと涙を流した。砂を浴びたことによる涙ではなかった。和之丈の凶刃《きょうじん》によって、元の顔が判らぬ程に崩された一度も会ったことのない息子の無念を思っての涙だった。母美咲が受けた悲しい衝撃と苦悩を思っての涙だった。

和之丈の側頭部はまるで水飴《みずあめ》の如く溶け崩れていたが、彼の両の目はまだギラギラとした熱を放って竜之助を睨みつけ、口をぱくぱくさせていた。

竜之助は刃の血を懐紙で清め、鞘へ納めた。闘いの余韻《よいん》を残しているかのように両の手が、ぶるぶると震えている。老いの震えだ。止まらない。

彼は和之丈の傍《そば》へ歩み寄って、告げた。

「私は一刀流日暮坂道場の芳原竜之助頼宗じゃ。老いた剣客なんぞにおそらく関心のない、自信満満の若いお前でも、この年寄りの名くらいは知っていよう。どうじゃ」

聞いて和之丈の、ぱくぱくしていた口が鎮まった。

「それにのう。この儂《わし》は旗本小納戸衆《こなんどしゅう》六百石**鷹野**《たかの》家の当主であった**九郎龍之進**の実の父なのじゃ。そしてな、お前の肉親**和右衛門高時**と取っ組合の喧嘩《けんか》をした具舎平四郎の無二の友でもある」

言い終えて竜之助は、ギラギラした目から次第に力を失っていく和之丈に背中を向けた。漸《よう》く小さな和《なご》みが、老いた胸の内に生じつつあった。遣《や》り切って言い切った、と感じる和《なご》みだった。

どうやら斬られたらしい左の頰からの出血が糊《のり》状にゆっくりと続いていると判ったが、殆ど気にならなかった。この場でいきなり倒れて息絶えたとしても、満足だと思った。

そっと左の耳に手をやってみると、いつもの形を失っていた。耳介《じかい》の下の方が斬り飛ばされたようであったが、すでに糊状の血は固まり出している感じだった。

竜之助は社《やしろ》の裏側へ回ると、小料理屋『小梅』へ通じる緩《ゆる》やかに蛇行《だこう》した坂道を下り出した。この坂道を下り切った和之丈高行が、『小梅』の裏木戸を開けて忍《しの》び入《い》ることをこの六日の間、見続けてきた竜之助だった。

裏木戸を入って左手すぐの所に、井戸があることもすでに見届けてある。夕晴れがすっかり弱まって薄暗くなり出した坂道を、竜之助は社《やしろ》の前で横たわる和之丈のことなど一度も思い出すことなく下り切った。

目の前に『小梅』の裏木戸があった。竜之助は何ら躊躇《ちゅうちょ》することなく裏木戸を開けて庭内に入り、井戸端《いどばた》に立った。直《す》ぐ目の前に調理場の格子窓《こうしまど》があって、掛け行灯《あんどん》の明りの下で若い女三、四人が忙しそうに動いている。

が、その内の誰が和之丈高行の女なのか、竜之助は知らなかったし関心もなかった。

彼は井戸水で、体を汚している血を静かにそっと清めると、着物の血の汚れは諦めて『小梅』をあとにした。勝手に他家へ忍び入って一言も声を掛けずに井戸を使い、黙ってそっと外に去るなど生まれてはじめてする経験だった。

にもかかわらず、何と不埒《ふらち》な自分であることか、などとは思わなかった。一度も会うことのなかった息子の仇《かたき》が討てた、という満足感で体の隅隅が満たされていた。

着物が汚れていることもあって竜之助は夕方の路地から路地を伝って道場の裏門へと辿《たど》り着いた。

定められた稽古《けいこ》の時間を済ませて門弟たちは引き揚げたのであろう。道場は静まり返っていた。

竜之助は薄暗さを増した庭伝いに、居間へと急いだ。この刻限、下働きの雨助かサエの手によって既に風呂も夕餉《ゆうげ》も調っている筈だった。雨助とサエの竜之助に対する配慮は、いつも肉親のそれだ。

竜之助は浴槽の格子窓の脇を過ぎ、柿の木のところを右へ曲がって、居間の広縁の前に立った。

炎矢《ひや》の一斉射を浴びたような大きな驚きが、彼に襲い掛かった。

障子が開け放たれた居間に、予期せざる人がいた。

夕焼けが始まったせいで、床《とこ》の間《ま》の吉野窓《よしのまど》が朱色に明るく染まっている。

その床の間を背にして白髪美しい美咲が、雛人形《ひなにんぎょう》のようにつましい華やかさで正座をしていた。

「美咲……ひとりで……ひとりで此処《ここ》まで来たのか……道を覚えていたのか」

斬られた体の痛みなど忘れて、竜之助は声を詰まらせた。

美咲が、にっこりと御辞儀をし、竜之助も顔をくしゃくしゃにして御辞儀を返した。

「おかえり、美咲……もう放《はな》さぬ」

竜之助の大きな涙がひと粒、広縁にぽつりと落ちた。

（完）

「門田泰明時代劇場」刊行リスト

ひぐらし武士道
『大江戸剣花帳』（上・下）　徳間文庫　平成十六年十月
光文社文庫　平成二十四年十一月
新装版　徳間文庫　令和二年一月

ぜえろく武士道覚書
『斬りて候』（上・下）　光文社文庫　平成十七年十二月
徳間文庫　令和二年十一月

ぜえろく武士道覚書
『一閃なり』（上）　光文社文庫　平成十九年五月

ぜえろく武士道覚書
『一閃なり』（下）　光文社文庫　平成二十年五月
徳間文庫　令和三年五月
（上・下二巻を上・中・下三巻に再編集して刊行）

浮世絵宗次日月抄
『命賭け候』　徳間書店　平成二十年二月
徳間文庫　平成二十一年三月
祥伝社文庫　平成二十七年十一月
（加筆修正等を施し、特別書下ろし作品を収録して『特別改訂版』として刊行）

ぜえろく武士道覚書
『討ちて候』（上・下）　祥伝社文庫　平成二十二年五月
徳間文庫　令和三年七月

浮世絵宗次日月抄
『冗談じゃねえや』
徳間文庫　平成二十二年十一月
光文社文庫　平成二十六年十二月
（加筆修正等を施し、特別書下ろし作品を収録して『特別改訂版』として刊行）
祥伝社文庫　令和三年十二月
（上・下二巻に再編集して『新刻改訂版』として刊行）

浮世絵宗次日月抄
『任せなせえ』
光文社文庫　平成二十三年六月
祥伝社文庫　令和四年二月
（上・下二巻に再編集し、特別書下ろし作品を収録して『新刻改訂版』として刊行）

浮世絵宗次日月抄
『秘剣　双ツ竜』
祥伝社文庫　平成二十四年四月

浮世絵宗次日月抄
『奥傳　夢千鳥』
光文社文庫　平成二十四年六月
祥伝社文庫　令和四年四月
（上・下二巻に再編集して『新刻改訂版』として刊行）

浮世絵宗次日月抄
『半斬ノ蝶』（上）
祥伝社文庫　平成二十五年三月

浮世絵宗次日月抄
『半斬ノ蝶』（下）
祥伝社文庫　平成二十五年十月

浮世絵宗次日月抄
『夢剣　霞ざくら』
光文社文庫　平成二十五年九月
祥伝社文庫　令和四年六月
（上・下二巻に再編集して『新刻改訂版』として刊行）

拵屋銀次郎半畳記
『無外流　雷《いなずま》がえし』（上）
徳間文庫　平成二十五年十一月

拵屋銀次郎半畳記
『無外流 雷《いなずま》がえし』（下）　徳間文庫　平成二十六年三月

浮世絵宗次日月抄
『汝 薫るが如し』　光文社文庫　平成二十六年十二月
（特別書下ろし作品を収録）
祥伝社文庫　令和四年八月
（上・下二巻に再編集して『新刻改訂版』として刊行）

浮世絵宗次日月抄
『皇帝の剣』（上・下）　祥伝社文庫　平成二十七年十一月
（特別書下ろし作品を収録）

拵屋銀次郎半畳記
『俠客』（一）　徳間文庫　平成二十九年一月

浮世絵宗次日月抄
『天華の剣』（上・下）　光文社文庫　平成二十九年二月
祥伝社文庫　令和四年十月
（加筆修正を施し、『新刻改訂版』として刊行）

拵屋銀次郎半畳記
『俠客』（二）　徳間文庫　平成二十九年六月

拵屋銀次郎半畳記
『俠客』（三）　徳間文庫　平成三十年一月

浮世絵宗次日月抄
『汝《きみ》よさらば』（一）　祥伝社文庫　平成三十年三月

拵屋銀次郎半畳記
『俠客』（四）　徳間文庫　平成三十年八月

浮世絵宗次日月抄　『汝《きみ》よさらば』（二）　祥伝社文庫　平成三十一年三月

拵屋銀次郎半畳記　『俠客』（五）　徳間文庫　令和元年五月

浮世絵宗次日月抄　『汝《きみ》よさらば』（三）　祥伝社文庫　令和元年十月

拵屋銀次郎半畳記　『黄昏坂《たそがれざか》　七人《ななにん》斬《ぎ》り』　徳間文庫（特別書下ろし作品を収録）　令和二年五月

拵屋銀次郎半畳記　『汝《きみ》　想《おも》いて斬《ざん》』（一）　徳間文庫　令和二年七月

浮世絵宗次日月抄　『汝《きみ》よさらば』（四）　祥伝社文庫　令和二年九月

拵屋銀次郎半畳記　『汝《きみ》　想《おも》いて斬《ざん》』（二）　徳間文庫　令和三年三月

浮世絵宗次日月抄　『汝《きみ》よさらば』（五）　祥伝社文庫　令和三年八月

拵屋銀次郎半畳記　『汝《きみ》　想《おも》いて斬《ざん》』（三）　徳間文庫　令和四年三月

拵屋銀次郎半畳記　『汝《きみ》　戟《げき》とせば』（一）　徳間文庫　令和四年九月

『日暮坂《ひぐれさか》　右肘《みぎひじ》斬《おと》し』　徳間文庫　令和五年六月

【初出】

戟戦　「読楽」二〇二二年十月号～二〇二三年五月号

夢と知りせば　『任せなせえ　上下　浮世絵宗次日月抄』（二〇二一年二月刊・祥伝社文庫・新刻改訂版）に収録

この作品はオリジナル編集です。

徳間文庫

日《ひ》暮《ぐれ》坂《さか》 右《みぎ》肘《ひじ》斬《おと》し

2023年6月15日 初刷

著者 門《かど》田《た》泰《やす》明《あき》

発行者 小宮英行

発行所 株式会社徳間書店

東京都品川区上大崎三−一−一 目黒セントラルスクエア 〒141−8202

電話 編集〇三(五四〇三)四三四九 販売〇四九(二九三)五五二一

振替 〇〇一四〇−〇−四四三九二

印刷 製本 大日本印刷株式会社

ISBN978-4-19-894869-6 (乱丁、落丁本はお取りかえいたします)